青味文丛

青味文丛编委会 //

主　　编：梁永周

副主编：许新栋　李振凤

编　　委：（按姓氏笔画排序）

王建忠　王梅梅

刘存玲　刘　莲

许新栋　李振凤

李永福　陈旭东

周庆吉　梁永周

童年谣

王建忠 / 著

中国文史出版社
CHINA CULTURAL AND HISTORICAL PRESS

图书在版编目（CIP）数据

童年谣 / 王建忠著 . -- 北京：中国文史出版社，
2022.10
（青味文丛 / 梁永周主编）
ISBN 978-7-5205-3643-1

Ⅰ．①童… Ⅱ．①王… Ⅲ．①散文集－中国－当代
Ⅳ．① I267

中国版本图书馆 CIP 数据核字（2022）第 156289 号

责任编辑：方云虎

出版发行：中国文史出版社
社　　址：北京市海淀区西八里庄路 69 号院　邮编：100142
电　　话：010-81136606　81136602　81136603（发行部）
传　　真：010-81136655
印　　装：临沂市昱昇印刷有限公司
经　　销：全国新华书店
开　　本：32 开
印　　张：11.5
字　　数：179 千字
版　　次：2022 年 10 月北京第 1 版
印　　次：2022 年 10 月第 1 次印刷
定　　价：396.00 元（全 8 册）

自 序

　　童年是柔软的风，总是在午后不经意地在耳畔拂过；童年是秋日的夕阳，伴随着晚归的牛儿走进飘满炊烟的农舍；童年是一首不讲平仄的诗儿，像春雨般总是濡湿我敏感的心。

　　在不惑之年，童年越来越多地出现在我的梦里，绵延的山，清清的溪流，银山后粗壮的栗子树，南山北怀里的苹果行，爷爷挂拐前行的蹒跚步履，还有蓝的天空下劳作的父亲和母亲。

　　忘记了是《小说月报》的哪一期，一篇《童年谣》里斑驳陆离的旧时影像故事深深地触动了我。家乡、山水、黄土崖、养猪场、石簸萁、沤麻汪……割草、擢鱼，刨地瓜、捡黄烟，打松菱籽、拔花生……一些场景像过影片一样在我的脑海里苏生、重现，这是我的童年，更是我生命中难以抹去的印痕，是属于我的岁月长河中绽放青春色彩的美丽浪花。

　　几乎是一瞬间，曾经懵懵懂懂不谙世事的少年郎被岁月的巨网蚕蚀地失却了活力和激情，我竟然朝五十奔去，这就到"知天命"的年龄了，好无情的岁月，好残酷的现实！

　　想起老家那些逼仄弯曲的小巷，每个巷子都有一个名字，每个巷子都留下我童年的印迹。那高高低低的巷子里，有我的祖父牵着疲倦的老黄牛在夕阳里游走的身影，飘荡着我的父亲迎娶母亲时那喜庆的唢呐声，还有我和伙伴玩耍奔跑吵闹的嬉笑声……爷爷已经去世二十余年了，金土山西膀，他和祖母安静地躺在那里，满眼里是燕子河里烁金的浪花，还有就是他的儿孙们来来去去忙忙碌碌的身形……岁月是秋风，吹皱了湖水，吹干了溪流，吹白了青丝，吹走了我的童年，吹灭了摇摇欲坠的生命烛光。

想到这些，我的后背汗涔涔的，我感到了后怕，岁月苦短、人生如梦，转眼间已白头。

亲人们一个个地离去了，爷爷走了之后，我苦命的姐姐在 2007 年 12 月 21 日生命戛然而止，留下的是我难言的伤痛；11 年后，我年仅 68 岁的母亲罹患恶疾而离世，我自然是心痛到极点。没有了母亲的唠叨和叮嘱，我的生命不再完整。

写作的梦从少年时就开始了，可真正地拿起笔来有意识地写，还是近几年的事。用笔记录青春，用笔描画生活，用笔珍藏岁月。我庆幸自己在近三十年的岁月磨蚀中没有失去自我——我还固执地做着我最初的梦。

于是就有了这一串串的文字，像极了采撷于岁月河流中的一颗颗石子，光滑、可人，于别人也许只是石子，但于我来说，那就是熠熠生辉的珍珠，珍珠闪出的光芒里有我成长的困惑、迷失的悲愁、彻悟后的喜悦。

钟情于文学，是我一直的梦想。从在师范求学的青葱岁月，到壮年时的踌躇和彷徨，到中年时的从容和淡定。文学在我心中的地位从未改变，我知道，我的才学疏浅，我的文字还显幼稚，但我喜欢。在一帮志同道合的文友的鼓励和鞭策下，我一直在努力。正如我 QQ 上的签名：天空没有留下我的痕迹，但我已经飞过……人生如此，则无憾也。

我知道有一天我将离开我的岗位，我知道有一天我必将老去，我知道有一天我将化作一抔泥土……我也知道，我的文字虽然平淡、衰微，注定不会有更多的人去阅读。可我明白，我的文字记录的是一个在孤独的世界里不甘寂寞的魂灵，是一个在喧嚣的人世间不甘堕落的行者，是一个飞奔在俗世间不肯没落的哲人。

记录下我的文字，里面有一颗曾经自卑的心，有我的跌倒和奋起，有我的苦涩的泪，有我的无言的痛，也有我人生的喜乐与悲愁。

在无数个日日夜夜，我会想起过去成长中的点点滴滴，有时一个曾经发生的细微的事情，却顽固地印刻在心底，忘不掉、抹不去。我想念我的姐姐，36 岁就离我而去的姐姐；我想念我的母亲，我命运多舛、饱受磨难的母亲。

写下这些文字，献给我的至亲，献给家乡、岁月，真心关心和帮助过我的朋友们！

读这些文字，你就会懂我。

是为序。

书于盛世沂城

2019 年 9 月 23 日

目 录

第三辑　成长

第一辑 乡愁

　　一个普通的村落，十九个山头环绕，一条小溪穿行而过。依依的垂柳，柔软翠绿的水草，古老的"风水井"，还有那低矮厚重的金土山。这是生我养我的地方，是我的父辈们生息劳作的地方，是我玩乐和成长的地方。

　　我爱这方土地，爱得深沉。

远去的村庄

八十八岁的奶奶永眠在金山脚下时，我的鬓角已爬满白发。我游走在故乡的土地上，水依旧在流，山还是青葱，可我分明地感到，我已经回不到过去的故乡，就像我无法回到自己那曾经青涩的岁月。

一

父亲的记忆里，家门外就是石崀，遍布嶙峋的巨石和清凉的水汪，有土的地方则按上了南瓜或者豆角子。那是饥荒时全家赖以活命的口粮和粗粝的饭桌上最好的菜蔬。入社以后，父亲和社员每日都在劳作，二十个生产队，上工时社员陆陆续续跟着，队长走在最前面。

当我记事时，岁月已推进到了二十世纪七十年代末期，一个在饥饿的痛苦中踽踽前行的村落，在迎接浓重黑暗中的丝丝黎明曙光。我的家门口前已经有了新的村舍，再远一点的地方也有了逼仄低矮的胡同。

穿过向北的胡同，走过郑家围墙那棵大樱桃树下，就到了野外。那是一片片大大小小的菜地编织成的绿色田野，高大的麻箐树与茄子、辣椒为伴；茂盛的蓖麻与泼辣的西红柿为邻。那是我童年的乐园，那片园子隐藏了我的瘦小身形，也储满了我童年的梦幻和微笑。

在秋日的阳光抚慰下，我们这些孩童在如黄蝴蝶般飞舞的落叶下找寻熟透的甜脐泡，那苦中带甜的涩涩味道就是童年。

即使到了冬日，我们依旧穿梭在或直或弯、或高或矮，铺着平整石板的胡同里，那干硬如白铁条的米豆藤蔓下，有干瘪的豆荚在和你捉迷藏，摘下来，或炒或烧，都是美味的小吃食。有时候，我们几个男孩，会专门找寻葫芦藤或南瓜藤，这些藤蔓，经受了秋日的白霜，历尽了冬寒雪虐，奉献出农民们赖以充饥的食粮后，现在要成为我们口中的玩物。找长而粗的枝条，两头的关节去掉，那就是一支天然的"香烟"呀！尽管吸起来味道苦涩，那边的火还烧燎着舌头，可我们依旧乐此不疲……就像我们长久地站在金山上瞭望夕阳下村落里袅袅的炊烟，还有那窄窄宽宽、瘦瘦胖胖的燕子河，再有就是山外的世界……

二

燕子河还在流淌，悄无生息、娴静雅致，在我已到知天命之年的时候，它依旧是我童年时的模样。这条发源于村西南驴脖子山脚下的季节河，暮春时节，几场春雨，便不再蜇眠，像慵懒待嫁的小姑娘，在无垠的田野里舒展她美丽的腰身，唱出欢快的曲子。几眼泉子，仿佛共赴一场约会，或者像被剧情感染得涕泗横流的阿妹，忽然间荡漾起柔情的春水，舒缓地流泻出清流，珍珠般晶亮闪耀。"开泉了！开泉了！"村人都欢呼起来。

先是风水井里的水慢慢地溢出，坝底曾干裂的淤泥渐渐滋润，继而水草葳蕤，不久整个大坝成为一面倒映着金山、徘徊着天光和云影的镜子，带着波纹，柔美清澈。有水从涵洞里泄出，燕子河又唱起了欢快的曲子，如飘带的水流从石碑砌就的大坝喷溅而下，形成一个个漩涡，继而平静，片刻又从石潭里缓缓东流，经石簸箕、过石楼、钻深潭、穿石桥，倏尔将柔美的身子一转，绕过一丛松柏林，便转向东北，潺潺的溪流就坦荡为开阔的河面，成为生长着芦苇和垂柳的大片湿地。白鹭、翠鸟成为这里的常客。夏的风掠过河面，搔扰着金山上郁郁的松柏，惊动了沉睡千年的汉墓。燕子河的水承载着我的遐思，继续流去，无声无息。这条河，滋润了山村，让村落有了生机。

我走在金山西膀逼仄的山路上，看燕子河在夕阳中如绸缎般闪耀、蜿蜒，童年的故事清晰如昨。夏日午后聒噪的蛙鸣和蝉声混在一起，河中水草的腥膻和浓重的薄荷味酝酿，高的杨，低的柳，曲折的河沿，还有一望无垠的扫条棵。几个光腚戏水的孩童，还有那咯咯的笑声，都已经远去。

后来拦起的几道水泥坝，抬高了水面，淹没了嶙峋的怪石，隐藏了崎岖随意的河沿，水势大了，那坦荡如砥、清明如镜的溪流却不见了……再也不能在瘦小的溪流里嬉戏、捉鱼摸虾了。青蛙、蟾蜍、泥鳅、沼虾……仿佛一夜之间不见了，亲水的孩童也少了，在溪水里飘带般起伏的水草，石块低下大小的河蟹，有着漂亮身段的镜鱼，都已经入不了孩子的法眼，电视、网络、游戏、还有那手机成为孩子的最爱，有许多孩子稚嫩的脸盘上早挂上了厚重的镜片……

三

十九个山头绵亘在涧头村周围，涧头村像一个被拥偎在母亲怀里的婴孩，村子变得静谧、文雅，村风淳朴，村民和善。

山不高，最矮如东山（也就是金山，有明一代叫"金土山"，有石碑为证）者海拔不过几十米，最高者为传说曹操曾驻留屯兵的寨山也不过 270 米。一溜山排列围绕着，把兰陵县阻挡在西边。

小时候，最乐意也最有趣的事儿就是爬山戏水捉鱼，湖地里庄稼葳蕤茂盛，田间地头也少不了有粗大的柿树立在那里，给田地里忙碌的农人带来丝丝清凉。孩子们则在树下悠然地玩耍，看蚂蚁上树，瞧蝴蝶儿飞来又离去，间或有蛇畜狸子（学名蜥蜴）快速地爬将过去，引得孩子们一阵惊呼。秋风里，薄霜来过，树叶儿便羞涩地离开丫杈，只留下红了脸盘的柿子挂在枝头，孩子们便爬上树，摘那甜如蜜的红灯笼，一段段美丽时光便永留在孩童们记忆的深处。

现在的田野，早已经没有了一棵柿树。柿树是一棵棵消失的，开始是村里以开荒的名义，还有山根的那些古老的杏树、梨树，黄土崖那合搂粗的栗子树、檀子树也没有幸免。与这些树一起倒下的还有村子里两棵极有年岁的白果树。仿佛一夜之间，田野里就荒凉了很多。一棵棵在湖地里堪为标志的柿子树，在暗夜里一棵棵地倒掉、消失，不明不白。正如那十九个山头上不断消失的侧柏，连根锯断，巨大的茬口惨白得晕眼，断枝随意地扔在那里。

没有了看青、看山的瘌子，树在不断地消失，直到其中一个村人因"偷盗古树"而进了监狱。

其实，山脚的绿树和果园消失的时间更早，一个山村，在农民真正拥有了自己的土地之后，迸发的热情和激发的潜能真是无穷。土地成为农民最珍贵的东西，拥有了土地就拥有了吃食，就拥有了收入，就拥有了财富。于是大片的山边那或粗或矮的树木连同那灌木那草皮一起被伐倒割掉铲起，为了获得新的土地，山川在流血。那曾经繁密得如同原始森林般的黄土崖变成了真正裸露的黄土，它们袒露着胸膛，如同老人羸弱的身躯和无肉的肋板骨。一场暴雨下来，沟里灌满浑浊的黄水，山边是被冲刷的沟壑纵横的土地。

黄土崖成为涧头人心中永远的痛！那曾经的绿树呢？那遮天蔽日的原始森林呢？

四

炎热的夏还是没有爽约，聒噪的蝉惹得人心烦，在风扇也无法消暑的午后，最好的去处就是金山脚下的燕子河。雨季暴涨之后的河水，经过了三两日的沉淀，已清澈得如少女的眸子。流水经过石岜，滑过柔软的青苔，在石凹凼里翻腾起碎玉般的水花。

这场景铭刻在了我记忆的深处，难以割舍。我长大成人后，无论是求学还是工作，只要有闲暇，必定到东沟去溜一圈。可渐渐地，我感到了一种失落。那连绵不绝的蛙鸣呢？那成群的蝌蚪呢？那在细石间嬉戏的游鱼呢？那潜伏在石块下大大小小的螃蟹呢？甚至连戏水的孩童也不见了，我感到了失落，这是一个即将消逝的山村。

没有了蛙鸣，没有了螃蟹和泥鳅，水就少了灵性，山村就没有了活力。

燕子河源头的水依旧潺潺，可紧傍着溪流的鸭舍却成为这曾经恬静的山村的梦魇。大量的碱水注入了河里，水下有了白色的沉淀。鱼儿成群地死亡，没有人再敢下河游泳。愤怒的村民不断地反映，行风热线、还有 12345，可养鸭厂依旧顽强地存在着……

我曾经引以为豪的家乡燕子河呀！我曾自信地吹嘘那是我们当地唯一没有被污染的河流，这让我情何以堪？

幸运的是，在国家强力的环境治理风暴催生下，鸭场终于被取缔，燕子河虽然依旧漂浮着塑料瓶等废弃物，可毕竟又变得干净了，虽然污染的真正消除还需时日。

五

在山野里长大的孩子，总是皮实泼辣。从记事起就和几个玩伴疯来疯去，夏日里到沟里摸螃蟹，秋日里到山上摘酸枣、捋松柏子，在无际的田野里玩捉迷藏。冬日里，水瘦了，闸堑擂鱼，一年四季里总有好的去处。

出村向南，地势渐渐高起，再走半里地就到了园艺场，那园艺场据说是国营的，不过在我的记忆里，那园艺场已经败落，从密集的球球丛向里瞅，看到的是苹果粗粝的树干，还有那叶丛中透出的点点红色。我从来也没有机会去吃一口那红彤彤的苹果，因为那不属于我们。只有在深深的秋日，我们才能捡拾树上二次开花所结的小苹果，味道涩涩的，并不爽口。

园艺场再向南，有几棵粗壮的老杏树，那倒是我们玩乐的好地方。春日里小麦黄梢的时候，杏儿也渐渐黄熟，那些杏树，都合搂粗，几百年的树龄，他们就像历尽沧桑的老人，用慈爱的眼光看着我们，静等我们拥入他的怀抱。那小小的甜中带酸的杏儿，酸倒了我们的牙齿，丰富了我们的童年。

园艺场向西，漫过一个山岗，仍旧是遍布山坡的苹果树。

那压低了树枝的红苹果我也见过，我甚至见过在秋日里苹果在收获了之后枝丫上仍旧开放的细碎粉红的花儿，那花儿在秋风里瑟瑟发抖，惹人爱怜。

伴随着这些果树一起不见踪影的，还有黑石山西坡那大片大片的梨树。

梨树的树龄我不知道有多久远，问父亲，父亲也说不出来。我印象中最清晰的就是分梨的情景，十一生产队的烟炉里热气腾腾，时间已经是初秋，第几炉烟叶也不清楚，反正是一炉烟即将上完的时候。生产队里的队长忽地大声喊道：分梨了，分梨了，刚摘来的巴梨。

听到这，我们这些孩童早围拢过去，抢了个巴梨就吃，那巴梨水大，又有些甜面，吃起来很爽口，那是我印象最深的一次吃梨。

随着土地承包到户，园艺场自然地解体，那大片的梨树怎能解决肚腹问题，开垦出土地，种上粮食，压上地瓜，社员们心里才有了着落，那曾经因饥饿而空荡荡的内心才变得饱满充盈。

面对伐倒的果树，连片地垦荒，在那个时代，真的没法抱怨。可在一个山村，大片的树木被放倒，无数的巨木被肢解，人的心也会痛的。

六

河汊里的鱼虾少了，沟底的螃蟹没了踪影，整个夏天几乎听不到蛙鸣。那曾经美丽的村庄呢？山没有了树和草的荫蔽，山就秃了；水里没有了游鱼，燕子河就没有了灵性，山村也变得死气沉沉。

长大了，离开了家乡，家乡的山就小了，家乡的大坝就瘦了，还有那小河。

我和我的父母是最早离开这片土地的，尽管爷爷奶奶的祖屋还在，可即将倾塌；尽管父亲精心设计并营造的前出厦的瓦房依旧坚固，可院子里分明长满了荒草，长年居住在那里的，是秋日厚厚的落叶和在杨树枝上啾啾而鸣的家雀。

后来，邻居也离开了，先是他们的子女，然后是他们。土地里刨食的日子渐渐地远去，外出打工来钱明显要比在土坷垃里来钱要快得多。后院赵家五哥的孩子进城了，经营着一个不大不小的学屋，随后是五哥和五嫂也进城去了；不久，胡同里的赵家大哥的三个孩子也陆续离开了家，远离了土地，只留下赵家大哥和大嫂在老家耕种。

家乡的土地没有荒芜，可没有人去重视了。每日耕作的都是留守在老宅子上的老人，或白发苍苍，或知天命。面对着土地，我的四叔曾悲哀地叹息道：这地等我们老了，还有谁来种！

远在北京的曾经对我家给予最无私帮助的杜家三伯父回家次数越来越少，他也到了七十好几的年龄，每回家乡也总是唏嘘。山村的大体模样还在，可没有了记忆中的细节，在街面上穿梭的村民，都是陌生的面孔了。他的两个儿子，在京城扎下了根，生意做得风生水起，不知道是否还记得他们曾经的故乡！

我儿时的玩伴兼同学，在省城里做着不大不小的官，随着京沪高速的贯通，几百公里的路程，也就半天的工夫，可回家的次数日渐稀少，工作、家庭、人际和生活的琐事都成为阻止他回家的羁绊，尽管他心系家乡，还思念着生活在山村里的同伴和亲人。

尾声

我回老家去走走，有的是新奇和激动，也满怀忧伤。昔日成片的石崀不见了，取而代之的是高高低低的房子，其中不乏二层的小楼，那楼房是实在没有什么特色。曾经的一些农田被圈了起来，成为一些暴发户建在山村的别墅。贴近燕子河的一条并不宽阔的大路不见了，它被无良的村人据为私有。村里扩建小学的时候，有一片石崀，那本来就是村集体的石崀，听说在征用时费了很大周折。

曾经淳朴的山村，变得世故、势利，这是我最痛心的，可我无力改变这一切。和我同龄的村民，差不多都在外做着大大小小的生意，有几个还成了大老板，依旧在家里土地上刨食的，也种着二三十亩的黄烟，盘算着怎样赚钱。邻里变得淡漠，村人成了路人。曾经静谧和谐纯朴的山村远去了，不知不觉，尽管四季的风从没有缺席这个曾流水潺潺、绿树遍野的地方。

不久前，我回老家安葬我慈祥却饱受病痛折磨而离世的老母亲，走在家乡的巷陌，见到那些年轻的陌生面孔，还有追逐嬉笑的孩童，在燕子河沿静坐聊天的则是满脸皱褶、显现着岁月刻痕的熟面孔。我的心悲痛着，却也又舒朗起来。燕子河的水依旧在流，用不了几年，河中的鱼蟹或许会再多起来，就像那曾经光秃秃的黄土崖，现在不也是又植满了桃树吗？春日里的桃花不也妖娆灿烂，引得蜂蝶飞舞吗？

远去的山村会再回来的，就像我这样在外混生活的游子。

家乡那条小河

仁智之人乐山水，十几岁外出游学，童年的记忆却没有止步，每回家乡，感到家乡的山水都亲近可爱，让人流连，虽然此家乡和童年的记忆相去甚远。也记不清多少次了，总是在睡梦中幻出家乡的模样，青青的山、绿绿的树、悠悠的水，美如仙境，醒来才知是南柯一梦。我的脑海中有着太多家乡的记忆，家乡的山水草木、风物人情，已经刻在我大脑深处，任凭你涂抹，也无法消弭。

不知名的小河，自西南蜿蜒，泉水汩汩而流，汇成了小溪，小溪穿村而过，就变得生动而又有灵性。水渐多，泉愈旺。在溪水的旁边便多了几口井，井水皆清冽可口，甘甜如霖。源头的那口井我不知叫什么名字，但新大队部对面的那口我知道，叫"皇泉"。我不知道为什么会起这样一个名字，也不知道它的深意，但泉水的清澈甘甜是出了名的：旧时候酿酒，原酒度数颇高，都是掺井里的水稀释勾兑，可只有掺皇泉里的水，酒才显出甘洌，真是"泉清而酒洌"。

多少年过去了，"皇泉"还在，至今还有人在这井里打水吃！可是家乡的很多东西就被岁月尘封，永远地消失了。

再往下走，穿过条石搭就的板桥，再经过有三个桥洞的大石拱桥，瞧见两棵粗壮高大的垂柳，婆娑着柔枝倒映在水里，"风水井"就在树的西侧。"风水井"也叫"南大井"，井的奇特之处是每逢刮西南季风，井水就自动上涨，这也是"风水"二字的由来。井口呈长方形，与小河的水体相连，旁边供人浣洗的两个大石槽，见证了岁月的沧桑。大井向下是开阔的水面，粼粼的水面东端有一个拦水坝，我们叫它大坝，南北走向的大坝让涧头有了水库，大坝全用石头砌成，两边没有栏杆，桥面上的一条条长石镌满錾痕。最让孩子们新奇的是铺就桥面的石条只是一小部分，大部分桥面是取自当地的墓碑，巨大而平整，不用专门鉴刻，有文字的面向上。于是在夏日炎炎之际，在大坝边洗澡嬉戏之余，另一个乐趣就是仔细地识别墓碑上的文字，一个个的正楷字镌刻的是一个人的历史和过去，墓碑大部分是民国和清末的，有几块大的石碑刻有"万古流芳""皇亲国戚""千秋功德"……生活在涧头的村民，是不是还有当时皇帝的穷亲戚？这不禁让人怀疑，这更增添了我的好奇，可无从考证……再后来，村东修路，桥面太窄，建新桥而旧桥未拆……年复一年，终于在一个空闲的时候，我走过去，想看看曾经留下许多欢乐的地方，想看看童年的足迹是否还在？

硕大的石碑怎地就不见了，只有几块巨石东倒西歪，巨大的水流冲毁了堤坝，也冲走了过去，童年的记忆只能存留在梦中了。

河水不大，有的地方看上去只是小小的溪流，这溪流也只是在春秋夏三季才有，每到冬日，这水便消失了，我曾经无数次问周围的人，特别是老人，这水是否曾淙淙而流终日不歇，没有，好像在老人的记忆中这条河也只是一条季节河，它太小，小得不值一提，这样的小河中国到处都是，所有的人对它的怀念都是因为有一个情结，这个情结与家有关。

水继续东流，经过石簸箕，就到了东山的脚下。

　　在东山掀蝎子的时候有，但不多，因为东山很是奇怪，就是蛇特别多，有时掀开一块石板，底下竟然有三四条蛇，一盘盘地卧在那里，吐着信子，让人害怕。蛇的种类不多，多数是臭花斑、白了线、黄藤根，这些蛇的名字都很形象。最让人害怕的就是遇见岭蛇，这种蛇是有毒蛇，身体粗而短，尾巴倏地变得细小，整个身体有红色的花纹。若你不幸遇到了蛇，一定要把它砸死，并且要砸得稀烂才行，因为听大人说，如果你不砸烂它，这蛇吃了一种草之后就会活过来，活过来后就会想方设法报复你。这当然是传说，但大家说得信誓旦旦、有声有色，并且还有一个个遭报复的例子，这就不由得你不信了，砸了蛇，几天后还心有余悸，做梦还怕这蛇再活过来。

　　东山蛇多，也好像与一个传说有关，传说东山有两条蛇，都盘踞在山底下，有时候要出来喝水。喝水的时候，它们是围绕东山绕了三圈，头再伸进沟里。有人好像亲眼见过，这个故事很是骇人，这也弄得我每当走过四里桥（老金山桥），尤其是在桥底下搬石头捉小螃蟹时总是担心，担心巨蛇不期而至。后来十二三岁，在外上学，早起骑自行车过四里桥，总是头皮发麻，不敢东瞅西望，硬着头皮一口气蹿过桥去。

　　巨蛇让人担心，但更让人害怕的是那时东沟里总是有人扔一些死人用过的东西，据说还有夭折的孩子在里面。

　　东沟平时像娴静的少女，可山洪来临时，水势却遽然变大，黄而浑浊的水流冲击着两岸，发出巨大的声响，很是壮观。于是很多巨石就被冲刷了出来，形状怪异，有的像簸箕，我们叫石簸箕，有的像石臼，干脆就叫石臼子……有一块石头，地下悬空，河水穿底而过，石头的一角伸出，恰巧这一角有一个大的圆孔，这就是"上吊石"，听老人说，还真有几个想不开的青年人，曾在此处了结此生。

顺水而下，过四里桥，水势渐缓，往右一拐，便在侧旁聚成一小汪塘，这就是"沤麻汪"，将新割的麻箐捆好，放入其中，经过一个夏日，便沤好了，时间一长，这汪便叫了"沤麻汪"，汪不大，但水很深，左侧是清清的水流，我和我的儿时玩伴曾在这里围堰捉鱼，居然捉住了一条足有3斤的大鲤鱼。

四里桥的北面，水势很大，但左侧离岸还有点距离，有人开辟成一小块稻田，插上稻，长的很是茁壮，那也许是涧头唯一的一处稻田，在涧头这四面环山的丘陵地区，这水稻让人看着也稀罕。

有水的地方不少，可没有被污染的地方不多，经济的快速发展是以牺牲环境为代价的，这是很多地方的发展特色。但我总是幸运地认为：这条小溪很清澈，像处子的眼眸般明净，它是家乡唯一没有被污染的一条小河，它来自大山，逶迤而去，尽管小溪东面的金山工业园正建设得如火如荼，我真得很自豪。

沿溪而下，有几座小桥，又添几处堤坝，家乡谓之大坝、二坝、三坝，第四道坝其实是一座桥，一座半月形的美丽拱桥，桥面微凸，是七孔的混凝土拱桥，刻花的青石栏杆透出古朴，这座桥叫金山桥，名字起得恰如其分。

小河的水潺潺地流，一路低声吟唱。她目睹了我的成长，给我带来欢乐，也带走了我的童年。这就是我童年的河——燕子河，我家乡的母亲河。

一个地方有了山，有了水，便显得空灵，有山有水的地方总让人流连忘返，况且这是我的老家。

清的水、绿的山、无忧的童年、快乐的伙伴，总让人充满深情地回忆，夏日夜晚，星星闪烁，虫儿唧唧而鸣，有时去照螃蟹，也捉青蛙，知道它是益虫，但那时没有什么环保意识，也特别多，到处都是，常常捉上两个时辰就会满载而归。

现在，那个地方，虽然没什么污染，但鱼儿、螃蟹儿、青蛙……似乎一夜之间，都少了，甚至不见了……

我们的童年不见了。

家乡的街巷

很怀念家乡那逼逼仄仄的胡同，小时候，濛濛的雨雾中，在小巷中穿行，巷子蜿蜒而曲折，两边的墙，用细碎的石块堆砌，矮矮的、低低的，黑的颜色显出岁月磨蚀的痕迹。可现在，似乎已经找不到这样的小巷子，一些胡同，也在新一轮的旧村改造中泯灭、消失，就像我儿时的记忆。

涧头是山村，四周群山环绕，一条山涧穿村而过，村子傍河而建，高高低低的石板路随处可见。村子那时就三千多人，二十个生产队，是周边为数不多的大村落。村中姓氏，以刘姓人口最多，杜姓第二，王姓为第三，其他为杂姓，李、赵、高、侯、张、赵、韩、邵，还有臧、商、尚几个比较少见的姓氏。

在我的记忆里，我印象最深的就是我们王家自己的街巷——王家巷子。涧头王氏为村中第三大姓，先祖自300年前从武德迁来，繁衍生息，聚族而居，人口繁盛，在村的东北部居住得最多，于是形成一个以姓氏命名的巷子——王家巷。

这巷子从北往南，一直到河北沿（涧头村，以村中小河为界，南沿为河南，北沿为河北），居住的除了郑姓和臧姓几户人家外，其他都姓王。巷子不宽，曲里拐弯，主巷两边又各有分支，巷子的建造明显没什么规划，纯粹就是随地势任意而建，先建的拉起围墙，后来的接着顺延，墙不高，用碎石加薄板随意垒起来，往往墙头上还搁着一盆花，那时花盆少，也有直接在墙头垒土，栽上仙人掌等耐旱的花草的。巷子的路面由一块一块的石板铺就，这些大石板和长长的石条被反复踩踏，早被磨得十分光滑。夏天，雨后，踏在这石板上，走在这巷子里，根本不用担心踩泥。

王家巷北头路东有一个大汪，叫王家汪。听父亲说，此处原来是老王家的一块地，平时取土垫猪圈用，越挖越深，日久天长，就挖出了一个大坑，成了夏天雨水聚集的水汪。这汪用石头垒砌，西南角留了一个豁口，下雨时，水就从豁口流进汪内。汪涯西边一大片空地，生产队里的土粪就堆在这里，有时候像小山一样高。

王家巷往西一个巷子，叫侯家胡同，那个地方我们去得少，除了到伯父家玩，尤其是漆黑的夜晚，我们是绝对不去的。因为，那个胡同一年内就有三个人上吊而死。"那小胡同里有吊死鬼，你们这些孩子千万不要过去！""你见过来？"我们急切地问，目光中蓄着害怕。"我当然见过，那吊死鬼挂在树上，舌头吐得老长"臧家四爷爷煞有介事地说。从此，我们便很少到那个巷子里去，真有什么事去那边，也都一遛小跑，心里直打怵。

十几年前的一次通街，彻底改变了村庄的结构，也泯灭了这条小巷。王家巷已经不复存在，取而代之的是又直又宽的街道，打了水泥地面，方便了群众，走在这水泥道路上，尽管方便，也总缺少了走在小巷中的那种韵致。

家乡的街巷，就像它的名字，形象、真切，有着农民的憨厚和淳朴。除了王家巷，还有刘家巷、杜家巷。王家巷往南走，巷子更加逼仄，坡度也大了许多，直通到沟南的风水井，这一段就叫"下崖子"（读 yai），下崖子往西就通到了村里唯一的供销社，那边有个碾台，"小碾子"这个名字最贴切了。我们平时玩的地方因那个"王家汪"，就叫其"汪沿"，汪沿向西，经侯家胡同，就到了"宽胡同子"，说是宽胡同子，其实比起其他小巷，宽不了多少，也是曲曲折折、高高低低。

随着时代的变迁，家乡的变化越来越大，家乡的父老日子越来越红火，钱袋子也越来越厚实，村里的街巷也变直了、宽了，房子也由低矮的土房变成了砖混的瓦房，再后来变成出厦的大平房，这两年，再回家乡，家乡的街巷更直了，一些石渣路变成了水泥路，富裕的农民盖起来二层，甚至三层，房子也是越盖越大，装饰更是一个赛一个的好。可惜，过去的那些名字，早已经走进了历史，成为乡村的记忆、乡村的历史符号。

新的乡村，新的街巷，给百姓带来方便，却失却了历史，没有了一个乡村应该有的那种韵致。这是中国很多乡村的变迁，也是中国乡村的悲哀。

那些街巷，往往与一个村落的历史密切相关，低低的矮草房，碎石拼成的院墙，曲折蜿蜒，看不到尽头，巷子不宽，房前屋跟又堆着柴草，还有养着的大小牲畜，显得逼仄，也透出悠远。漫步在这样的街巷，家家户户的门口都栽种着笨槐树，院内有青青子树，还有香椿和臭椿树，秋风拂过，树叶在飘落，岁月也随着飘零……

我牵着牛踽踽而行，怀揣着梦想；父辈曾经推着车碾过，肩负着希望；祖父辈曾经背着行李走过，奔向逃荒的路上；祖先曾经在这石头路上，在幽深的街巷里生活，一天又一天，一年又一年，一辈又一辈，生老病死，就这样延续下去……这就是村庄的街巷，看似不变，其实像流水，奔腾不息、绵延不断。

在烟雨迷蒙的季节，走在老家的街巷，空气中氤氲着柴草的烟燎味和饭菜的香味，西方太阳在落下，邻居的狗儿在吠，在巷子里游走的鸡鸭鹅欢快地叫着；晚归的农民吆喝着疲倦的耕牛回家，这就是我们的乡村。

涧头村中的王姓人家，都是来自武德的一个老祖的后代，老三支，王家巷一支，东河南一支，西南园子那支是东河南的分支，这些个性鲜明的街巷，早已经融进了一个家族的历史，成为我们记忆中亘古不变的符号。

一个村落，虽然古旧，也许依旧贫穷，但没有了街巷符号，就失去了历史的厚重，就像一个人，没有了根，变得轻飘单薄。

走进家乡的街巷，走进家乡的历史，见证家乡的发展，也记住家乡的过去。

老房子

在十五岁之前，我都住在老房子里，房子是父母结婚后爷爷奶奶盖的，建造的时间在 1970 年左右。

1988 年的上半年，父亲母亲住了近二十年的老房子被訇然推倒，父母要建新房子了。这三间草房子顶苫红草，低矮、破旧，当门还是泥土夯实的那种，因长时的洒扫，地面布满大大小小的凹坑。我和姐姐渐渐长大，房子少且狭小，住起来就不太方便。父亲种了几年烟，手里也有了些积蓄，是时候翻盖新房了。

可我总是想起那老房子，想起在老房子里度过的每一寸光阴，经历的每一件成长往事，感受到的每一份温馨和苦痛。

老屋共三间房，还有一个锅屋，面积狭窄。堂屋也是草房，堂屋的两间屋用布帘隔开，父母的床在里间，有一段时间，堂屋的西北角安着一张床，是姐姐的。我的床在西屋，西屋到临拆倒前也没有安门。

堂屋的当门是土地面，坑坑洼洼，夏天容易返潮，这倒给潮（捡烟时太干不行，需要潮潮，为的是捡烟时不会碎断）烟提供了方便。

堂屋的摆设当然是那时候的老摆设，家里没有像样的家具，后来请小木匠做了个八仙桌，还有几个方凳，除此之外，没有什么东西了。正堂屋的西南角置着一个大炉子，冬天全家围着炉台取暖，倒其乐融融。

院子有几株树，最大的一棵是在东堂屋和锅屋之间夹道生长的洋槐树，笔直、高大，每年春天整个院子弥漫着槐花香。在正堂屋和西堂屋门旁，有两棵树龄在十多年的樱桃树，它们最早开花，最早结果，最早成熟，麦子刚黄梢，我们就能吃到鲜红酸爽的樱桃。樱桃有火，我们不敢多吃，两棵大树结果特多，每逢这时，母亲就会大清早摘下来赶磊石集去卖，也换回来不少孩子乐吃的小食品。

西堂屋的对面天井，地面高起了一些，边沿用石头垒就，有一个不到两米深的薯窖子，初冬时节，薯窖里会存些白薯，到了夏天则储有半窖雨水，也有青蛙蛤蟆躲在里面。春秋里，则可以进去捉蟋蟀玩，肥肥胖胖的，特多。薯窖子西边靠西院墙的一溜有几棵大大小小、粗粗细细的香椿。而最让我讨厌的就是院里那棵臭椿树，春日落花秋日落叶不说，关键是落蛰了毛子，最多时一天落十好几，看起来就让人害怕。父亲也没有杀掉它的打算，真烦人。

院子西南用碎石垒就的厕所墙上，父亲别出心裁地铺了一块大薄板，薄板周围用石头和碎瓦罐片围起，上面栽种着草本的花儿，有枝枝桃儿、粉豆、姜子辣，还有极耐旱的仙人掌、蝎子草。这些花儿给我带来很大的乐趣，也给我留下美好的回忆。

厕所的东边有一个粪汪，粪汪正南是鸡窝，农村里，每家每户都养鸡，鸡生了蛋也舍不得吃，总是由母亲拿去卖了换些油盐，鸡蛋一个能卖五分钱，我不知道这些鸡蛋在当时都是让谁买去了，不会是地主吧？那时没有地主了呀！地主早就被打倒了！

我觉得在家里设计一个粪汪真是农村的一大创意。每天打扫庭院，垃圾、树叶扫进去，鸡屎鸭屎处（chú）进去，时间一长，都沤成上好的农家肥。可惜，现在的农村，没有人会在家里挖个粪汪，更不会有人下气力推粪养地了。农家土粪也成稀罕物了。

老屋的后院是老杜四老奶奶家，西边是杜五爷爷家，南边是爷爷家，西南角是本家大爷爷家，东北角是赵家大爷家。大门外是一片猪圈，那时候家家养猪，猪圈不少，我家是两个猪圈。大门正东距离五六十米的地方，是老臧三爷爷家，有一儿一女，可惜儿子有些潮，大我一岁，至今也没说到家口。

听父亲说，当初盖房子时，东边还是一片石岗，也有成片的田地。大门东北角赵家大爷院子东南有几个坟子，是老杜家的。小时候，到了夜晚，我是不敢从那里经过的。就是在后院杜四老奶奶死了很长一段时间，下了晚自习回家，经过他们的屋山头，我都头皮发麻，心怦怦直跳。

未通街之前，奶奶家屋后有居栏子（就是后围墙），居栏子里有几株高大的青青子树，居栏子东边二爷爷家屋后有一棵大笨槐树，每年都结出成串的槐豆，我们就用它做溜溜蛋。春日里笨槐树开满了细碎的白花，秋日里结出扁豆样的槐了豆，打下来，用锤子砸碎砸黏，预先找来一根牢固的细绳，将砸好的槐了豆团成圆球状，中间包住细绳的一头，溜溜蛋便做成了。将溜溜蛋晾晒几日，等其坚固起来，就可以在空旷的地方扔溜溜蛋了。这溜溜蛋颇像体育比赛中的链球，拽着细绳用力旋转，接着猛地松手，谁的飞得最远谁就是冠军。

东边的猪圈前后两排，加起来得有六七个，我们家的两个猪圈棚之间有一株枣树，每年都结枣子，只是树不大，结不多少，倒每年都能吃上；猪圈墙东有一棵树，我已经忘记了它的名字，好像是叫什么"白腊条子"，这树枝干细腻有韧性，是做木叉的好材料。父亲平时就刻意修剪整理，后来伐下来做了杆像模像样的木叉，又轻快又耐用。

在臧家三爷爷西墙外有一棵桑树，也不大，每年初夏，紫红的桑葚挂在树上，挑战着我的味蕾，那酸甜的滋味弥久难忘。

走过猪圈，斜穿过那两个坟堆，就是个小石崖，有几个小汪在夏日里储满了水，我就是在这几个小汪里喝了几口脏水才学会了游泳。

童年的老屋，它见证了我的成长，目睹了一个家庭的艰辛，也丰富了一个敏感内敛的孩子的内心，留下了我难以忘怀的岁月印痕。

父母是勤劳的，他们从家里一无所有，到操持得日渐富足，到拆老屋盖新房，一路走来，都是因为国家的政策好，这个任何人都不可以抹杀。

老屋的使命已经完成，四间苫着黑釉子瓦的大房子建成了，可我无法忘记这老屋，老屋拆了，不见了，可它并没有消失，它留存在了我心底，镌刻在我的记忆里，化作文字在我的文章里跳跃。

难忘老屋，难忘童年。

怀念树

老家里多山，自然缺不了树。大大小小十几个山头上，以松树（侧柏）最多，山边则是灌木和乔木的世界，桃树、杏树、海棠树点缀其间，这些树郁葱苍劲地生长，给人们带来绿色和希望。在包产到户之前，靠近山脚的大片坡地上，密密匝匝地生长着各种树，洋槐、椿树、楮树、柿树、皂荚树，再有就是桃树、杏树、山楂……他们不知道百姓曾经受过怎样的饥饿和苦难，兀自蓬勃地生长着，绿了那片山野，给我们这些孩童带来了吃和玩的双重欢乐。

一

在田野里矗立的一棵棵大柿树曾经是乡村里的一道风景，它们像饱经岁月风雨洗礼的老人，老态龙钟却枝繁叶茂，粗糙的树皮斑驳陆离，巨大的树冠遮挡住炎炎烈日，秋日里则挂满充满浆液的柿子。

这些柿树大多数都岁月久远，它们真的是老人咧，慈眉善目、和蔼可亲。他们注视着耕耘土地的农民，遮蔽着雨雪，呵护着树下的妇女和孩童，任由风刮日晒却极具耐心。浮云在它头上飘过，野兔在它脚下窜过，喜鹊在它的虬枝上垒窝，耕地的牛儿在它的身体下休息反刍。

云在飞，风在动，它却像看透世间繁华的哲人，守护着乡野的最后一丝宁静。

现在，在家乡的野外，你已经寻不到柿树的踪影。它是一棵棵消失的，消失在无边的暗夜，消失在乡间逡巡的盗伐者手中。

是村里仍在耕种的老人传出来的，"东湖的那棵合搂粗的柿树，昨儿个还在那里，今个儿下湖，不见了。"老李头的话语里带着叹息，也带着慌张。"是呀，银山前我地头的那棵柿树，两个人都搂不过来，也不知道叫谁给偷去了。"侯家的大伯接上话茬，"这些树到底叫弄哪里去了？也没人管管，可惜了。"没有人应声。在很长的一段时间，柿树的消失司空见惯，就像前天还在街上遛弯昨天还墙根说说笑笑晒太阳的老头，第二天也许就悄无声息地离开了，用不了两天，吹吹打打之后，乡野里又多了一坨新坟。

比这些柿树消失更早的，还有银山后那些栗子树、小雀肠，南山山脚的那些老杏树，当然也包括南山的园艺场、西南湖的巴梨行。

围绕着山根的那些大大小小的树，包括荆条、映山红、金银花秸，还有足以没过我们这些孩童身体的红草，是在大队部的一声令下遭遇到灭顶之灾的。它们在急需解决温饱问题的村人面前就是一群掠夺者，土地才是人们的最爱。

二

老家最高的山叫寨山，海拔 272 米，其北坡叫曹家峪，与三国时大名鼎鼎的曹操有关。站在已经坍塌成一堆乱石的山寨最高处，眺望沐浴在夕阳中的村落，那是另一片郁郁葱葱的森林，这森林里多的是炊烟，鸡鸣狗叫，再有就是隐藏在树丛中的一黛黛红瓦。

或直或曲的院墙内外，房前屋后，总有大大小小高高矮矮的树在生长、开花、结果。农村的院落宽敞，遍植树木习以为常，除了纳凉、采摘，其中还有一个重要的功用，那就是树木成材后做家具或者女儿的嫁妆。

院子里有几棵树，回忆起来依旧清晰。两棵樱桃，让我春日里便能尝到酸爽可口的樱桃，还有两棵是香椿，高大粗壮。家乡的土地，特别适合生长香椿，香椿也就成为父母记忆中贫困日子里最常见的菜蔬。春日里，风里还带着凉意，香椿就冒出它红嘟嘟的叶芽儿，等到叶芽舒展开来，披（pǐ，动词，掰的意思）下来，用盐巴揉搓两遍，储存起来，一整年的咸菜便有了着落。

在我记忆中，最深刻的还是东堂屋和锅屋夹道间那棵洋槐树。其实，在家乡的村落里，在山边和地头，繁盛地生长着的都是洋槐，那时候，甚至公路两边栽种的也是成行的洋槐树。

那棵洋槐，估计在最初盖房子时已经生长在那里了。我六七岁记事起，槐树就有碗口粗了。那棵槐树生长在夹道，却没有枝干旁逸斜出，整棵树笔直地向上生长，直到高处才生出葱茏密集的枝干。

看着那棵树，父亲一边抚摸着我的头，一边读念着：这棵树能成材，等几年咱用它做几样家具。

春日里樱桃花都开始绽放吐蕊，可洋槐还像待嫁的姑娘，羞红了脸儿不肯吐露新芽。我知道它那是在积攒力量。天热起来了，贮蓄了一个严冬的绿仿佛在一刹那得到了彻底释放，紧接着，洁白如雪的槐花也泼辣地挂在枝头了。槐花散发出甜香，空气也被它浸染得如同醉了一般。

爬上锅屋，将槐花采摘下来，母亲又开始做最拿手的槐花渣豆腐。听大人说，槐花渣豆腐不能多吃，吃多了容易肿脸，我也不知是真是假，反正我吃渣豆腐没肿过脸。

那棵洋槐伴随着我整个童年，给我带来快乐。春日里爬树采槐花，夏日里折下枝条喂小兔，秋日里捉吊死鬼喂鸡。最令我惊扰的是有一年夏天，槐树下的兔子窝里忽然传来令人恐惧的叫声，是兔们在"吱吱"地叫，母亲和我急忙围过去看，竟然是一条粗大的臭花斑蛇在缠绕一只小兔。母亲不敢动手，将东院的臧家三爷爷叫过来。三爷爷胆子忒大，他跳进兔舍，一只手掐住蛇头，另一只手攥住蛇的尾部，将它捉将出来。

然后三爷爷找来棉花缠绕在花斑蛇的头上，接着浸上煤油，顺势点着。在火焰的灼烧中，蛇没有目标地疼痛游走，却无处可逃，最后被烧死。那是我看到的对蛇最残忍的伤害，我很害怕，虽然我知道这蛇同时也在伤害着我可爱的小白兔。

三

家乡里还有一株树，我没有见过，却听老一辈无数次地提起，言语中带着惋惜。

穿村而过的小河给我们带来了清凉，这条发源于西南园子的季节河是燕子河的源头，每到仲春，几声春雷，便惊扰了地下汩汩的泉水。水便慢慢地充盈着大坝，直到大坝蓄满水，欢快地向东流去。

大坝上面有一座由石碑砌就的石桥，石桥的下方是风水井，石桥的西北方向有一个破败的院落，还有几堵残墙立在那里，这就是传说中的清泉观了。

居住在清泉观的是仙风道骨的道士，他们衣着朴素，出则云游四方，入则打坐悟道。而与清泉观年岁同样久远的就是观后那树影婆娑、粗干虬枝的银杏树，这棵银杏树已在这里静静地生长了千年，燕子河的枯荣胖瘦、水涨水消，尽在它的目下。曹操在曹家峪屯兵的狼烟，在将地的呐喊长久地飘荡在这个山村的上空，回响在这棵历经千年风雨的大树的枝柯间。

只是，这棵目睹了乡村变迁的老树，在二十世纪五六十年代的一次整修街道时遭遇人为的不幸。一棵千年的老树，竟然无法和一棵电线杆子抗衡，于是，这棵银杏树倒下了，先是枝柯，后是主干。伴随着这棵银杏一起倒下的，还有观前的几棵粗大的黑松。

我没有见过这几棵老树，可这些树活在了涧头人的记忆中，成长在乡村日复一日或胖或瘦的时光隧道里。树没有了，一个时代结束了，一个乡村的魂魄丢了。

四

在外工作的很长一段时间里，我总是在做梦，梦与家乡有关，更确切地说与一片森林有关。

从孩提时父亲就给我讲，银山后的黄土崖曾经是密密实实的原始森林，林子里大树林立、古树纵横，灌木及荆棘遍野，树与树之间藤蔓缠身，路很窄，几乎难以进人。后来我知道，那是在银山、雾平山及黑虎山之间的大片区域，厚积的黄土层达几十米，原来就生长着大树，五十年代植树造林，密植了大量的树苗。几十年的养护与成长，那地方成为涧头村树木最为密集的地方。高大的檀子树与耸入云际的皂荚树对望，开着白色槐花的洋槐和粗老的山楂树紧挨着，野葡萄藤与紫荆条相偎依。听爷爷说，树林里平时都不敢进去人，都是几个大人结伴一起去割草、采蘑菇，夏天的雨后，那里还出现过猴头菇，一种珍贵美味的蘑菇。

可惜的是，我只能想象那原始森林般的场景，也只能在梦中寻觅那郁郁葱葱、遮天蔽日的古树。在我的记忆里，我唯一能记起的就是跟在父亲后面去刨树疙瘩。

后来，后来黄土崖就被开辟成为梯田，那厚实的红黄色黏性土地长出的谷子籽粒饱满，种出的西瓜又大又甜，结出的地瓜也出粉特多。

只是没有了森林的庇佑，每逢雨季，大量的黄土被冲刷下来，土地被洗刷得支离破碎，有点像黄土高原。

有时我就在想，如果这片森林一直保持至今，那将会是怎样的一个胜景，可惜，没有如果，就像人生没有如果。

五

一个家族的记忆，与一棵树有关，或者说，这棵树成为我们这个繁衍生息了三百多年的家族记忆符号。这棵树叫疤麻子树，开始，我以为这是一棵有"疤子麻子"的树，后来我才知道，这种树就叫"疤麻子"树。

这棵树我从未见过，可父亲见过，祖父见过，我的先祖们见过，因为从我能把故事驻留在脑海中开始，祖父就不止一次地给我讲过：我们的老祖从武德迁来，担子一头挑着两个孩子，另一头挑着席笼子，老祖死后就葬在了疤麻子树底。

从此，疤麻子树就錾刻在了我记忆的深处，尽管我从未见过它，也不知道它是一棵怎样的储满我家族记忆的树。

涧头这个山村，依山靠水，有肥沃的农田，也有贫瘠的山边。她足能够养活逃荒般到来的一家子人。三百年前的山村模样，只能靠我去想象。听老人们说，涧头在南北朝时建村，生活在涧头最早的住户是任姓和隽姓，还有白姓。千年的时光流过，任姓人还在，不过人口并不繁盛，在村里已经是小户人家；村里最后一个隽姓人在去年已经离世，他是一个光棍，从小就患有癫痫，靠村里人养活；而白姓人家，早在五十年代就已经离开了涧头，留下的只有大片的"白林"在银山的山前。

这个树有年纪了，虬龙般的枝干透出岁月的沧桑，它守护着从遥远的山西迁来的"喜鹊窝人"的后裔，让涧头的王氏后人不断繁衍生息，逐渐成为涧头村的大姓，人丁兴旺。

五十年代，全国兴修水利、围建梯田，涧头村的大坝就是在这个时候修建的，与它的兴建一起遭殃的是田野里大量的碑碣，正逢着"批林批孔"，这些不被人待见的石碑被派上了用场。它们光滑整洁的平面正好可以做大坝现成的桥面。于是乎，全村的石碑都被运载过来，成为大坝的一部分，成为夏天我们这些孩童们洗完澡后乐于研究的好物件，那些文字或篆或隶或楷，或婉约或遒劲或粗犷，但孩子们不懂……与墓碑一同遭殃的还有那棵大树，一棵生长了二百多年的大树，在惋惜中被伐倒，"疤麻子树下葬老祖"成为历史，一个家族的永久的叹息。

游走在老家，被勾起的往往是沉淀于心底的回忆。曲折细瘦的燕子河依旧潺潺地流着，南大井前昔日浣洗衣物的大石槽还在，它们卧牛般矗在那里，光滑的凹槽里曾经浣洗过各色各样的衣物，可现在，它就显得失落了，如同它近旁很久没人光顾的大井，还有偎依在它身边的孤独的柳。

那柳树许有百年了吧，反正我很小的时候，它就葳蕤地生长在那里。它经历过土匪横行的黑暗岁月，见证了全中国抗日战争中一个普通乡村的危难，看到了大坝上或大或小或残或缺的石碑，也看到了涧头村民 1959 年春那可怕的政治运动带来的饥饿和死亡……

这棵柳树，靠近已经湮灭的土地庙，它的西北角就是一座道观，它目睹了村人的生生死死，也瞧见了一个村庄的兴盛衰微……它是不会说话的老者。

山上的树日渐稀少，却没有人管问，这是一个村庄的悲哀。山边被辟成农田，生长着并不饱满的庄稼。村子里的绿色也少了，曾经花树繁盛的天井被厚厚的水泥地面覆盖。

也有值得高兴的讯息，曹家峪大片的山地被人承包，又植上了苹果、山楂，大坝南面的柳树行浓荫匝地，成为一道风景。听说燕子河要整修，村庄被推荐为"最美乡村"。最近的好消息是，涧头村成为"国家森林乡村"候选地。清明时节，纷纷细雨中回老家祭祖，老祖的阴宅已经迁到了长支王林子，在老祖的墓旁，一棵茂盛的疤麻子树已经有碗口粗细……

怀念树，怀念有树的村落，我的故乡。

第二辑 土地

　　家乡的土地或贫瘠或肥沃，散落在村子的四周。土地上恣意生长着各样的庄稼，春天是一望无际的麦黄，夏季则是郁郁葱葱的浅绿或深绿，其间还缀满了各样的花儿，秋来了，田野里则多了劳作的农人，他们携家带口，忙着收获。

　　父亲 1982 年赴费县师范学习，年仅九岁的我便加入了劳动的队伍，于是我早早地懂得了劳作的艰辛，知道了做一个农民的不易……

我的种地生涯

二十世纪七十年代出生在农村的孩子，几乎都和土地有过亲密接触。他们"土里生，土里玩，土里长"，天生是个"泥孩子"，与土地有割舍不断的情愫。这一点和城里的娃娃很有不同。

涧头是一个山村，青的山延绵不断，绿的水叮咚长流。十九个山头环卫着高高低低、黑黑白白的草房子。二十个生产队、近四千人生活在这里，世世代代，生生不息。

山村嘛，自然有众多的土地，或山边，或平地，或贫瘠，或肥沃。我们家人口不多，四口而已。这样也分到了大小十几块田地，算起来也得五六亩吧，再加上父亲承包的山边地，这十多亩地真够父母操持的。自然而然，我和姐姐就成了种地最现成的帮手。

在我模糊而清晰的记忆里，父母总是在忙碌，而我的种地生涯将从这里开始。

参加工作后，和并不熟悉我"底细"的同事一起闲聊，他们都认为我打小没干过什么农活，父亲是老师，吃公家饭，怎会有那么多地，又怎会有这么多活？说起这些，我都会颇为自豪地说：我几乎什么活都干过，你们比不过我！

"推粪，你干过吗？推水车，你干过吗？你起过石头吗？"

想想过去，我真的干了不少活呢！特别是我那段起石头的特殊经历，让我有了独特的人生体验，也让我变得自信而独立。

1982 年，父亲以优异的成绩考入费县师范，那时父亲已经三十二岁，我也是近十岁的大孩子，尽管瘦弱，可干起活来也能顶个小大人了。父亲外出学习，周六、周日才得以回家一次。母亲成了顶梁柱，我也成了早早干活的"小牛犊"。

大部分地是山地，地块也遍布村子的周围，不少地距家得有五六里地，走一趟都得老半天。记得那时种地，虽然已经不再手挎肩挑，可还是单纯靠人力畜力，耕地靠牛，搬运靠推，收割也是用最原始的方式：割、刨、拔、摘，这可累坏了母亲。

年幼的我看在眼里，心里也不是滋味。于是，帮着家里干活成为极其自然的事情，我和姐姐跟着母亲，顶着烈日，冒着暑气，活没少干。

父亲回家一次，都要抓紧时间拾掇拾掇地里，以减轻母亲的负担。两年后，父亲毕业了，继续在老家任教，这样边耕边教，家里的负担轻了不少。

幸福的日子总是很短暂。姐姐得了奇怪的病，整日蔫蔫地，脸儿也发黄，看医生，说是黄疸肝炎，可西药吃了一瓶又一瓶，中药喝了不知多少服，就是不见好转。这可愁煞人了，看着父母整日为此而焦虑、奔波。我变得懂事多了，我知道，我能帮助父母的，只能是用自己的气力帮着父母减轻劳动的负担，只有那样，我的心里才舒心些，我年幼的心才能够平静些，也只有这样，我才能分解父母那浓得化不开的忧愁。

在十九岁我师范毕业之前，我干遍了所有的重活。每周六、周日，是我和父亲例行的劳作日。家里的农具，都是两套，有的甚至三套，推粪，父亲推一大车，我推一小车，尽管推得趔趔趄趄，可我累得舒心。

推粪可不是好活，那时的肥料，以农家肥为主，猪粪、人的屎尿粪、牛羊粪，都是舍不得扔的好肥料。每家每户都有一个大粪汪，生活的垃圾，院里散养的鸡们鸭们的鸡屎鸭屎，落叶等等，等等，都被扫进粪汪。经过一段时间地沤浸，这些都成为上好的农家肥。

粪沤好了，出出来，晾干，倒细，就该运到地里了。

"起来，该起来了，今天一早咱推粪。过几天又该耕地了。"父亲总是在我睡得最甜香的时候叫醒我，身子赖在床上，心里也懒得动弹，可今天的任务还得完成，要不，父亲又得多干不少活，我心里可不忍。

我和父亲把这些倒好的粪上到篓子里，两辆胶车，一大一小，父亲推大的，我力气小些，自然推小的。今天的任务是推粪到北沟涯，那可是全村最好的地块。可是这地离家太远，足足有四里地，路也左拐右拐地崎岖不平，我心里有些打怵。

说实话，那时我十七八岁，虽个子长成，但很不健壮，豆芽菜的体型倒有点让人担忧。篓子是小篓，可装满土粪也得四五百斤，这小胶车，一个大轱辘，靠后面两支小腿维持平衡，平时装满东西，安安稳稳放在那里倒没问题。可要是推起来，可就不好伺候喽，胶车的两个长把靠双手加上臂力抬起，车袢早已攀在双肩，马步蹲起，重心抬高，人一直立，重心自然前移。这样整个车子的质量和平衡，就靠人的双腿和车轱辘三点支撑，维持方向避免失衡靠的就是人的臂力加腿部的力量。这胶车真的不好推，加上我人瘦肌弱，并无太大的气力。

父亲知道我气力小，粪装得少些，可也不轻。调好车袢，双手紧紧攥住车把，蹲下身，深吸一口气，嘿，小车起来了。"出发！"于是父子二人，一前一后，穿王家巷，经大汪涯，走南北主街，过小桥，直奔北沟涯而去。车身怪沉，还没走出村里，我已气喘吁吁，车袢压着肩膀，肋得肉疼，早就想放下车喘口气。可街面上有不断穿行的乡亲，他们都忙忙碌碌，可也没忘了相互招呼。"老王，早推粪呀！""二叔，家来了！"郑家的大爷爷早就瞅着我了，笑眯眯地招呼："大孙子能推粪了，行，学习怪好，干活也不差！"早喘得难受的我哪有工夫叫大爷爷，只能"唉唉"干笑两声，一弓身，腰肩用力，走咧！

终于出村了，到了后大汪，就该走那小道了。也不管父亲了，一个趔趄停下来，找个薄石板一腚坐下，不想起来。

天色不错，阳光也不烈。远处早春的雾霭还没完全散去，银山像一个敦厚的老人，蹲坐在那里，爱怜地看着这个能干的孩子。路边的小草已经悄悄露出脑袋，一点点地绿，有不知名的花儿正绽放，我记不清名字，好像叫"地枣子"吧。

累得快，歇得也快。一会儿就感觉浑身又攒起了力量，接着来。抓袢、用力、起身，车子差点歪倒，好险，幸亏没人看见。我快速调整身体重心，将车扶稳，腿用力蹬地，车轱辘又在土粪的重压下"吱呀"前行。我接着调整呼吸，一步一步踏实跨出去，绝不敢马虎。

毕竟车重，身体又轻。感觉腰在扭来扭去，像在跳舞。可跳得拙劣，跳得别扭，更跳得不由自主。

路越来越崎岖，又有大大小小的崖坎，我推得越发吃力。看父亲那边，估计已经到地里了吧。再歇歇，一口气就到了。

经过一条东西横路，路边小沟使得路形成上坡，一咬牙，全身用力，车没顶上去，眼看就要歪倒。匆忙中，我顺势将车一放，车子在小坡上稳稳地停下来，好险。

怎么办？正焦急中，那边父亲已经拿着拉车绳远远地朝我这边来了。

我可不服输，我缓缓抬起车把，让车一点点地后退，直到退回平路。再退退，看和小坡有了一点距离。重新上衿，蹲起，弓身，用力，一阵小跑，上来了！

有了第一次的经验，第二、第三趟就不在话下了。这天，我和父亲推粪推了三趟。

除了推粪，同样有难度和技巧的是推水。山地多，基本靠天吃饭。可父亲勤快，想赶上墒情。天旱少雨，就推水先点种，这可累坏了我。尤其是水桶里的水装得不满，一推乱咣当，那真是老汉推车又跳舞，滑稽难看了。

在以后的日子里，每逢周六周日假期，我最重要的生活就是劳动。暑假里以侍弄黄烟为主，加上拔草除草；秋日里则忙着刨花生、收地瓜。这样的日子年复一年，直到姐姐在外经营一间不小的超市，地全部交给三叔耕种为止。

在种地的那些日子里，我更多地感受到了农人的艰辛。烈日、酷暑，耕种、劳作，风里走、雨里来，那日子没有人喜欢。父亲是一个木讷却内秀的农民，他有文化，更懂得如何侍弄土地，也更明白如何教育他的儿子，他也比谁都清楚如何让这个家庭在贫困和痛苦中艰难前行。

现在父亲仍然种地，那是对土地的热爱。而我，也继承了父辈的基因，知道"人勤地不懒""一分耕耘一分甜"的朴素道理。没有什么比看着自己亲手栽下的薯秧，在经过一个夏季的孕育后，结下一个个硕大而甘甜的紫薯更让人高兴的了。

而我，从小接触土地，半生没脱离劳动，这也是人生的阅历和财富，这宝贵的体验让我更好地知道如何面对生活中的苦和难。

我永远难忘的曾经的种地生涯，必然成为伴随我一生的甜蜜回忆，当然还有点淡淡的苦涩在其中。

抗旱

随着全球变暖，一些极端天气也频频出现。电视上也经常报道一些地方大旱，皲裂的土地、干涸的庄稼、枯竭的水井、饥渴的灾民。看到这些，让我真切地记起了1992年老家大旱的情景，快二十五年了，可那干旱依旧如錾刻般无法从心头抹去。从那次大旱至今，家乡再也没有那样旱过：旱得让人心焦，旱得让人绝望，旱得让人没有了明天。

我的日记中曾留下了关于那次干旱的点滴记忆：

7月6日，本应大雨瓢盆的季节，却无雨。

7月10日，下午去西南湖干活，阴云从北面而来，有两个月没有下雨了，心中期盼下雨，可雨还是迟迟下不下来，饥渴的大地太需要水的滋润，毒辣辣的太阳依旧挂在空中。

7月11日，"大旱盼喜雨，喜雨何时到？"，终于盼到了雨降临的时刻，窗外雨帘帘、意阑珊。大旱由此解除。

干旱竟然从5月初一直持续到7月11日晚，近七十天没有有效降雨！

那年我师范毕业，我的记忆中，在毕业离校等待分配的日子里，第一个任务就是焦急地等待毕业分配的结果；第二个就是盼着下场透雨，除去这天灾。在那段无雨的日子里，在家里的主要任务，只有两个字，那就是"抗旱"。

进入了四五月，天热了起来，持续的暖风抚着绿油油的麦苗，麦苗在拔节、分蘖、扬花、灌浆，再有一场透雨，这麦子就算是丰收了。看着青葱的麦苗，父亲发自内心的高兴。可一天天过去了，父亲的眉头也皱起来了。

可别说一场透雨了！自进入 5 月，天只是灰蒙蒙的，连一点雨星也没见过。

地处山东东南部的家乡，属于山东丘陵，最容易遭遇的就是春旱。秋收过后，有两三场雨雪，一冬就没什么要紧了，若麦收前有两场春雨，黄澄澄的麦子就可以归仓了。一般的年景，麦收后在蝉的啾鸣中等待几天，一场雨下来，玉米、大豆、谷子、还有地瓜，借势或种或栽，等到 7 月到来，雨季也就来了，秋收也就有了希望。可 1992 年的初夏，有些另样。

七十多岁的爷爷瞅着这泛黄的天空，连连叹气："这天，八成是没雨下，旱雨难下呀。"

在小麦开始扬花灌浆的时候，该来的一场雨在滴下几个水珠后不见了。大片靠近山边的二方地、三方地，麦子已经不像样子，即使在一方地，凡地下有石瀽的地方，也有成片的麦子枯萎。

在干燥的天空下，人们冒着烈日把麦子收割起来。个别地块，几乎绝产，干脆不再开镰了。天还是灰蒙蒙的，父亲每天早起的第一件事就是听气象预报，可每次听完之后就是失望。夏种该开始了，大坝里的水干得很快，南大井里的水也消渴得厉害。到南井（小井）挑水，得带着一大捆井绳才行。

村民饮用的自来水也改为只在早晨、傍晚两个时段放水。说起这自来水，每个涧头人都有着深刻的记忆。涧头村，十年九旱，特别是春天里，总有一段时间干旱得厉害。上级也想方设法到处打井，可是打完之后，水总是偏少，一口二三百米的深井，水也还是不够充沛。南山的机井水倒多一些，但到了十分干旱的年景，水也是不够用的。其他几个地方更不用说了。说来奇怪，向北一跨过涧头地界，再走个几十米，这口机井的水竟然让涧头全村在最干旱的时候也不至于挨渴，这也真邪门。

有几只蝉无力地叫着，夏种已经拖了十多天了，推水种吧，不种就赶不上苗了。于是乎，我和父亲推两辆胶车，车上刹两个水桶，一个水桶能盛十一二梢（shǎo，"桶"的意思）水。为能推着水，我们早早就等在自来水旁，等放水的时候用水管接水，但这样的时候不多。最旱的时候，自来水光供应人畜饮用都不宽裕了，用这水抗旱不现实了。

大坝全干了，露出开裂的黑泥，有些地方长出草来，孱弱、消瘦，没有一点生气。早早栽下的烟苗还是一拃来高，春地瓜秧也耷拉着叶子，玉米、谷子、豆子至今还没种下，这天是怎么了？

南大井里的水已见底，可农人们耕种的朴素愿望依旧没有丢弃，能救一点就救一点，能活一棵就活一棵。推水浇一浇，总归要好一些。

涧头已经没有有水的地界了，南大井终于干了，大队里安排人去淘井，深邃的井底下只有几个破梢歪在那里，没多少淤泥，也没有任何能出水的征兆。没办法，到周围的几个村子去看看吧，于是到三五里之外的涧沟崖、坞南庄推水，一梢梢地装、一车车地推。推一趟水，得两三个时辰，车还没到地，人都累瘫了。

这水来之不易，点玉米，栽麦茬地瓜，一舀子水，浇不几墕（ǎn，量词，相当于一棵），这水浇到地里，倏地不见，心有些酸。大地，像干渴得没有一点乳汁的母亲，面对勤苦的农民，已经流不出泪水。

那年的夏种，各家都没有完成，在继续的漫长等待中，春地里的庄稼已经承受不住，花生大片地干枯，耐旱的春地瓜秧也一棵棵地死亡。继续抗旱，推点水，用镢头小心地在墕旁边刨点小坑，然后浇上水，让这些庄稼更多一些活的希望。

有时，西边滚来一点阴云，在人们的期盼中，这点阴云又被狂风裹挟而去。人们短暂的欢喜还没挂在脸上，片刻就成了苦笑，唉，又空欢喜一场。

7月11日，在我日记里，读到了久违的喜悦，甘霖般的雨水终于在人们几乎绝望的时候到来，老天也似乎是在考验人的耐性，在几乎是不可能的一个傍晚，浓厚的云层从东南滚滚而来，伴着狂风和雷电，下雨了，终于下雨了，庄稼有救啦，百姓有救啦。雷小了，风停了，雨却更大了，旱情终于解除。

雨下得太晚了，太晚了，可是推水抗旱栽种下的庄稼，有了这雨水的滋润，发疯了一般生长起来，人的辛苦不会白费，勤劳的付出总有回报。这倒毁了那些闲汉和懒汉，他们等着下雨，一直等到7月中旬，庄稼才种上，几乎错过了节气，秋日的收成就差了许多。

在这个假期里，十八九岁的我随着父亲天天推水浇地，曹家峪的那几亩地，在山边，一溜长坡让人生畏，推水上去得有人拉着车子，还得歇几歇，一趟水下来，几乎浑身湿透，这也让我真正地体会到了种地的不易、劳动者的艰辛。

这次抗旱也就成为我生命中记忆的一部分，永难忘记。

它几乎让我明白，在生活的道路上，随时都会有意想不到的困难出现在你的面前，面对这些困难和苦难，唯有勇敢地面对，才不会被打垮；唯有勤劳地付出，才会有收获的幸福。

有俗语说：老天饿不死瞎鹰。老天会开眼的，雨总会下，只是早和晚的事。就像，无论生活怎样，总还得继续。

这就是 1992 年的抗旱。

看瓜的日子

在秀美的老家涧头，有绵延的低山，有潺潺的溪流，有大海般碧蓝的天空。这是我曾经颇以为豪的。在山区，最不缺少的就是土地，涧头人多，几百年聚族而居，拥有一望无际的田地。这些田地或是显贫瘠的薄沙地，掺杂着沙砾，土硬地弱，只适合种花生栽白薯；再有就是群山围子，沿山边开荒辟出的梯田，土质肥，透气性好，算是好地。

最好的地块当属北湖里北沟两边的沟凹地。村西北方向，三面皆山，银山偎依着山村，雾平山两个山头，植被厚密，向西薛山，隶属于苍山（现兰陵县），多有燕子石出土。西高东低的地势明显，每逢雨季，山洪爆发，大量裹挟而下的黄土便淤积在河沟的两岸。当然这是我的推测，反正是造物主给涧头人留下了这沟两沿肥沃的良田。这片大自然聚拢起来的精华，如清水沙般细密，粉黄色，旱涝保收。能分到这样一块地，是村民们最朴素的愿望。

地有两亩，正靠在北沟向东北方向拐弯的地方，像牛梭头。

这地栽烟，熏得烟叶又大又黄，成色很好；种花生，皮白籽粒饱满，出油率高；撒播上麦子，在那只有农家肥的年代，父亲曾亲自测算过，亩产竟能达到六百斤。即使压地瓜，长的地瓜也是又大又圆，绝对高产。

山区，阳光足，地又透气，老家里多种黄烟。二十世纪九十年代前后，人们生活条件变好，种经济作物的多了，得益于涧头得天独厚的自然条件，老家不少人种起了西瓜，收成还不错，这就引得不少村民争相种植。

父亲自然不甘人后，决定要在北沟涯这块地种上一亩西瓜。

种瓜，倒不是什么新鲜事。常年种地的乡邻，总是在自己的地里点上几掩（ǎn，量词），或苦瓜、梨巴子，或面瓜、甜瓜、西瓜。有随着地瓜间作的，也有和花生套种的。耪地犁田打杈喷药，汗流不止口干舌燥之际，顺手摘过，随衣袖一抹，送进嘴里，生津消暑，很是受活。

可这是专门种瓜，自然不敢马虎。从选种、育苗到栽种，一路小心翼翼，父亲还煞有介事地买来一本种植西瓜的农技书，每天翻看。打杈、顺秧、留花、压瓜秧，细数下来，种瓜也够麻烦的。

眼看着瓜藤在肥油油的田地里匍匐、蔓延，嫩生生的一天一个变化，有力的藤须无方向地试探、攀爬，它是在寻找最佳的生长空间和最充裕的阳光吧，我有时就这样惴惴地想。西瓜的叶片肥厚嫩绿，背面泛出嫩白，酷似大人的手掌。

父亲每天都要到地里拾掇一番，像会老友一样。瓜们也很争气，嫩黄的花朵下分明已经挂了圆圆的或糖球或鸡蛋大小的绿果儿了。打杈、摘花，一棵瓜秧只能挂一个瓜，多了的话供不大，影响瓜的品质。

石榴花还未开欢，麦子已被镰倒，空气中蓄满了夏的味道。地里的瓜有的像拳头，有的像孩子们玩的皮球。晨风拂过的早上，瓜藤上还缀着露珠，父亲早在铺满绿色的地里巡视开了，"这些瓜，如果行情好的话，今年肯定能卖个好价钱！"父亲喃喃地说。

麦茬地瓜刚刚压上，老天就又来了一场透雨，瓜们就长得更加卖力了。半大的西瓜最容易被一些皮孩子糟蹋，是时候看瓜了。昨天，父亲说："你四大爷的瓜让南街的几个小孩作贱了不少，可惜了，瓜不熟，又不能吃，可惜，可惜。""这帮毛孩子，缺教养！"我暗吐舌头，头皮有些发热，小时候这事我也做过，父亲也许忘了，我可没忘。

这个夏天因中考的结束而被拉长，像注入了水分，也像需要一点新的色彩一样，不能过于平淡。我对父亲说："我去看瓜吧，正好也没什么别的事。"

看瓜的日子开始了。早早地起床，吃完早饭，再带点午饭，到下午霞光洒满地面的时候回来。这是我惯常的作息时间了。

瓜棚是早已经搭好了的，简易实用，几根木棒加上一根横梁，外裹塑料布，拎一个干草苫子最外面一覆，又敞亮又通风。即使最叫热的午后两三点，躲在瓜棚里，也出不了多少汗。看瓜，看的是人，除了孩子们来叨扰，哪有大人有闲工夫来扯淡。所以，这看瓜是极其轻松的活儿，如果你不觉得无聊的话。

自然，我既不无聊，也不寂寞。在这个初夏的季节，十七岁的我，以大地为床，天地做被，在天与地之间读书，读《红楼梦》，读巴金的《家》《春》《秋》。瓜棚外，瓜藤在恣意蔓延，瓜们在滋滋地吮吸大地的汁液。天地无声，我能听得见瓜们不断生长的啪啪声，还有就是我的心跳。

鲁迅的笔下，西瓜有危险的经历；地雷战里，用刀劈开西瓜也需要勇气。在这里，瓜们只需要幸福快乐地成长。

暑气渐盛，大地已吸满热力。雨勤了，瓜们已度过青春期，变得丰满成熟，快要到收获的季节了。

日子不急不躁，天上云卷云舒。从远处看瓜地，已成为一道风景：一块缀满绿色的巨大幕布，到处是藤须和绿叶，土黄的底色，却镶嵌着一个个大大的绿玛瑙。

躺在瓜棚里读书，书里和书外的世界都很精彩。世界很静，瓜棚里很静，我听得见自己的呼吸和心跳。在绿色的世界里，一切都变得纯粹灵动，世俗的杂念变得遥远。

日头很毒，有热风飘过。瓜棚在绿的海洋里，似一蓬白里透黄的舟。我在舟里荡漾，思绪飘得很远，像蓝天上挂着的那片轻云。燕子河边，一群光腚的孩童在泼水嬉戏；银山脚下，一株株粗大的栗子树下，几个小伙伴在捡蘑菇；夕阳欲坠，通往村里的小径上，一个梳着大辫子的女孩，挎着一竹篮草回家去……

脑海中像有一块幕布，一些场景不断变换，如蒙太奇结构般闪过去。

西边老李头的西瓜已经准备上市，价格与往年相比还要低了些，行情不太理想。瓜们不关心这些，它们只是不断地吸取营养和水分，它们只想自己心里甜丝丝的。

晚上也不能离开瓜棚了，收获在即，任何的闪失都不能发生。父亲和我交替换班，寸步不离地守护着瓜地，这一亩多寄托着我和父亲希望的西瓜。

瓜叶依旧厚而绿，藤须不再到处攀爬。瓜们也不再膨大，一夜之间，它们好像都有了心事。早上瞧瞧，颜色有些泛白，轻轻地敲击瓜皮，声音不再清脆，看看靠着瓜蔓的须子，竟然有些发干，有的甚至已经枯萎。"瓜熟了！"父亲告诉我，"你看，这须子，干了，可以摘了！"

夜还是走进了瓜地，挤进了狭窄的瓜棚里，渗入我的意识里。有夜猫子在不远处叫着，声音尖细执着。有田鼠在啃噬着瓜棚的支架，这声音一直伴随着我整个夏天。窸窸窣窣的声音从瓜地的另一边传来，接着是"吱吱"几声，那是田鼠在打架，也许是在嬉戏。

瓜地和瓜棚，还有我陷入无边的黑夜中，可我并不害怕，况且在不远处，就有三叔和赵家大叔的瓜棚，他们也在看瓜呢。夜渐渐地入睡，夏虫的呢喃温柔着我的耳膜，沟涯下偶尔有蛙鸣传来，远处飘来三叔咳嗽的声音。

西瓜的价格有点像过山车，前天三叔的瓜还是六毛多钱一斤，昨天就到了四毛。父亲有些坐不住了，眼看着蒂落瓜熟，这可咋办？一地的西瓜静静地朝这张望，主人将送我们到何方？

一连几天，父亲和母亲最主要的任务就是卖瓜，小心翼翼地摘下，谨慎地放进篓子，心情有些沉重。父亲推着胶车，母亲沿街叫卖：西瓜，卖西瓜了！涧沟涯、西石埠、黄泥岗、桃园……几个村巷走遍，只是这价格实在让人高兴不起来。

地里的西瓜一个个地摘走，可还不少。瓜们也有些急了，涧头和周边村子里的大量西瓜上市，颇有点蜂拥而上的味道。瓜多了，想卖出去，只有压低价格。看着我曾经照看过近两个月、又大又甜的西瓜被廉价地处理，我心里也沉沉的。

我也加入了售卖的队伍。找个自行车，后座挂上父亲不知从哪里淘弄来的角篓，十几个西瓜卧在里面。车身重，骑起来很吃力，可我还是带着这些瓜们到达了最近的石塘——养猪场的石塘。

时间已经是午后，太阳炙烤着大地，也炙烤着这些黑红的汉子。远远地看我来了，没等我喊出"卖瓜喽"，就一呼啦围上来。这边一人一个，疯似的挑起瓜来，价格自然是极低的。我一个人，第一次应付这些七嘴八舌的汉子，就有些招架不住。秤过得匆忙，账算得混乱，钱收得七零八落，汉子们脸上挂着狡黠的笑，可我高兴不起来。

这是我第一次卖瓜，卖得有些狼狈，这也是我第一次对乡村里这些看似朴实木讷的男人们产生了反感。我太善良了，我遇上了一群市侩。

我没有跟父亲说起这些，也没有再出去卖瓜。父亲和母亲把最后的瓜聚拢起来，带回家中，自己吃去吧，反正也没卖出多少钱来。况且这瓜极甜、沙瓤，很是消暑。

这之后很长时间，父亲都没提及种瓜的事，也绝没有了再次种瓜的计划。

多少年过去了，可那看瓜的经历和日子印在了我的心里，让我永远无法忘记。

怎么会忘记呢？那是我曾经的风景。

拾柴火

前些年做饭取暖靠的是煤球炉子，搬到楼上后，做饭靠煤气，过冬靠暖气，现在，做饭烧的是天然气。想想这些年一路走来，不经意间，生活竟发生了如此巨大的变化。

工作之余，总想回老家转转，走在老家涧头的山边地头、沟涯河畔，看到山上的红草寥落地待在那里已经无人问津，地里的烟柴、薯秧到处乱放，沟涯边的地扒秧子正在疯长，河边的掃条少有人割。才知道，这个社会已经变得与过去完全不同。

这时候，我就禁不住喟叹，真是天上一日，人间千年。小时候拾柴火的情景也就放电影般浮现在我的眼前。

二十世纪八十年代初，家家户户都穷得叮当响，缺这少那的日子里，亲妯娌亲兄弟也会因一瓢子瓜干、两个鸡蛋闹得不可开交。人要是穷了吧，什么东西都缺。现在遍地柴火没人理，可那时这些柴火金贵得很，你要是懒一点，等你想着出去拾柴的时候，湖里早就空荡荡的了。

想想也是实情，那时缺煤少炭，做饭取暖全靠柴火，庄稼地里的麦穰、谷秸、果子秧、白薯秧，都得留着喂牲畜；即使是山上的红草，也舍不得烧，还指望这个修缮房子呢！

秋收结束了，粮食晾晒完也囤起来了，这秸秆那薯秧的也收到家里垛好了，趁着刀子风还未刮过来，该拾点柴草囤积起来过冬了。

生在农村，那就是干活的命，看着父母每日价拼着命地劳作，做孩子的也懂事，早早地帮着老的打个下手、干点农活，跟着大人拾柴火去了。

秋日里是拾柴火最好的时候，眼看着秋风渐凉，雁儿南归，草儿枯萎，树叶儿变黄，又该拾新柴了。

又是一个晴好的秋日，蓝天像大海，云儿高远寥廓。父亲推着胶车，胶车上刹着耙子、镰刀，母亲和我跟在后面，我们的目的地是雾平山后，任务是拾柴火。

雾平山是一座不太高的山，有几个山头，分属三个乡镇、两个县区，山上植被丰富，因离家远，一般人都不愿过来。在雾平山后，有我家的两亩山地，父亲早就看到这是拾柴的好去处。

秋后的树木，大部分树叶已经飘落，只有个别灌木，还有几棵山楂树挂着红灿灿的叶子，像树枝上附着红蝴蝶，一阵风儿吹来，蝴蝶儿翩翩起舞。

葛针、荆秸、褚树枝子……这些都是烧火的好材料，葛针有刺，不好拾，可这难不倒父亲。父亲三下五除二，削了根带杈的洋槐树枝做工具，用起来很方便，也无须担心被葛针扎着手。

天已经颇有凉意，可父母干得正欢，脸上挂着汗珠。我和姐姐则拉着耙子在林间、草地、崖埂上来回走，繁密的树叶、草叶，还有一些遗落的柴棒便被搂起。

除了上山拾柴，冬日里，父母亲还刨路边的地扒秧子草、顿倒驴草、车前草……这些柴火，不供火（火不毒的意思），易燃却温度不高，正适合烙煎饼烧鏊子用。

可以这么说，整个严冬到来之前，家乡的农人们几乎都在忙碌，他们走遍山间、沟壑、田野，为的就是拾取赖以取暖做饭的柴草。

看着聚拢了一秋的柴草，厚厚实实地堆在房前屋后，或者大门口猪圈旁，朴实的村人脸上洋溢着欢笑，企盼的新年也似乎有了亮色，虽然整个乡村依旧贫穷而落后，可日头照样从东山冒出来，公鸡照样打鸣，日子不还是该咋过咋过？

身处乡村，到处都是绿树，可村人并不随意砍伐破坏。有时候村里成规模地伐树，那些树疙瘩就成为村人争相拾取的好燃料。冬日里，将树疙瘩劈开、整碎，搭在火盆里，随烧随添，火苗舔着空气，也映红了人的脸，这幅画面充满温情。

刨树疙瘩是力气活，村里那些懒汉是又馋又恨。粗大的树疙瘩坚硬无比，无数的树根拥抱着大地，扎进大地的深处。没有力气，你连想也不用想。

好像是1979年，或者1980年的样子，黄土崖漫山遍野、高高低低的绿似乎一夜之间全消失了，大大小小的树桩裸露出来。深厚的黄土滋养了这片二十世纪五十年代初培植的人工林，巨大的乔木与低矮的灌木构筑成原始森林般的生态。人们不可能意识到这种杀伐是对涧头生态的恣意破坏，这将成为涧头村民永远的痛点，当时的人们都沉浸在攫取树疙瘩的巨大喜悦中，这个冬天一定会更暖和。

父亲也是这个"杀伐"大军中的一员，当时我只有六七岁，对这个场景的描述只能依赖父亲和周围老年人的絮叨。在我十多岁的时候，银山后还遗留有粗大的栗子树、柿树……

一连十几天的时间里，父亲挥汗如雨、攻艰克难，把一个个大小的树桩收入囊中。粗大的檀木树桩蹲坐在那里，根系像运动员粗壮的手臂，牢牢地攥住大地，吸取着大地的营养。

要想啃掉这样的硬骨头，光有决心和毅力不行，得有力气摆在那里。父亲是舍得下气力的，况且这檀木是做案板的好材料，母亲还盼着做个案板呢！

说起黄土崖刨树疙瘩之事，父亲的讲述一直很平静，就像讲述一件于己无关的往事。其实，任何人用现在的标准评判过去，都是事后诸葛亮，在当时，谁又能预知未来呢？

松树疙瘩质地密实，燃起来发出淡淡的松香味，烟也少，是堂屋烤火取暖最好用的，可惜劈柴时怪愁人。老家里结婚举行仪式，往往在大门口和盈门墙之间燃上一盆炭火，这松树根是首选，取的就是其生活"红红火火"之意。

燕子河两岸的扫条渐渐没有了用途，塑料的筐筐盆盆瓢瓢充斥着生活的角角落落。在割了这茬扫条之后，扫条根将被扔弃，这当然是好柴火。记得最后一次拾柴就是刨扫条疙瘩，这扫条疙瘩刨起来并不费力，拾起来不费事，烧起来倒很供火。

拾柴火的日子一去不复返，再回老家，锅屋里堆积着柴草，过道里也有，盈门墙后还有一堆。很少再烧地锅了，地锅已经成为一些饭庄赚取食客眼球的噱头。

很怀念过去拾柴火的日子，真的。

开荒时代

"不是我不明白，是这世界变化太快。"细细咂摸咂摸，歌谣里的这句话竟然有如此的深意，一晃几十年过去，弹指一挥间，苍狗月亮，物是人非。

手机、电脑、支付宝、共享单车……中国已经进入新时代，可是我们也无法割舍过去，那属于我们的曾经的过往。

因为工作的单位离家也不是太远，因为父母还算比较健康，年龄也不是太大，曾经有很长一段时间，我都没有脱离劳动，包括现在，每逢周六周日，我都会回老家帮着干些农活，看望父母，也舒活一下因长期伏案而僵硬的身躯和四肢。

我喜欢种地，喜欢在锄耕点种耪的劳作中没有心理压力的感觉，就像父亲和母亲喜欢亲近土地一样，而父亲更是对土地有一种无法言说的痴迷。

土地是最无私的，也是最诚实、最讲感情的。你付出的多，土地给予你的就多。当九岁的父亲因挨饿而投奔在关外的爷爷时，当他由本村老高家带着返回涧头，枯瘦如柴一路捡拾着烂白薯回家时，他就明白了，人不能离开土地。

1978 年十一届三中全会的召开，犹如一声春雷，更像一场春雨，乡村的一场变革就要开始了。1978 年的涧头已经出现了骚动，包产到户的音讯快速地在村子扩张，百姓的喜悦挂在脸上，荡漾在眉宇间，连走路说话都能感受到那种兴奋。

村里已经有了一个决定，要把黄土崖的树伐了，开辟成田地。

黄土崖被银山、狠虎山、雾平山环绕着，只有东北方向有一个出口，有着厚厚的黄土层，这些黄土黏性大，营养丰富，很适合于庄稼生长，老一辈的人都知道。

这厚重的土层之上是中华人民共和国成立初期培植的人工林，加上原生的四处林立的粗大乔木，盘根错节，密密匝匝，没有人迹，形成了当地少有的原始森林地貌，伐了合适吗？有人悄悄地嘀咕。

被饥饿击倒的人们比什么时候都渴望拥有土地，几乎没有怎么商议，便形成一致的意见。于是一场轰轰烈烈的伐树运动开始了，当然这场运动成为涧头这个山村永久的痛，成为涧头人心中永难消弥的遗憾。

我对这片土地的记忆，是模模糊糊地记起父母推着铁锹和镐头刨树疙瘩的场景；是和玩伴在沟涯边的粗柳树下戏耍的嬉笑声；是在那长长的坡道上运输土粪和地瓜的辛劳；还有就是和父母姐姐分享那沙瓤的甜如蜜的大西瓜的喜悦。

成人后时常忆及黄土崖，可思路总是绕道，心中也带着遗憾和惋惜，那片曾经茂密的森林哟！如果能留存到现在，那将是一处怎样的盛景！时间不能折返，岁月无法回还，河川不会倒流，留下的只是回忆和叹息。

做生意的人向往永恒的利益，农人们渴望的就是拥有自己的土地。地分到户了，种地的甜头尝到了，村里又瞄准了山边。山村里低矮的丘陵绵延不绝，侧柏生长在山顶、山腰，山边则生长着杂样的树木，有年龄超过百年的古老杏树和栗子树，如盖的树冠遮挡住了骄阳，粗壮的躯干记忆着悠长的岁月；还有茂密的红草，那是我们老家专门苫屋的材料；再有就是在洋槐树上恣意攀爬的荆条和开着淡红色小花的野蔷薇。

秋日的山边是孩子们最愿去的地方，各样的果儿是我们的美食。

可惜，村里的土地承包开始了，拥有十九个山头的涧头村，有着大量的山边薄地，这些薄地早已荒废了几十年，是时候分给社员了。

十一队的山边是南山，南山也叫黑石山，在村子的南边，也就是南山的北麓，有公家的园艺场，几十亩地的苹果园，挂着红的或者青的苹果，可我们却没有机会品尝。没有人敢越过那密布着荆棘的栅栏，那长而尖利的硬刺令人望而生畏。

我家的山边在苹果园的南头，大约有一两亩的样子，在山边的周边，特别是南边和西边，紧靠着山膀，地边依旧是稀疏的杂草和灌木，还有就是低矮的松树和洋槐。父亲的兴致来了，他欣喜地看到这片山荒开辟出来就是很好的田地。于是父亲在那个冬日和春日，开始了我记忆中最难忘的开荒岁月。

父亲的铁叉深深地插进这从未被搅动过的山野，这原始的荒原，曾有野兔出没，曾有狐狸游走。尖利的叉尖刺进密布着杂草和根须的土地，地下的荒虫牛也受到了惊扰，随着铁叉一同袒露在初春懒洋洋的阳光里。

我欢喜着，在父亲的召唤下跑过去，将荒虫拾进提篮，提篮里已经有十几个荒虫，它们一动不动，肥而胖壮，有着硕大的牙齿，却从未张开过。这就是父亲所讲给我听过的，秋日高粱红梢时雨后漫天飞舞的山水牛的幼虫。它们都是现在城里人追逐的美味。

别看是草树杂陈的荒场，可土层很厚，除了圆的扁的石头之外，都是如蜜橘般攒在一起的生姜瓣子土，这样的生土种上两年，施上点农家肥，庄稼噌噌地长。

父亲是老师，可从没有脱离土地，他对土地有着天然的亲近。母亲也这样，一生眷恋土地，视土地为生命。

父亲母亲在那边开荒，我和姐姐在地边玩耍。我至今还记得地的北头，靠近苹果行的石垛子边上，有一株高大的皂荚树。老家到处都是山，四野里遍布绿树，可皂荚树却不多见，这树上，粗长的针刺令人生畏，大而宽厚的皂荚挂在树上，听父亲说，皂荚可以砸出汁液来，泡在水中洗衣服，原来农村里没有肥皂，都是用它来洗衣服。于是，我无数次把皂荚摘下来，闻闻它肥皂般的特殊味道，想用它的汁液洗衣服，到底是没有怎么尝试，最后还是扔掉了！

与皂荚一起扔掉的还有我的美丽童年和那不曾泯灭的好奇。

在这个寒冷的冬日和煦暖的春日，父亲执着地搅动着这沉睡了不知多少年的土地，让它变成庄稼生长的乐园。在我的记忆里，那片山地我们也种了有几年，后来山边地重新承包，那高大的皂荚树才与我告别。

忘不了的童年，还有那伴我成长的开荒时代。

菜园小记

　　想起童年，思绪就飞回了老家，自然就想起了伴我整个童年的菜园来，也想起现代作家吴伯萧的《菜园小记》中的精彩句子：种花好，种菜更好。花种得好，姹紫嫣红，可以欣赏，菜种得好，却可以食用。

　　还在生产队时，地归集体耕种，大家一起干，一块收，过起共产主义的生活。吃食堂的时间很短，1959年饿死了人之后，食堂也就成为历史。地一块儿种，社员们的一日三餐怎么解决，村里自然想出来办法：每家每户都分点菜地。

　　那时候，每家每户都有菜地，以生产队为单位分的菜地，要么分在河的两岸，要么分在场边，为的就是浇灌和管理的方便。菜地不大，几犁地而已，最多也不过一分地。可就是这点菜地，充实了百姓的菜篮子，丰富了我们的饭桌，也帮着人们度过了饥荒和贫穷。

　　我家的菜地，也分过多次，换过好几个地方。这些或方或窄的地块，切割了我的童年时光，也给我的成长岁月带来色彩和苦涩的味道。这些菜地，有靠近村北的，也有紧挨着小河汊的，还有临着东石崀的。当然我印象最深的，还是东石崀的那块菜地。

　　刚刚获得土地的百姓，压抑了千年的激情，在1978年得到了尽情的释放。农民们终于有了自己可支配的耕地，不用看地主的脸色，不用考虑上级的干涉。尽管涧头的百姓1982年才得到土地，可这也足够了，有饭吃了，能吃饱了，不用饿肚皮了，农民的脸上挂着朴实的笑，像挂在柿树上的红灯笼。

农民自己的菜地，看着也斑斓起来。紫红的茄子、青青红红的辣椒、长长的豆角，从夏摘到老秋；立秋前后，撒上萝卜、白菜种，一个冬天的青菜就铺在菜地里了。即使是飘雪的寒冬，也不愁没有菜蔬吃了。

头脑活泛的村人们，早就开始种那些"蹊跷"的菜蔬了。院子里的樱桃花泼辣地开着的时候，父亲早将腐熟的农家粪撒进了菜地，温暖的太阳抚着我的额头，我和玩伴们在菜花间追逐嬉闹，几只蝴蝶翩跹飞舞。父母精心地翻弄着这片肥润的菜地，或用镢头刨，或用铁锸翻，或用锨剁。土地如膏、细碎如酥，翻地、整畦、耧平，一道道工序，父亲做得很耐实。

清明前后，种瓜种豆。种上一畦四季米豆，栽上十来棵黄瓜，靠菜地边轮上两沟大葱。茄子、辣椒、韭菜更不必说，有时还撒一小片芫荽，甚至种上芹菜。整个菜地储存了一年的希望。

初春时节，阳光懒洋洋的，风儿不再张扬。可早上起来，仍有寒意，路边的枯草顶着一层霜雪。又到了歹（xí，用暖棚育苗之意）烟苗的时候，父亲收拾起家什，推着胶车，胶车上有准备插弓子的扫帚、塑料布。同去的还有母亲，后面的我是小尾巴，蹦蹦跳跳地跟着。

菜地里已经满是干活的村民，涧头是种烟集中的大片区，几乎家家户户都侍弄黄烟。先整畦子，已经解冻的泥土像面包一样松软，用铁锨铲土，只一会儿，宽六十来公分、长二十多米的菜畦子就整好了。接着松畦、平畦，先用锨将地翻起，然后用耙子耧平，畦子中的细坷垃都用锨拍碎。撒烟种，覆土，喷壶淋水，插弓子，盖塑料布，这些工序是一气呵成。

父亲在烟畦子的一头特意地撒上菜种子，借此先育出苗子来。茄子种、辣椒种、黄瓜种、米豆种，一起歹进去。这样等到细雨纷纷的清明节来过之后，小菜苗也就该移栽了。

到了夏秋季节，整个菜园里就热闹起来了。夏日的暑气蒸腾，菜也铆足了劲地疯长。紫红的茄子已经摘了好几茬，青椒一直就是做菜不可或缺的调味品。不炒菜，拔几棵大葱摘一把辣椒，回家蘸酱吃，母亲也吃得津津有味。

在困难的日子里，饭桌上曾经特别的单薄。听母亲说，刚分家那会，别说这些菜蔬，连咸菜疙瘩都没有。到后来，腌香椿芽、咸菜棒、咸豆子萝卜干成为桌上的三大件。渐渐地日子过得好些了，菜地里也能摘些应季的鲜菜了，虽然肉还是少见，一年吃不上几回，可青菜明显丰富起来。

豆角和米豆快速地生长，秧子在树枝支起的架子上恣意地攀缘，看着也挂花结荚了。鲜嫩的细豆角，成双成对地垂向地面，摘下一把，或炒或焯水凉拌，都是上好的时令小鲜。这豆角，嫩小时空嘴吃，一嚼生香略脆，还带点甜味儿，抢在煎饼里，加上点腌咸菜棒，吃起来别有风味。豆角老了，也可以细细切了，熬渣豆腐，熬时加上点豆钱儿，卷上一大包，一顿饭解决了。

秋意渐浓，凉风习习。茄子、辣椒已渐显疲态，结果也渐少渐小，干脆拔掉，种新的蔬菜吧。拔掉茄子柴辣椒柴，将地重新整理，栽上蒜、撒上菠菜，这样，第二年开春，拔蒜苗、剜菠菜，正好弥补了青黄不接时饭桌上的薄寡。

菜园一片连着一片，是村人们最用心耕耘的地块。因为每家都有，有时候有人会种点黄瓜来解馋，只是这黄瓜毕竟稀少，少不了有皮孩子偷偷摘了尝鲜；有的村人，还引种了菜花、包头菜，可没有技术和经验，总是长不大好，该收成了，菜花还似娃娃的拳头般大，那包头菜也长得寒碜兮兮，个头太小。

　　儿童时候，流连在菜地里，看着父母侍弄这些青菜，轻轻的流云走过，翩跹的蝶儿飘过，不知疲倦的蜜蜂嗡嗡飞过。开得恣意泼辣的菜花，黄得令人炫目，恍若在梦中。一年四季的菜蔬，让我们的肚腹获得了满足幸福，日子越来越好了。

　　每天下午，父亲照例要到菜园里瞧一瞧，打打杈、顺顺秧、架架藤、拔拔草，顺便摘摘豆角，

　　坐在岁月时空的这一头，在我朝五十岁奔走的时候，想一想那浸淫在旧时光的菜园吧！就像忆起熟知的旧友，好似再回到从前，酷肖童年时的一段多情而迷离的梦。在菜畦子里密密麻麻、你推我搡的苗苗，在春雨的滋润下勃发，在暖风的慰拂中胖壮，在煦阳的沐浴里愈发翠绿。早春，先是绿油油的蒜苗，再是在其间随意撒播的菠菜。等提（dī，拔）完蒜薹起完蒜，将菠菜一股脑儿拔起做完渣豆腐后，真正的种菜大戏才算开演。此时正是仲春，在塑料棚里培育的各种秧苗已经可以离开温室了。茄子栽子、辣椒栽子、黄瓜栽子，甚至南瓜栽子一同登场。别看它们显得孱弱，可经过和风细雨的润泽，都像鼓足了劲的孩子，呼呼地长，一天一个样。整个夏天，茄子、辣椒、豆角、米豆，间或割点韭菜，外加黄瓜、西红柿。在母亲的用心经营下，饭桌上的"老三样"已经退居其次。虽然那时猪肉仍很稀罕，可光这些蔬菜瓜果已经让人们滋生出了幸福，生活一天比一天好起来了。

　　地分包到户后，菜园子依旧保留着。靠近燕子河河沿的

菜地，取水浇菜那个方便。"头伏萝卜二伏菜"，秋意渐浓时，也是萝卜白菜最旺相最需要水的时候，老天却吝啬起来，久久不愿下雨。不用担心，菜地边溪水潺潺，正唱着欢快的曲子呢！

西红柿结了一茬又一茬，生着吃炒着吃两相宜。从还未变红时就开始摘，一直到老秋，秋风飒飒，最后一茬西红柿摘下来了，红得可爱，个头却小了很多，送进口里，颇有秋梨的味道，酸爽可口，生津开胃。

转眼的工夫，离开家乡已经近三十年，虽间或回老家，可没有了空闲去亲近那给我带来欢乐的菜园。

家乡的菜园，还有那些菜蔬，你们长得还好吗？

种豆记

父亲是老师，可不见有学究的模样，我感觉他更像一位痴迷土地的农民，他精心侍弄土地，善待勃勃生长的庄稼，就像对待他的工作、他的学生。

二十世纪八十年代是我的童年和少年时代，七岁到十七岁，从懵懂无知，到满怀心事，从青涩幼稚到初谙世事。当然我的回忆也烙着鲜明的时代印痕。矮山、树林、溪流、田野、庄稼，逼仄的巷子，光滑的井台，朴实的村人，再有就是贫穷和幸福。

涧头这个小山村，有三千多人口，也拥有众多的土地。记忆中，最多的时候，家里的地，大大小小得有十几块，加上替三爷爷种的那些，得有八九亩吧！

地多，种起来麻烦，可父亲一丝不苟，施肥、深耕、选种、除草，样样在行。这么些地，就像一张空白的画纸，可以任由父亲泼墨挥洒，种地高手自然会好好地筹划一番。除了那些大宗的地块栽烟压地瓜外，其余的小一点的地块，自然而然要种五谷杂粮了。

在我的记忆里，父亲种得最多的就是绿豆，一种就两三分地，有时甚至种过半亩。这绿豆熬饭喝，口感最好。水快开了，舀一勺绿豆下锅，文火煮二三十分钟，待绿豆破皮炸花的时候再勾上点儿芡，这诱人的绿豆稀饭就做好了。秋收了，白生生的地瓜从地里刨回来，做饭时添上几块，连吃带喝，甜甜美美，煎饼也省了，这几乎就是我们家晚饭的经典套路。

绿豆熬汤，清热解毒消暑，是夏天最受欢迎的茶饮。一个早，母亲熬好绿豆汤，装在塑料桶里，淡红的汤料极像现在在电视上掐架的"王老吉"，有绿豆汤解暑，炎炎的太阳也不再令人害怕了。

种绿豆不费事，桃花初绽，布谷鸟开始唱歌的时候，春种开始，耩下谷子，就顺带点上了绿豆。绿豆的秧棵很旺，整株都是翠绿色，圆圆的叶子上附着一层细细的绒毛。入夏，秧棵停止了生长，白白的成簇的花儿绽放，青小的豆荚早已支棱在花蕊中了。天是愈来愈热，豆荚却努力地生长，蒸腾的暑气给豆荚的生长鼓足了劲。眼看着饱满水润的青豆荚渐渐变得青黄干涩，可藏在豆荚里的子粒却继续存储着丰富的营养，豆荚快成熟了。

该摘绿豆了，父母整日忙碌，这摘豆荚的活儿几乎成了我和姐姐的专利。夏日的阳光炙烤着大地，好无情。豆荚儿这时也渐递变黑，失却了水分，剥开它，一排子粒饱满的绿豆便在眼前，绿玛瑙般可爱。这时可要抓紧时间摘取，否则豆荚干了，绿豆就会离开炸裂的黑房子落到地里，损失可就大了。

摘绿豆需要耐心，看着大片的黑豆荚，发愁是不行的。天热，一把一把地用心摘取，还得提防着脚下，万一被蛇们咬一口，那不要血命了？只是，我摘了这么多年的绿豆，连蛇蜕的皮也没见过。

豆荚摘回来，在塑料布上稍稍晾晒，绿豆就会炸出，收获就在眼前了。

除了种得最普遍的绿豆、黄豆，父亲有时会在堰埂边点上豇豆,这长长的豇豆荚比起绿豆可要好摘多了。有时父亲下湖耪地,顺带摘两把豆荚,回家让母亲煮煮。这样整个夏秋,家里都会吃到新鲜的豇豆了。

红小豆种得少,我甚至都不知红小豆秧的样子。可这两年卖得很火,听说这豆子益气补血,好东西。

在父亲所种的豆类中,还有蚕豆、豌豆,蚕豆大,主要是趁鲜煮着空吃;豌豆则主要是下锅煮饭用。有时,母亲会将红小豆、豌豆一起煮得透熟,加上点白糖,蒸发面的红小豆馍馍,味道不错,时间长了吃一次也怪好。

豌豆有大豌豆、小豌豆之分,堳埂上、荒厂边有时还有葱葱郁郁的野豌豆,比家种的小豌豆还细小,吃起来口感倒也没什么差别。父母搬到罗庄之后,闲来无事,竟发现有一片房产开发的工地上,成片的野豌豆无人理睬,父母将它们收割归拢起来,砸晾晒扬一番,竟有半袋子之多。

这些豆类,吃的是它富含营养的子粒,黄豆的功用最大,谁都离不开,其他的放在一起,加上点莲子、枸杞,就可以煮成八宝饭了,这饭可比那成听成罐的八宝粥强多了。

父亲还经常种米豆、豆角,这两种爬蔓作物,实在和那些豆类不同,在乡村,它们是饭桌上最常见的蔬菜了。

房前屋后,沟沿边的菜地里,甚至院墙上,到处都是蓬蓬勃勃的米豆,米豆的种类也不少,这儿最常种的就是秋米豆,一到立秋,秋风飒飒地吹,米豆倒越发结得相旺,并且更显鲜嫩。干活累极了,回家摘上两把到锅里一炒,一盘青青爽爽的应季佳肴就上桌了。

那种普通的米豆,在院墙上攀爬,在石崖疯长,在沟沿蜿蜒,结出簇簇扁长的、肉肉厚厚的豆荚,豆荚青里透着红紫。

母亲这时就会指派我摘米豆，将米豆的两根筋摽（lī，摘之意）下来，然后用大油炒，自然也是很可口的。

这些年到大饭店也罢，到乡村粗菜馆也好，人们总喜欢一道朴实的家常菜，那就是熬米豆皮子。这菜做起来简单，关键是要削几块肥肉片子，放炒勺里大火熬炖，煮透出锅，扑鼻的香味引来食客美好的回忆。这米豆皮子，就是秋日里结下的米豆，吃不了，怎么办？煮熟，摽出米豆种，摘去老筋，在干爽的秋风里晾干，收起来经一个寒冬，在青黄不接、菜蔬稀少时再拿出来吃食。这也许是那时度荒年的一种办法吧，我有时这样思忖。

豆角子，是我们这里最常见的蔬菜之一，估计这肯定也不是沂蒙山的特产。豆角子适应能力强，边边角角的菜地，不便耕种的荒沿（荒地），甚至在烟地里，豆角子都可以快乐地攀爬生长。长长的豆角垂挂在藤蔓上，一条条，一条条，可以生吃。有时在湖地里干活，中午懒得回家，拿带来的煎饼，拔棵葱，抡上两根豆角子，捎带着根腌渍的香椿芽，吃起来“咯吱咯吱”，也是简单且快意的一顿午饭。

这豆角子炒着好吃，蒸包子也可口，整个夏秋，都不会断遛。有时豆角隐藏在藤蔓里，发现时已经老了，不要紧，把种子扒出来，趁鲜做饭，晒干了下锅都不错，绝对浪费不了。种豆角多了，一时吃不了，也可以煮熟晒干，储存起来。更绝的是，这豆角子可以和辣疙瘩、茄子、萝卜樱子、胡萝卜一起煮咸菜吃，煮时加上佐料，上盘时沥点香油，馋得你直流口水。

在一次酒场上，有朋友说，现在吃的大豆，有不少转基因的，我就有些凛然。想想曾经吃的那些豆类，炒的那些豆角，生长在蓝天下没有一点污染的土地上，吮吸着农家肥的营养，它们是幸福的，我们也是幸福的，虽然仍旧清贫。

现在，有钱了，吃的东西琳琅满目，可怎么就没有幸福的感觉了呢？我奇怪着，可也思考不出结果，哪位聪敏的亲，你能告诉我这究竟是咋的了？

难忘那些豆们！

大粪堆的故事

二十世纪七十年代末，距今也四十年了吧，想想也就是倏忽之间。那时候啥都缺，买什么都凭票。粮票、布票、油票、煤票……这就是那个时代的特征。在农村，生产队还没解散，地也还没分到户里去，不吃"食堂"了，可还是一块儿耕种收，劳动效率极低。

涧头大队，共二十个生产队，每个生产队都有自己的烟楼、牛栏、麦场和存放劳动工具的生产队部。一个生产队的人一起上工、一起收工，干活要记工分，工分是年底分红的主要依据。这些事情，我也只是依稀记得，毕竟我年龄小，那时也就六七岁的样子。

每个生产队都耕种本队的土地，"庄稼一枝花，全靠粪当家"，那时化肥还很少，养地提高地力全靠农家粪。每个生产队都有一个大粪场，春日里粪堆囤积如山，成为颇为壮观的场景。

我的家，那个向东开门的小院落，在一个小胡同里。出门向北，经过杜老奶奶门首，左拐，走不过百二十米就到了王家巷。这巷子并不小，十字路口。在路口的西北角，有大片的空地，这就是十一队的大粪场。

一个夏秋冬，各家各户的肥料，不管是粪汪里的土粪、还是厕所里的人粪便，还是畜禽的粪便，包括各家猪圈里的猪粪，都要出出来，方好，等队里来人丈量。丈量完毕，各家劳力负责将这些农家肥推到粪场子去。

户数多，积累的土粪多，渐渐地，一座小山就平地而起。别看这些粪堆脏，可农村的孩子们却不管不顾，反倒成了孩子们的乐园，奔跑、蹦跳，玩滑梯的好处所。

这些粪料，秋日里堆积，不断地压实，不断地增高，粪水在内部发酵，土粪也渐渐变得干硬，干硬得逐渐就能支撑孩子们在上面蹦跳。也有孩子不小心一脚插进粪堆的软处，沾一腿黄屎狼狈地回家去，少不了被大人数落斥责一顿。

冬日到了，有月亮的夜晚，星星都慵懒地睡着，隐去了。大人们聚拢在碾台边，拉收成、说故事、谈家长里短、聊美苏争霸、世界大战。孩子们在大粪堆那边，也进行着一场"大战"，他们在比赛玩滑梯呢！

我们几个伙伴，呼呼爬到粪堆顶上，接着沿着"小山"的北坡鱼贯般滑下来，忘记了粪堆的脏，也不管是否磨破裤子，妈妈的训斥早就忘在了爪哇岛。月亮西沉、夜色如华，孩子爽爽的笑声，大人们的拉呱声，在那个夜里弥漫。那些穷苦的日子，不能阻止孩子们快乐地成长，也不会让村人们缺失了淳朴和乐观。

这个场景我忘不了，那个大粪堆也成为我成长记忆的一部分。

那时候穷，似乎什么都少，一入秋，各家各户就开始拾柴火，用以度过寒冷的冬天。而比拾柴更让人奇怪的，那就是拾粪。拾粪似乎是老年人的专利，背一个粪箕子，拿一个粪叉子，这工作就可以开始了。拾粪，拾的是狗粪，当然也有人的粪便，人有"四急"，这内急最不能忍，有时就是"急不择地"。

为了拾到粪，得早早地起来，沿着街巷，那些下路、避道处往往就有他们所想要的东西。

当然，我只是看过爷爷拾粪，我可没有实践过，我嫌臭。

可是有些活道我却是无论如何也躲不过的。那时的农村，厕所是最脏的地方，一方面是露天厕所，另一方面也没有人会在厕所的卫生上下功夫。往往是用几块石薄板垒一个方形的坑，上面再盖两块薄板了事。夏天里，容易积满雨水，方便时容易溅起不说，再有就是那密密麻麻蠕动的蛆虫就够人讨厌的了。

粪水满了，就得出粪，大粪筐得靠两个人抬，父亲出粪，我在远处躲着，父亲招呼一声，我不情愿地掩着鼻子去抬粪。抬出来再倾倒在粪汪里沤淋，发酵成粪土，然后送到队里的粪场子去。

家里的粪水，绝大部分都用在了自己的菜地里，有的农户，将清出厕所的人粪便晾在场里，细细地摊开，一刮西南风，整个村子臭气熏天，大人倒不计较这些，可害得我们这孩童只能掩住鼻子上学。

父亲有时候会在大粪里撒点土，稍微晾晒一下，然后堆放在一起，最外面再蒙上一层塑料布，经过一个夏秋的腐熟和发酵之后，里面的害虫和病菌都被杀死，臭味全无，这时晾干、碾碎，是上地的好肥料。

在没有化肥的年代，土粪、人粪尿是天然的绿色化肥，朴实的村民知道没有粪水发力，庄稼很难有好的收获。

大粪堆的东旁，隔着宽宽的王家巷，就是王家汪，夏日里的雨水就汇集到了这里，当然也包括从粪堆那边流过来的粪水。水有些脏，可不耽误我们在汪垱（我们称之为汪垱）里洗澡。

1982 年，地分到户里去了，大粪堆也不见了，取而代之的是各家的小粪堆，没了大粪堆，我们心里都有些失落，好在我们的游戏阵地很快就转移到村东的石崮和掃条棵（也就是紫花槐）里去了。

地分到了户里，农人们的种地热情高涨。农家粪依旧是上地的主要肥料，看谁家勤快不勤快，就看谁家攒的粪多，春耕的时候谁家的地里早早就运来了粪料。

渐渐地，化肥进入了农民的视野，复合肥、硝胺、二胺、臭化肥、磷肥、钾肥，化肥的明目越来越多。尤其是复合肥，俄罗斯的、美国的居多，国产的少见。上了化肥，庄稼噌噌地长，地的产量也上来了。

可惜的是，现在的老家，几乎没有人再使用农家粪。大量化肥的长期使用，地块已经出现了不同程度的板结。没有了优质干净的土地，怎么能生产出让人放心的粮食和蔬菜？

很怀念过去，那使用农家肥的时代，村里有大粪堆的岁月，不是那时贫苦的生活，而是没有污染的空气和土地，还有那碧蓝的天空和充满梦想的童年。

关于地瓜的往事（一）

家乡多丘陵，属于太行山的余脉，大大小小十九个山头，海拔最高的寨山也不过 270 米，地多是山地、薄地，为数不多的一方地（我们那儿称好地为一方地）在东北岭和西南园子，种点小麦，产量低收成少，不能成为主粮，那时候主要的庄稼也就是地瓜，整天吃的也就是薯干煎饼，吃面煎饼、麦煎饼，并当作三餐的主食，也就是二十世纪九十年代前后的事。

地瓜，我们那儿多叫白薯，红皮白瓤。有时候我们骂某人笨，往往叫他"白薯"，看出地瓜地位的低下。我老家对门，有个臧姓的近邻，比我大一岁，我叫他大叔，不太精细，那时淘气的孩子都叫他"烂白薯"，看来挺恶毒的。

地瓜什么时候传到家乡，无法考证，但当地人依靠地瓜，撑起了肚皮，填满了肚子，逃过了饥荒，这是不争的事实。

现在的孩子，泡在蜜罐里长大，偶尔到乡下，看麦苗，说是韭菜，看到大片的地瓜秧，绿油油的，挺新鲜的，可也不知道是什么，这可能是社会发展的必然吧，是不是好事，我不敢评判。

在我的记忆深处，地瓜几乎占据了我儿时记忆的绝大部分，提起地瓜，心里是五味杂陈，颇有往事不堪回首的味道。

从记事起就吃地瓜煎饼，常听母亲说起，那时家里太穷，没吃的，母亲就靠就咸鱼嚼煎饼喂我长大的。现在生活条件好了，年近七十的老母亲老想着薯干煎饼，于是问老家的三叔要了些薯干，熬薯干饭吃，煮了一大锅，让父亲吃，父亲说吃了泛酸，不吃；让我吃，我说早就吃够了，最后母亲自己吃了半碗，终于放下筷子，叹口气说："怎么就没有那个味了呢？"其实，很多东西都没有那时候的味了，不光这地瓜，物是人非，时过境迁呀。

家里十多亩地，种了八亩多地瓜，那时我八九岁，父亲上民师，不在家，我、姐姐和母亲，三个人种地，我几乎成了"大劳力"，无怪乎我小学时的班主任刘老师疼爱地说："老王把这孩子当小牛犊使了。"过去三十多年了，这句话我至今记得清晰。

那时候，秋收季节，最繁重的任务就是收地瓜，把地瓜加工成瓜干，趁晴天晒干，收起来除留一部分自己吃，其余的卖了换钱。因其中的工序烦琐，又都得用手工完成，每年的秋收几乎成为我的噩梦。

放了秋假，进了秋分节气，天高气爽，碧蓝的天空飘浮着朵朵白云（现在是无论如何也看不到这样的天空了，生活在雾霾里的我们已经变得麻木），西北风缓缓地刮起来，这几天肯定是好天气，正适合地瓜干的晾晒。全家头天晚上就开始忙碌了，父亲把绞车子收拾出来，擦拭、上油、磨刀片、磨镰刀、镶镢头，把家什都顺好，独轮车两边刹上篓子，就等着第二天下地了。第二天天刚亮，父亲就催着起床、吃饭，匆忙吃完早饭，全家出动，到雾平山后刨地瓜。刨地瓜挺费事，怪好几道程序，到地里，先割地瓜秧，一地的地瓜秧，还郁郁葱葱，看着就愁人，如果地瓜品种不好，是那种长秧子地瓜，更愁人。没办法，一沟沟地割，或者二三沟并在一起，分割开来，一小片一小片像席子一样卷起来割。

　　那边父亲早抡起镢头,从地头开始刨了,一镢头下来,红红的团团的地瓜就像一个个胖娃娃,从新鲜的土壤里抖落出来,如果地瓜长得抱团,一镢头一墩地瓜,一会儿就刨一片,很有成就感。我们这边虽是山地,但只要风调雨顺,别看地薄薄的一层,地瓜可长得不小。有的地瓜品种不好,地瓜长得又长又扁,根根子又多又长,那就麻烦了。刨起来费事不说,拾地瓜,掰白薯本,堆成堆,然后拾掇到筐头子里,接着用绞车镂地瓜,都费事不少。在那时,绞车子可是高科技产品,最初地瓜干全靠手工,用老式镂子,又慢又耗时,新式镂子是一种简单的机械,圆形的扇面装有两个大刀片,镂子侧面有专门放地瓜的地方,工作时,一手放地瓜,一手转动绞车,一片片的地瓜干便从刀口掉落下来,一会儿一筐头子地瓜就镂完了,绞车子架下也堆满了鲜地瓜干,一堆又一堆,到这里,工序才完成了一半。

　　撒地瓜干,把地瓜干匀活地撒在地里,以备晾晒,这活一般都是母亲来做,她撒的地瓜干,简单地摆摆就可以了,摆地瓜就是把压摞的地瓜干摆开单放,这样才能干得快。摆地瓜也不是好活,上午干个半天,都有些疲惫,午后的阳光还有些毒,晒得人也昏昏欲睡,真想找个崖埂睡一觉,可是,爹娘又催了:"快干呀,天不早了,想早回家就快干。"摆地瓜干,人多的时候最好,几个人一字排开,一块地就到头了,真是"人少好吃饭,人多好干活"。摆完地瓜干,收拾好家什,太阳已经沉沉地向西山后滑去,天色也暗了,秋虫开始呢喃,远处的牛在哞哞地叫,响鞭儿的声音传来,接着听到羊儿的咩咩声,路上也多了干活回家的人们。

　　收工了,地瓜干摆在地里,如果天气晴好,西北风不断地刮，到第三天，就要拾地瓜干了，推着胶车，两边刹着篓子，带着麻袋、化肥袋子、提篮、筐头子，奔到地里，地瓜干已经完全晾晒好了，拾地瓜干可是一项比赛，我和姐姐比赛，母亲更是两手并用，拾起来飞快，父亲就显得笨拙不少，总是落在后头。可父亲力气大，往家推地瓜的任务自然就是他的了。拾起地瓜干，先填满两个大篓子，再装成袋放在上面，满满一大胶车，就这样，父亲推车，我们娘仨跟在后面，有说有笑，在秋风的簇拥下回家，活干完后的释然难以言表。

储存地瓜干也是一项重要工作，在收地瓜之前，父亲已经在西屋的一角打好了地盘，准备放地瓜干了。地瓜拾回家，把瓜干倒地盘上，堆起来，摞高了，就该垒地瓜干了，那时家里有几亩地，收起的地瓜干要当天全部垒起来，几乎要干到下半夜，人又累又乏，可还得强撑着干。地瓜干终于垒起来了，堆积得像小山一样。一季子的地瓜干全垒在一起，至此整个的地瓜的收获才算完成。

看着这些地瓜干，有着收获的喜悦，毕竟，那时全家一年到头的收入几乎都靠这些地瓜干。

整个秋假近二十天，几乎有十几天是这样度过的，七八亩地瓜，劳力多、天气晴好给力，还好些，天要是不好，就更麻烦了。老家的人们，靠着山边，守着几亩薄地，就这样日复一日、年复一年的劳作，直到终年。

别小看这些地瓜干，就是这些地瓜干，帮百姓挨过了1959年的饥饿，度过了饥馑，填饱了肚腹，迎来了分田到户，盼来改革开放，走进了丰年。

地瓜，一个乡村发展的见证，一个乡村的历史。

关于地瓜的往事（二）

已过不惑之年的我，有时也喜欢吃些地瓜，现在的地瓜都是黄瓤，个大水足味甜，生吃口感都不错，还含有粗纤维，是养生的最佳食品之一。可惜，我不敢多吃，吃多了就烧心、泛酸，这时我就会说，这都是小时吃地瓜太多的缘故。这地瓜，饱含着酸甜苦辣咸，让我五味杂陈，让我唏嘘不已，更让我回到了童年。

想起这样，童年与地瓜有关的几件往事又浮现在我眼前……

记得那年，具体说来好像是1983年，那时我也十岁了，父亲在费县师范上学，好不容易逢着一个周末，家里的几亩地瓜待收，父亲家来，全家出动，割、刨、拾、锼、摆，一亩多地瓜我们四口人用一天时间就完成了。第二天，父亲又匆忙上学去了，天也不识时务地阴沉起来，第三天下午，云朵变得密密层层，好像要下雨了，这时地瓜已经晒得半干，拾吧！还不行，不拾，又怕被雨淋了，这可怎么办？母亲看看天，嘟囔几句，好像在拾与不拾之间抉择。天暗下来了，雨像非下不可的样子，拾，得拾起来，于是，我和姐姐、母亲三个人，在天完全黑下来的时候，一起到雾平山后拾地瓜。

天漆黑，母亲推车，姐弟俩跟在身后，就这样深一脚浅一脚地，在两边都是庄稼的小路上走着，远处夜猫子的叫声有些瘆人，还有地里不知什么声音，再有就是秋虫的嘶鸣。娘仨硬着头皮走着，远远地还没有到地里，发现远处有光，时明时暗、时高时低，"那是什么呀？"姐姐先问起来。"不知道，不用怕，有我呢！能有什么？走是了。"母亲坚定又坚决地说。

那光亮时停时走，时走时停，到底是什么？莫非是鬼火不成？那时姐姐也就是十二岁，心里和我一样害怕。"走，去看看去！"母亲大声说。

这件事情，在我长大成人后的很多年，都是父母和我们闲聊的话题之一，那时那地，母亲心中也有些害怕，她不信什么鬼，虽然心中也有些忐忑。就这样我们硬着头皮走着，靠近了，终于靠近了，才看到是老高家也是去拾地瓜干，边走边看天，是拾还是不拾？犹豫着呢！这惊骇才算结束。看看天，点点星星也终于从东方夜空中露出，东北风刮起来了，"东北风，无正形；时刮阴，时刮晴，走，回家！"母亲一声令下，拾瓜干行动终于在我们的一片恐惧中结束，也成为我心中最深刻的记忆之一。

关于地瓜的事太多了，还是在雾平山后，那时父亲仍旧在上学，我和姐姐、母亲拾瓜干，天迅速地暗下来，不久就黑了，母亲朝家里送地瓜干还没回来，我和姐姐就这样在地里等着，十二三岁的姐姐和十多岁的弟弟，就这样在地里等着，地上面就是大片的树林，再往上就是山坡，山坡不远处就是看山的小屋，可我们不敢靠近，都说看山的人是大麻疯，谁敢靠近？虫在鸣，夜猫子在叫，"母亲你到哪里了，怎么还不来？"那情景在多少年之后，在我们的记忆几乎有些淡忘的时候，母亲却一次次地忆起，这件事是那样的清晰，仿佛就发生在昨天。那时的母亲不过三十出头，父亲在外上学，家里的重担自然就落到了母亲身上，可母亲不说累，不嫌苦，硬是撑起来了。那两年，是我们这个家庭最辛苦的两年，尤其是母亲，后来的一些老病就是那时候动弄的，现在聊起这些，母亲还数落父亲。父亲那时考上师范，到费县上学，苦了母亲，苦了我们姐弟。母亲之所以能记得这样清晰，全是因为对两个孩子的疼爱，她知道，有男劳力的人家都已经干完活回家了，在荒郊野岭的秋日夜晚，对两个十多岁的孩子来说，哪有不害怕的？

时至今日，三十多年后的今日，说起地瓜，这两件事都是我们家庭最清晰的记忆，它像烙印，已经深深地印在我们心底，这就是我们曾经的生活，这就是我们家庭中必须铭记的经历。即使在写这篇文章的时候，在姐姐已经离开我们八整年的时候，我第一次深切地感到了姐姐的勇敢，是她领着弟弟，在荒郊野地，承担着害怕、承担着呵护。

还是那年，父亲回家了，家后的白薯地还没犁起来，虽然天刚刚下了雨，地还显得泥泞，可是，劳力家来了，赶快耕起来，好压地瓜。地太黏，还是耕了，耕完接着压地瓜，地瓜压上了，这活就算干完了。过了一小段时间，该耩地了，才发现这地变得坚硬如铁，耩不动。到了秋天，该刨地瓜了，地还是怪硬，地瓜刨出来了，个个都是团黝蛋，长得像春薯，本来是麦茬地瓜，种出来春薯的感觉，这真是歪打正着，坏事变成好事了。

时间太快了，又过了十几年，那时家里已经不种地了，再回家看看，发现老家还是种地瓜，但刨地瓜、镂地瓜干的几乎没有了，一般都是刨出来，直接卖掉，又省时又省事，还能直接换钱，老百姓也都聪明了。那么多的工序，收起来的地瓜干，还不是得卖？我对此不禁唏嘘半天，真是斗转星移，又是另一个天地了。家里的绞车子不知道现在还有没有，我想，绞车子是永远用不着了，而我的童年也永远寻不着了，除非在梦里。

说起卖地瓜，我又想起一件事，那时除了在西屋里存着地瓜干，在屋外还旋着一垛地瓜干，那年天气好，也收地瓜，绝对是少有的丰产年，地瓜干又白又没溏心，看着能卖好钱，至少一毛几一斤问题不大，一家人都沉浸在丰产的喜悦里。过了一段时间，该卖地瓜干了，你猜都猜不到，地瓜干多少钱一斤，我记得清清楚楚，六分钱一斤，大大的，白白的，辛辛苦苦从地里拾回来，用心旋（"垒"的意思）着存起来的地瓜干，卖了六分钱一斤，六分钱一斤，一想就心痛，一寻思就难受。

地瓜伴随着我长大，也伴随着我成熟，更伴随着我变老。这些年，老家种黄瓤地瓜的多了，城里人、乡下人也都知道，地瓜含粗纤维，多吃点有好处，地瓜的价格，尤其是黄瓤地瓜的价格也上来了，昔日赖以充饥活命的地瓜竟然成为餐桌上的稀罕物，就像那时候不愿吃的一些东西，苦苦菜、山水牛、豆虫、地角皮、南瓜等等，竟然都成为绿色食品，为大众所喜爱和推崇，真是时代变换，世事难料。现在，老家的人有时还种一些紫薯，这紫薯，皮和瓤都是紫色，富含花青素，吃起来口感也好，成为餐桌上的又一道佳肴。

地瓜，在我的家乡，绝对是不可或缺的标志性的东西。它带给我的也是无法抹去的记忆，记忆中有酸楚，有苦涩，有童年的斑斓，有成长的足迹，有泪流后的印痕。

那些往事，已经成为我生命历程中的一部分，直到永远。

关于地瓜的往事（三）

家乡多产黄烟，那是后来的事，地瓜的大规模种植不知是在什么年代，但对饱受饥寒之苦的百姓来说绝对是福音。

在国人的心头深深地割上一刀并撒上一把盐的1958年，深处临沂边陲的小乡村同样难以幸免，大浮夸、"大跃进"深深地毒害了一批人，时任涧头村村长的赵汉昌更是激情似火、走火入魔，别的村亩产万斤，他敢上报亩产两万斤；别的村子还多多少少自己私藏一些救命的口粮，赵汉昌却没留一点后手，就这样，一场灾难就极其自然地落到了村人的头上。

在涧头村，流传下来的顺口溜实在没有多少，能朗朗上口的寥若晨星，以名字编写的顺口溜更是少之又少，可是，只要是在涧头活过的人，无论大小，几乎都会一个顺口溜，那就是"吃豆秸，喝豆汤，临死忘不了赵汉昌"，说起赵汉昌其人，上了年纪的人，没有不恨之入骨的。

那年，其实收成很好，滚圆肥胖的地瓜满地都是，秋收的时候，满眼都是收获，可被"大跃进"迷惑了双眼的村干部，竟然决定将切不完的地瓜不做任何处理都堆起来，直接埋在了地里，就这样，丰收的地瓜被百姓看着眼睁睁地烂掉了。切的那些瓜干放在了仓库里，村里的人都吃不饱，可赵汉昌却为了要面子，把地瓜调拨给其他地方，上级给救济粮，村干部也不要，这可害苦了涧头人。

涧头村的挨饿是从 1959 年春天青黄不接的时候开始的，其他村饿死人不多，但涧头村饿死的多达几十人，其中就包括我的老爷爷。

这样也就有了爷爷、舅爷爷、三爷爷、父亲逃荒要饭下关东的经历，远在黑龙江的鹤岗市于是就和涧头村有了割舍不断的亲情联系，现在在鹤岗郊区，还有一个村被称为"涧头村"，就是逃荒要饭到东北的涧头村人和周围几个村的人聚集而成的。

在东北混生活并不容易，爷爷是 1958 年腊月三十（大年夜）下东北的，安顿下来，境况稍好了一些，1960 年打电报让父亲也去，临下关东，三爷爷给父亲几元钱作为路费，这让父亲铭记在心。于是，十岁的父亲和他的姥爷、姥姥一起到东北去。辗转千里，1960 年的 6 月终于到了鹤岗，可那边的境况似乎也好不到哪里去。当年秋天，也是一个收获的季节，父亲由姓高的本村大人领着千里迢迢返回村里，当时的情形父亲没有给我描述过，但我家后的杜家四爷爷给我说过，那时父亲瘦得是三根筋挑着一个头，到家的时候，手里还捧着在西南湖地里拾的几块烂地瓜……

地瓜营养不高，但含糖分多，用地瓜干磨成的面粉很粗，看起来明显的发黑，那时每天的主食不是地瓜、南瓜，就是地瓜干煎饼（我们这里叫 niǎ'ning，反正查字典别想找到这两个字）。

那时家里大人小孩都干活，饭量也大，八印鏊子的薯干煎饼，一顿下来，得吃好几个。烙一大八升（shěng，计量单位）缸（我们那里的缸口阔，底浅的大陶泥盆），一个星期就吃干净了。现在想起来，那时人的饭量大，与干活多有关，也与平时零食少，下饭的菜少关系很大，想想有时就着咸菜疙瘩吃饭，没个荤腥，全靠吃煎饼填饱肚子，煎饼自然吃得多。

烙煎饼是小时候最不想干的活，当然小孩子的主要任务就是烧鏊子。该烙煎饼了，母亲早早地和好糊子，找大笼包四个角提起，挂在高处，然后倒进糊子，等着淋的水分差不多了，就动手烙煎饼，母亲用自己垒砌的灶锅，八印鏊子盖在上面，烧鏊子的任务不是我的就是姐姐的，其实那时姐姐没少干活。这煎饼一烙就是半天，烙的煎饼放在大盖顶上，有时足有一尺多高。

烧鏊子，火大了不行，火小了不肯起，不好把握，小孩子又没有耐心，干一会儿烦了，就想溜，可惜又溜不掉，真是一种痛苦。现在有时和父母聊天拉呱，说起这些事，父母哈哈一笑，不置褒贬。其实，再想想，母亲在那里烙煎饼，累得腰酸腿疼，还不是没办法？家里眼见着大盆里煎饼这就没了，还得吃吧？真是小孩子不知大人的苦呀。

薯干煎饼烙浓（去声，方言，指含水分多，字典中查不到的）了不容易放，时间一长就长出或黄或绿的霉斑，烙干了卷不一块去，吃起来扎嘴、易碎，饭前得用水晒晒（其实是用水淋淋，词典中没有这个词），这种煎饼吃起来没味，不就点菜的话，难以下咽，那时没有什么菜肴，更不易见什么荤腥，听说有就盐吃的，也有卷点荤油吃的，抡上辣疙瘩条或香椿芽，吃起来倒是美味，我曾经就这样一口气吃过四个煎饼。想想现在的日子，寻思寻思过去，一个天上一个地下。

随着包产到户，各家种麦子的多了，东乡里几乎家家都吃麦煎饼了，涧头还是以薯干煎饼为主，就我家来说，到了二十世纪八十年代末，还以薯干煎饼为主，1989年我上师范，上面发的粮票不够吃，还得拿薯干煎饼充饥，看到别的同学吃麦煎饼，真是吃得既无味又自卑。当然以后就逐渐地以面（麦）煎饼为主食了，老百姓的生活条件确实是提高了不少。

转眼间，又二十多年过去了，现在各家各户自己烙煎饼的几乎没有了，鏊子也成为历史的记忆。前段时间，母亲回老家，问后院里要了几个薯干煎饼，吃了没两口，就扔下了，喃喃道："怎么就没有那味了呢？"我和父亲在一边幸灾乐祸："嘿，还没吃够？让你天天吃，看你还吃吧！"

煎饼是沂蒙地区的特产，也是临沂人喜好的主食。时光飞转，现在的煎饼样式变化不大，但材料却和过去大不同，各种豆类、五谷杂粮磨成粉，和在一起，然后烙出各具特色的煎饼，色泽和口感都很好，也很有营养，谁知道这社会变化如此之大，煎饼的身价变得如此高？真是物是人非呀，这不，"沂蒙六姐妹煎饼"就成为地方的一个品牌食品，据说产品销往了全国。

都过去了，地瓜干煎饼成为一种记忆走进历史，可是，我们又无法遗忘过去，过去曾经的生活，清贫却快乐，现在什么东西都有，我们却并不快乐，我们似乎陷入了一个无法走出的怪圈。

关于黄烟的往事（一）

在童年记忆中珍藏着的，除了青葱的群山、淙淙的溪水，再就是高高大大、成排成行的黄烟。初三时有一次作文，题目是《风景这边独好》，我写的就是家乡的黄烟地，也感觉不出写得多好，但那次作文课上，我尊敬的朱茂峰老师竟然把它当范文读给大家听，实在出乎我的意料，这让我激动了好长时间，也让我从此走上了"码字"的道路，成为一名业余的"写手"。

说起黄烟，自然就忆起与黄烟有关的往事，这些事清晰具体，恍若发生在昨天，它伴随着我的整个童年，目睹了我的成长，承载着我们整个家庭的悲喜，也见证着一个村庄的发展和变迁。

黄烟是什么时候走进人们生活的，无法考证，查阅相关资料，在百度上搜索"黄烟"二字，散见于文献中：晋代王嘉的《拾遗记·岱舆山》中有"孟冬水涸，中有黄烟从地出起数丈"，应该与此黄烟无关，南朝梁的江淹《横吹赋》中有："吟黄烟及白草，泣虏军与。"唐代张籍《罗道士》诗中有："城里无人得实年，衣襟常带臭黄烟。"也许才是真正意义上的黄烟，现代作家刘半农《游香山纪事诗》之六中"网畔一渔翁，间取黄烟吸"一句，是用来吸食的黄烟无疑。

刚刚记事时，那时候还有生产队，涧头村大，有二十个生产队，我家是十一队，队里就大规模地种植黄烟了，一个生产队种几十亩黄烟，用几个大炉熏烤，一炉下来，金黄的烟叶堆满三间屋，母亲和队里其他妇女就整日价去捡烟，所谓捡烟就是把烟叶根据其成色分类，绑成小把，便于售卖。当时最好的是一级烟，熏好的叶片金黄肥大，烟筋（也就是叶脉）呈深黑色，叶片有一定的厚度，一屋子烟叶散发出一种呛人的气味。大人捡烟，孩子们就在周围打闹玩耍，有时就少不了挨生产队长的笑骂："这些调皮孩子，再不管管，就上天了。"

再大一点，能帮着大人干活了，就帮着大人系烟（系，此处读 jì），就是在烟杆子上用细绳围绕木杆左右两边系烟，一小把一小把地系，一小把有三个到四个烟叶，这活细而慢，极费人工。到后来，就不用烟杆子了，而是用烟绳子系，两根尼龙匹子上上劲，合在一起，一根大约有 2 米到 2 米半，两头拧上烟钩子，是用粗铁条拧成"S"形，上进烟楼子时挂在钢筋上，既省力又灵活方便。

上面这些，只是整个种植烟草工序的一个环节，包产到户后，黄烟作为经济作物，种植利润较高，在很长一段时间内，乡里都把种烟作为农村致富的推广技术之一，加之涧头多山，地薄透气，含氮量少，极适合烟草生长，那时候几乎家家户户都种植黄烟，并把其作为发家致富的主要手段。那时候，我家每年都种不少黄烟，在我的记忆中，种黄烟最多的一年，好像种了四亩多，烟叶的质量也好，有一炉好像卖了两千多块钱，要知道，那时父亲一个月的工资也就百十元钱。

现在父亲年龄大了，家里的地也少了，除了早年承包的三亩山边，只有母亲的一亩多地，加上父亲后来在外教书，也就不再种烟，但再早的那几年，家里年年种烟。而我对种烟的印象，一直不好，因为种烟太复杂、太麻烦、太费时间、太让人受罪，或者简单地说："种这鸟玩儿，太使人！"

整个种烟的过程，说来有这样几道工序：早春畦烟苗，先整畦子，撒烟种，用细沙土覆盖，再插弓子，缮塑料布，过五六天，出芽，再大一点，就要间（jiàn，去声，动词）苗，天热点了，就要放气。这仅仅是育苗，就这般复杂，真让人心烦。

等苗大了，栽进地里，就要开始打药，黄烟这东西，肯招虫、招蜜（即蚜虫），几天不打就把烟叶吃花了。种一季子黄烟，随着叶片的成熟，要劈七八次、熏七八炉。一个一个的烟叶，劈下来，运回家，接着开始系烟，看着一摞摞的烟叶，愁得人想哭。系完烟，还要把烟上到烟楼子里去（这是种烟最脏最累最苦的活，下文再讲），接着熏烟，烧炉，得三天左右，等快熏好了，就再提前劈烟、系烟。下烟一般是在凌晨三四点钟，我不知道为什么下烟非得选择这个时间，反正是在睡得正香的时候，父亲就把我从梦中叫醒，在心里十二个不愿意的情况下起床，然后下烟，还得爬烟楼子，下下来，然后解烟，一百多绳烟，全部解完得八九点钟，下午接着上烟，其他时间就是捡烟，卖烟。这每季子的八次轮回让我几乎崩溃。

穷人的孩子早当家，父亲在外上学，加上工作，那时我已经十多岁，可以干一些活了，看到父母整日干活，累得厉害，我也就想着多干一些活了，说实话，那时的我就有替父母分忧的想法，当然，这是后话。

父亲是老师，也是地地道道的农民，勤快，也肯吃苦，有力气，有技术；母亲更是心灵手巧、持家的好手，虽脾气急，可很能干。老天是不会亏待老实人的，就这样，我们的家庭渐渐地好起来，不几年，就攒了好几千块钱，改善了家里的生活，买上了电视，盖起了带釉子的四间瓦屋和小平房。

倏忽之间，二十多年就过去了，现在的生活水平普遍提高了，可总感觉生活像缺少了某样东西，想想，自己又说不出来。过去清贫，现在富足。但生活仅有富足是不够的，好像还该有其他东西掺杂在里面，就像饭菜一样，如果没有调味品在里面，吃饭咽菜就像嚼蜡一样无味。

现在，老家还有不少栽烟的，我的两个表哥就栽种了不少，但是劳作方式和过去大不一样，现在是规模种植，一种就种十亩二十亩，"劈、系、上、熏、捡、卖"一条龙，都可以雇人去干，反正农村有的是闲劳力，种烟专业户的名字现在才实至名归，收入也高了很多，一季子下来，有的收入达十几万元。

黄烟呀，黄烟，难以让人忘却的黄烟。

关于黄烟的往事（二）

抽烟对身体有很大的伤害，这是不争的事实，这边报纸宣传，那边电视广播，可依旧阻止不了广大烟民的狂热，有时和几个爱抽一口的同事拉呱，劝他们少抽点烟，倒被他们说得哑口无言。"你们老家里那些有年纪的，天天扛着大烟枪，提着旱烟袋，不也都活到七老八十？"的确这样，在我们老家，家家户户种黄烟，老的少的都抽烟，抽自己捡烟剩下的碎烟叶，用孩子写完作业后不用的本子当烟纸，既不卫生，又没过滤嘴，还都健健康康、乐乐呵呵。这让我十分困惑，有时就想，或许是这方水土特殊的原因吧。

说真的，老家多山，虽十九个山头，可有几块平缓肥厚的土地，皆是山洪暴发后淤积所致，土质疏松肥沃，含钾、磷多，特适合庄稼生长。一些山边坡地，只要雨水充足，庄稼生长、收成一点不差。

都说涧头土质好，不知你信不信，反正我是信了。涧头的西瓜，个头不大，但水大甜味足，远近闻名；所产地瓜含糖多，口感好，颇为畅销；所产春小米，熬出来的粥香味浓郁，价格比别处贵，还供不应求；种的桃、栽的梨、结的杏，吃过的都说好，这一点我颇引以为豪。

家乡的水土适合于烟草的生长，尤其透气透水的沙土地。黑土地就不行，黄烟喜钾，不喜氮肥，不会种的，往往在地里施多了氮肥，烟叶尺寸不小、可发绿发黑又显薄，一看油脂就少，从炉里烤出来，黑糊燎疤，一毛钱不值。

父亲种烟是把好手，烟种得总比别人家的好。烟秆长得高壮，烟叶肥大正气，熏出来的烟叶姜黄中透出微红，长度和色泽都够一级烟的等级，能卖上好价钱。乡亲邻里都来问讯取经，父亲也是毫无保留地指导他们，现在父亲虽常年在外，可在老家提起父亲，乡邻都跷大拇指。

种烟最多的年景，正好是我外出求学的那段时间，临近假期，盼着放假，也内心拒绝着又一个烤烟季的到来。

烤烟季不约而至，躲不过去的。劈烟（"劈"这个字，用作动词，读作 pǐ，字典中没有其他相同意思的，只好用此字代替，应该是当地方言）是第一道工序，这也不是什么好活，烟叶成熟的时候正好是炎热的夏天，不管刮风下雨，都得去劈烟，记得那时有一块地，也就八九沟烟，可是有近 150 米长。烟叶每次成熟大约也就三四个叶，把这些烟叶劈下来，整齐地码在烟沟里，劈完之后，再从烟地里抱出来，装车，尤其是劈烟和抱烟时蹭得浑身都是烟油，弄得两手黢黑，洗都洗不掉。

记得有一次，烟快劈完了，可天边的阴云也压过来，这就要下雨了，怎么办？赶快劈、赶快装车，抓紧时间。老天可不管这些，几道闪电之后，隆隆的雷声接着跟来。带着热气、裹挟着尘土的暴雨倾泻而下，打在烟叶的扇面上，打在我的脸上，打在码在烟沟里的烟叶上。"赶快躲雨！"我匆忙披上带来的塑料布，母亲和姐姐躲在几棵比较高的黄烟下面，浑身湿透，满脸雨滴，也不知道脸上留下的是雨水还是泪水。

生产队的建制还没取消的时候，熏烟用的是大炉。三间屋的烤烟房，一排连着一排，高高的烟囱，下粗上细，足有十几米高。烟炉中间用方形土坯垒成的是主火道，主火道南北各有两道圆形火管，三间屋的空间，房梁的位置由南到北都是粗粗的钢筋，这钢筋就是上烟时用来挂烟钩子的，原来系烟用烟杆子，我忘记了那种情况怎么上烟——但这种钢筋和两头带烟钩子的烟绳的结合，应该是种烟的一个创举，系、拿、递、上都很轻便。但是，上烟可就麻烦了，那时父亲在费县上学，十多岁的我也不得不像大人一样爬烟楼子上烟。

上烟时要全家老少齐动手，上烟前，将烟一绳一绳地摞在烟楼子附近，上烟了，六个劳力爬上钢筋，钢筋不是木梁，稳定性差，容易左右游动，需要很大的手劲和脚力，手使劲，脚蹬力，身子弯成弓形，才颤颤悠悠地爬上去，上去时还得小心下面的火管。就这样一绳一绳地挂，由北到南，由低到高，再由高到低，一般要上六层，加上屋脊上的两层，得七八层。

在烟楼子里上烟，属于高空作业，踩着钢筋，前摇后晃，必须小心翼翼，掉下来可不是嬉闹玩的。大暑天，里面又几乎密不透风，不一会儿就全身淌汗，热得像个水兔子，上烟前带的毛巾都溻透了。这种滋味如果没有亲自体验过，是无法想象的。尤其是上烟到最后，在上到屋梁和靠近上面通风窗的地方，几乎就是两眼摸黑往上钩，不敢睁眼，怕烟叶上沾得小沙粒眯着眼，又怕汗水流进眼里辣着眼。就这样，一口气两个多小时上完烟，精疲力竭，直到从钢筋上下来，悬着的心才算放下，浑身释然。

就这样上烟，一季子要七八次，后来父亲师范毕业回村任教，有大量的时间干农活了，这上烟的活还是我的专利！

烟终于上完了，浑身湿透，赶快从黑暗中摸索着跨过火管钻出来，再不出来，都有要窒息的感觉。出烟楼子门，一阵风儿吹来，那种舒畅无法言说。这时候，最想干的就是赶快骑车到东沟里，一个猛子扎进水里，洗一个痛快淋漓的凉水澡，洗掉浑身的污垢和燥热，洗掉浑身的疲惫和劳累。

多少年过去了，上烟过程中的那份艰辛和不易，深深地刻在我的脑子里。那时，一个烤烟炉，一般是几家子共用，大部分都是自己家的人凑成一伙，合建一个炉子，共同上烟、烤烟、下烟。一大伙人，老老少少、说说笑笑、拉着家常、开着无伤大雅、或荤或素的玩笑，那种劳动的辛苦也在这温馨、热闹的气氛中被稀释、淡化。

老家的人们，也就这样日复一日、年复一年的劳作，在劳作中谋食、养家，在劳作中老去。

老家的黄烟给村民带来了财富，也销蚀了人们的身心。但那时的百姓，心里都是快乐的，付出的是辛劳，收获的是或多或少的钞票，有了这些钱，心里就踏实了，日子就有了盼头，脸上的皱纹就舒展开了，明天也多了许多亦真亦幻的希望。

关于黄烟的往事（三）

涧头的黄烟种植在临沂西片很有名气，站在寨山顶上，四野里张望，一块块方整浓绿的烟地，如棋盘般整齐地排列着，构成了当地独特的风景。

可种黄烟也得有技术，如果想让黄烟长得苗壮，得适当施些氮肥催苗，还得多施磷肥和钾肥，尤其是钾肥，是黄烟的最爱，施肥合适，黄烟烟棵高，烟叶大且长，出的烟叶个数也多，一般一棵烟能劈 30 多个叶片，烟叶宽大肥厚，叶脉发青，叶片绿中透着淡淡的白黄，这样的烟叶，不管放在哪个烟楼子里，不管谁熏，烤出的烟都是够长够成色的一级烟——在烟站里能评上优质烟，卖上好价钱的。

可是要掌握这施肥的火候，着实不易，光凭感觉不行，你还得看地力、看土质，父亲种烟很注意技术，都有马失前蹄的教训。那块地在东湖，东湖的地本来就是黑土地，土质发黏，含氮多，父亲没把握好这个度，导致黄烟疯长，最高的两米多高，一米八多的父亲，在地里劈烟，都找不到人。整个夏季，这个烟就没熏好过，熏出来就是薄了喀哧的黑烟叶，又没分量又没烟味，到烟站里买，连级都轮不上，纯粹就是垃圾的价格。

刚开始种烟，大部分农户不懂技术，于是乡里就给村里下派了技术人员，专门指导栽种、熏烤工作。那时种烟的大村一般都派出专门的一名技术人员驻村开展工作，从畦烟、耕地施肥、打药掰烟杈掐烟头，置烟炉、安火管，后期的烘烤和捡烟分类，全方位指导。

有个技术员，驻村涧头，很巧，姓黄，每天骑着自行车在村里晃来晃去，颇能吸引村人的目光，当地人都叫他黄指导，那时技术人员可是香饽饽，这村请、那村叫，是奇缺人才。

炎热的夏天到来了，黄烟也成熟了，经过了一个白天的炙烤，傍晚时暑气还很浓，到了九点十点，夜晚才显得凉爽些，没有月亮的夜，星星欢快地眨着眼睛。全村二十个生产队，家家户户都种烟，村前村后，场左场右，大队里专门规划了烤烟炉，一排排地连在一起。建造时一般七间屋一起建，两头是大烟囱，朝里各三间是烤烟炉，中间一间，前面无遮挡，后墙开一个大窗，熏烟的可以来回地翻窗走动，这就是简陋的工作间了。

熏烟很煎熬人，我年龄小，父亲在外，合伙的烟楼子，该谁熏烟，都有分工，我只有硬着头皮上，但几个叔叔、大爷，还有前邻后舍没一个嫌弃我的，还都说："大学生来烤烟了，行！"好在熏烟的流程和技术并不复杂，什么时候加火、通炉、挑炉渣、压火，什么时候放地眼，什么时候开天窗，怎么看火表的温度和湿度，这些活计一教就会，况且我三叔还有空就过来看看，没事就指点指点。其他烟楼子的大人也都很热心，没事的时候，叫着我的小名过来："恁小就会熏烟了！不简单，你爹没家来吧！听说你学习怪好，不赖。好好学，考个中专，就吃国库了，娶个俊媳妇！给你爹争口气。"老郑家的大爷爷总是这样调侃我，眉眼里带着疼爱。可惜，后来，那么好的一个人，有一天发现脖子里长了一个疖子，同村里人说起来，他也调侃地说，"这个小疮，不耽误吃喝，还能要了人的命？"

一语成谶，竟然是恶病，中年就去世了。

一炉烟，要熏三四天，第三天的时候，要大火烘炉——炉内水汽也该向外排了，这样烟炉子的地窗、天窗都要打开，这是必需的程序，但这项工作也有技巧，什么时候开一点点，什么时候开一半，什么时候全部打开，都要看火候。地眼打开，也要经常地转转，得小心那些调皮孩子，你前脚把地眼打开，后脚刚走，孩子们就偷偷给堵上，耽误熏烟。

有月亮的夜晚，熏烟的几个人，聚拢在一起，在后大汪崖的打麦场里，铺上缮子、席子或塑料布，或躺或坐，东家长、西家短地拉起闲呱，谁谁的烟今年种得不好，长得也不出条，谁谁家的孩子考学了，谁谁家的猪得瘟病死了……就这样一个平常的月夜，几个常年在土地上刨食的人们，难得有了这样一个清闲的时候，海阔天空地拉呱，信马由缰地扯淡。月亮在云朵中穿行，月光如水，远处看得见淡黑的起伏的连山，近处的田地里庄稼在噌噌地生长。蛐蛐儿、看家狗（一种类似蛐蛐的昆虫）、蚯蚓在鸣，几只萤火虫飞过来凑热闹，墙根的火蛐蜓在爬动，一声嘶哑的蝉鸣传来，伴随着鸟儿飞去的噗噗声……夜渐渐深了，瞌睡虫出来了，打个盹、眯一会儿，第二天的活还不少，也该给烟炉钩钩火、添添炭了。男人们四下里散去，月亮西行，夜睡着了……

那样的夜，那样的事，那样的经历，现在回忆起来，模糊了细节，沉淀下来的是淡淡的思念和和淡淡的忧伤。

……

熏烟用的煤都是山西的无烟煤，早就在烟楼子前堆着了，烟楼子整个的炉洞和炉条下面的抽风道很宽很阔，火钩和添炭的铁铲都近两米长，炉洞的右手是炭池子。用火钩捅几下，一些炭灰便落到抽风道里，添上几锨炭，炉内便呼呼地作响，炉火很旺。夜静静地，有时我就看着炉门透出来的火光出神，想着那十几岁孩子的心事，想着自己的学习，想着等到了2000年，我将是什么样子。

熏烟的日子，对于我来说并不多，后来父亲家来了，这活就是父亲的了，有时我就拿本书看着，陪父亲熏烟。白天，父亲有时会从菜地摘几个茄子，放在炉洞内靠边的地方，不多长时间，一阵阵的清香传来，茄子烤熟了。大火烤出来的茄子，外皮略微焦糊，茄肉却很鲜嫩，捣点蒜浇上，撒上点精盐，是那时候下饭的美味。

还有时候，父亲会让母亲和点面，用桑叶包了，熏烟时带着，快中午时，找来高粱秸梃子，将面裹在上面，小心地放入炉洞，用快燃尽的炭渣埋了，片刻，诱人的香味就弥散开来，这种小吃物，父亲叫它"顶门杠"，我至今不知道为什么会叫它这样一个名字，但那味道却刻在了我心底，我觉着那是小时候我所吃的最好的面食。当然，有时还烧玉米、烧地豆子（就是土豆），甚至烧小麻雀（那时候，小麻雀是不受保护的，也没这种意识）……

岁月在流，记忆也渐渐地模糊，就这样，似乎是不经意间，我已经从十几岁的懵懂少年成为一个历尽岁月沧桑的中年人，可想起这些往事，总感觉遥远又切近，美好又值得回味，因为那是我的童年，有我的爱，有我的痛，有我的成长，有我的曾经。

关于黄烟的往事（四）

2016年新年第一天，中央电视台新闻频道《24小时》栏目，就冯小刚主演2016贺岁电影《老炮儿》吸烟画面太多，公开提出了严厉批评，称该影片滥用吸烟镜头，是一大败笔。可自烟叶问世以来，确实给人们带来了不少乐子，损坏健康的事咱不说，单那喷云吐雾、潇洒享受的感觉就很爽，也难怪很多人竞相仿效，"饭后一支烟，赛过活神仙"，更是给抽烟者一个无厘头的理由。

自从出现卷烟，各种各样的高档香烟层出不穷，抽苏烟、云烟、中华烟，这是实力，查腐败，从看抽什么烟下手，绝对没错。对穿四个兜的国家工作人员来说，抽"大前门""哈德门"就不错了，可老家的人，别看生活水平不高，可抽的烟叶档次不低，别看抽的都是捡烟剩下的碎烟叶，可都是一级、二级的烟，是"原汁原味"的好烟。

还有一些上年纪的老人家，像我三爷爷，八十多岁了，他最喜欢抽的是"大烟绺"（我也不知道绺是哪个绺，念liǔ），烟畦里栽剩下的烟苗子，在菜地疯长起来，长高到一定程度，留二三十个烟叶，打头、打杈，施足钾磷肥料，烟叶供得又厚又大。在金桂飘香的时日，用镰刀割下来，在秋风里阴干，烟叶黄中透红，又矼（gàng，土语）又呛，一般人都抽不了，可这是三爷爷的最爱。

改革开放带动了各卷烟厂，为方便烟农卖烟，上级在涧沟崖庄东路南盖了烟站，专门收烟。现在有时驾车走过那里，烟站仍在，不过做了别的用途。想那时候，这烟站就像集市，每天人来人往，煞是热闹。烟站门口，各种卖小吃的、卖玩具的，叫卖声、吆喝声，此起彼伏。

烟站的技术人员，肯定不止一个，有时候卖烟的人多，要分三四路验级过秤，在百姓眼里，这些人可了不得，随便从烟镰子（专门装烟的工具）抽出两把，漫不经心地一瞅，烟的等级就出来了。有时候，烟的等级就是技术人员嘴上一句话的事，这由不得你。

中国这样的社会，卖烟少不了人情和面子，托上了关系，里面有熟人，烟叶定级时肯定宽松一些，但对很多普通百姓来说，他们又真的不懂这些世故，都就一根筋的货比货、实打实地验烟、卖烟。

卖烟的人太多，周边好多村子的烟农都到这里卖烟，烟站验级宽时，外地的烟农有时也涌过来卖烟。到烟站，先领号，然后排队，验到一级烟的，兴高采烈地咧着嘴笑嘻嘻地拿着烟条子出来；验得不好的，垂头丧气，比死了爹还难受的样子。也有心眼活泛的，看到验的级不够，说不卖了、不卖了，退出来，又重新领号，到另一路去验，最后眉飞色舞地出来。

暑假了，在家里帮着侍弄烟叶，每天捡烟、隔三岔五劈烟、系烟、上烟，很累。可看到父母的操劳，又忙活起来了。有时父亲不得空，就让我去卖烟，把捡好的烟叶，打好包，用自行车驮着，一溜烟走北大路往东而去，一路下崖，不到半个小时就到了烟站。最令人高兴的时候，莫过于卖烟卖了个好等级，手里攥着大把的票子回家，骑着金鹿自行车，一路铃铛直响，遇到同村卖烟的，"卖烟咧！""烟价怎么样呀？""不赖，快去吧，人不少呀！今天验得松呹！"回家的时候，到大队部买点好吃的，到增亮三大爷那边割点肴，刚出锅的猪头肉，热气直冒，香味引诱着你，馋得人直咽唾沫。一家人天天挣命般干活，也该犒劳犒劳自己了。

那个暑假，我独自卖了好几次烟，正好是第五六炉的烟叶，产量大、成色好，价格也好，是出一级、特级烟的时候，趁烟价好，捡点卖点。去卖烟，外出走走，正好散散心，天天捡烟，憋在家里，闷得人几乎发疯。

烟站里人多热闹，还没到烟站，就听到喧闹的人声，进大门，扎好车，赶快领号，接着排队，可以松一口气了，就开始用眼睛去寻给烟站帮忙的那几个女孩，其中姓王的一个女孩，个子不高，胖胖的圆脸，带着青春的气息，因为父亲都是老师，早就认识，彼此也都熟悉。

"多咱放的暑假？"

"怪长时间了。"

"我给你介绍个对象吧！"

"你自己还没对象呢！"

卖烟排队的间歇，东扯一句，西拉一句，不知不觉一个上午就过去了。十几岁的年龄，正是青春萌动的时候。一个眼神、一个动作，都带着春意，携着真情。忙忙碌碌的暑假，有了这群可爱的姑娘相伴，不再孤独寂寞……

有一个女孩，也姓王，细高挑的身腰，大大的眼睛，瓜子脸、尖下巴，言语不多，举手投足显出文静，眉目中透出俊俏，眸子里闪着娇羞，这让我怦然心动，也使得我内心如小兔般蹦跳不安。她让我的青春期多了些梦幻，也让我青涩的少年时期变得绚丽多彩。

烟卖完了，照例是一级，这几炉烟正是中部烟，烟叶大、产量高，也是见钱最多的时候，任务完成了，晚霞已经罩满西方的天空，该回家了。

这段从心底洇出来的情愫，还没有酝酿发酵就消失了。那时的年龄，懵懂的情感像秋日的芦芽，经不得半点风霜，更像秋夜苍穹中的点点星辰，它是如此的遥远、遥远。

年轻的我充满朝气，近一米八的个子，但瘦削单薄，更像一个大男孩。我知道，距离让一切都成为不可能，所有情思都压在心底，像一颗掉落在乱石堆的种子，永无萌发的可能。

漫长而短暂的假期就要结束了，我知道，上学的日子快来了，另一种生活即将开始……

卖烟有时也挺愁人，特别是烟价不好的时候，听说烟站每年都有收购任务，任务快完成了，整个库房里烟叶堆成山，一卡车一卡车的朝外运输时，烟站里开始压级了，本来够一级烟的，压成二级，这样一斤里就少卖近两元钱，这两元钱可不是小数目，要知道那时父亲教学，一月的工资也不过几十元钱。

于是，到距离涧头12里路的武德烟站，到那里去碰碰运气，烟价也许会好一些，事实的确如此，武德的烟价普遍高。烟农们又一窝蜂地赶去，肩挑车推，大大小小的塑料包，捋得整整齐齐的烟叶，一把一把地顺好，待价而沽。

再后来，有人到泉汪去卖烟，离家有几十里路，父亲骑自行车卖烟，有时要一天一夜，而价格也时高时低。有时候，烟价实在不行，干脆用塑料布一包，等个一月俩月，最后烂贱地处理了事。

在生产队的时候，捡好的烟，一把把地打好刹（shà，名词，一捆捆的意思）子，上面下面用烟镰子夹住，一个烟镰子能夹近一百斤烟叶，抬起它需要两个劳力，还得使好劲才行。卖烟的时候，如果烟叶多，都得用小推车推，那时西乡里地排车很少，拖拉机更少，三轮车或许还没发明出来呢！卖一趟烟少则半天，多则一天，也是苦差事。

盛夏时节，暴雨说来就来，为防止卖烟时忽如其来的大雨，烟镰子一般都用塑料布里三层外三层地包裹好，记得有一次到武德卖烟，响晴的天空没有一丝云彩，这样的三伏天怎会下雨？可是，说什么来什么，大雨在排队定级时来了，一刹那间，迅疾的雨滴砸在地上，腾起一阵烟雾，人们四散奔逃，摆在地上的黄烟来不及收起，全都淋得刺刺湿，损失不小。

看现在卖烟，有货车、有各种三轮，百儿八十里，"突突突"就到了，真是今非昔比，可是，过去的那些岁月更让人留恋。

不能忘记卖烟时，烟镰子在自行车后座不安分，一路煞八回的气恼；不能忘记卖烟时，烟级不合心意时的沮丧；不能忘记卖烟时，烟价好、定级高，那种喜不自禁的神态；也不能忘记暑假里结识的那几个玩伴；更不能忘记那四目相对惊破心湖激起阵阵涟漪时内心的悸动……

唉，那难忘的黄烟季！

关于黄烟的往事（五）

打小就整天在黄烟叶里爬来钻去，那众多的烟炉和麦场也是儿时玩耍的好去处，砸过火管，钻过烟囱，与黄烟有关的故事三天三夜也说不完，黄烟像一个印记，深深地镶嵌在我、我的家庭、我的父母和老家的乡亲的心底。

同样的黄烟，母亲捡起来好卖，定级时级定得高，剩下的碎烟叶少，这让邻居的五嫂子直纳闷："二婶子怎么捡的，我得跟你学学！"五嫂子娘家是坞南庄，自己家里也种了不少黄烟。

说起来也不是什么事，那时熏干的烟叶，要等返潮后烟叶不容易折断的时候捋成把，这样才方便运输和审验，把可大可小，不成把不行。一炉烟下来，不可能都是好烟叶，有的烟叶有糊眼，有的烟叶叶片上有一层灰色，就像漂亮的脸上长着一层苍蝇屎，这样的烟色我们叫驴皮色，不好看，不好卖。

对于糊眼，母亲让我和姐姐用剪刀剪，把糊眼和其他大片糊的叶片一律剪掉，这样剩下的烟叶虽然不完整，但也是个个金黄，和其他烟叶绑在一起，根本就没什么区别，这种捡烟方法别出心裁，就像母亲做针线活那样漂亮。

烟叶捆成把，必须用烟叶捆，这样一些成色不好的大烟叶派上了用场，在当门（就是老家的屋内地面，都是土地面，叫"当门"）撒上水，把这样的烟叶潮起来，专门绑把，一部分赖烟叶又用上了。再有部分熏成驴皮色的烟叶，把烟叶捋去，只剩下烟梗，把这些烟梗截短，在捆把时和烟叶把一起加进去，这种方法不太地道，但却很有效，验烟的技术人员一般不拆把验烟，里面的掺假根本看不出来。

验烟时，要看烟叶的长度，光成色好，但长度不够，也不能把级定高，这怎么办？聪明的母亲也有办法，检验时不绑大把，一律小巧的小把，攒把时，长烟叶靠上，短烟叶靠下，只要捆绑时别掉下来就万事大吉，这样捋出来的烟叶，大小一致，定级自然就高。

这几手"绝活"母亲不厌其烦地教五嫂子，可五嫂子就是学不会，捡起烟来总是唉声叹气，直说自己太笨，对母亲只剩下艳羡。

对于母亲的做法，也无可厚非，但在烟站卖烟，也长见识，能看到"人类众生相"，卖烟的烟农，也有不耿直的，烟站里验烟、定级、过秤，然后让帮工抬进库房，有时也随便翻翻，竟然翻出大石头，足有十多斤重；也有在捆烟时，两边、底下、中间、上面装好一些的烟叶，其他地方弄稍次一些，还有直接装那些黑糊燎疤的赖烟叶的，被翻出来，诮笑着拿走；还有小偷混在人群里，借机偷钱包、财物，被偷的发现之后，气得破口大骂、脏字连篇；还有几个涧沟崖的闲汉，整日正事不干，东瞅瞅西望望，到处打群架；也有卖点烟钱，接着弄瓶沂河白干，割斤猪头肉，找个墙根，一顿吃喝，最后喝得一醉不醒，家里人来找，被斥骂着拽回家，灰头灰脸。

早春时节，嫩嫩的烟苗出来，两个小小的叶片煞是喜人，栽在地里，迎着春风，一天一个样，给老百姓带来实实在在的希望。当蝉鸣第一次撩逗你的耳膜时，烟已经在地里有半米高了，天越来越热，春秋衣换成了短衫，又一个储满希望的烤烟季。等劈了四五炉后，烟叶也长得又大又好，最来钱的时候又盼来了。

这时候每天的忙碌中，烟农的脸上总是带着疲惫的喜悦，年初的计划，要起四间瓦房，要娶儿媳，都等着要钱，可地中有烟，心中不慌呀。

三叔也是种烟大户，该劈烟了，早早地起来，赶到地里，"咔嚓、咔嚓"地开始劈烟。劈烟要看火候，一般一次也就劈两个至四个烟叶，劈得过早、过晚都不好，过早，熏出的烟叶发青，如果太早，熏出的烟叶就是纯绿色，不值钱；劈得过晚，叶片有些发黄，熏出的烟叶就会边缘发糊，也影响价格。"唉？怎么烟叶少了？原来一次劈三个，怎么一次劈一个，烟叶就发青了？不对呀？真是奇怪了？"三叔纳闷起来，再仔细地看看烟叶劈下后的茬口，"坏了，让哪个婊子操的给劈了！""这还了得，一绳烟卖不少钱，这一地烟叶，俺自己没劈，让孬种恶了脏（土语，骂人的话）先下手了。"三叔怒气未消，破口大骂。三叔转念一想，心生一计，下一炉烟叶没劈之前，他先偷偷地观察，反正偷烟的都是临近的乡邻，好干这事的有谁，猜也猜个差不离，但三叔很沉得住气，"捉奸捉双，抓贼见赃"，没证据可不好使。

又是一个月黑头，估摸着那个人又该来偷烟了，三叔提前一天在烟叶上抹上绿漆，绿漆抹在绿色的烟叶上，这方法绝了。后来和三叔闲聊，提起此事，三叔说得眉飞色舞，"抓他，还不小菜一碟？"。后来的结果不用说也都明白，下烟了，天麻麻亮，三叔就赶到下烟的地，来了个人赃俱获。

傍晚了，西山又罩满了霞光，炊烟从家家户户升起，羊儿、牛儿也入圈了。夜来了，星星眨着眼睛，远处有夜猫子的叫声传来，小山村在十九个山头的环卫下静谧地睡着了，劳累了一天的人们又睡去了。

第二天，太阳从东方升起，又红又圆，照着四野里整齐成行的烟地，阳光从摇曳的烟叶后面透出来，玛瑙般的露珠把它变幻成七彩色，新的一天开始了……

第三辑 成长

从不谙世事的儿童到情窦初开的少年郎，人生最美好的青春岁月从家乡的田野铺开，随着燕子河潺潺流去……

成长（一）

　　不知道岁月之锤是什么时候在我的脑海錾下记忆的，一个人的成长好似凤凰涅槃，从懵懂无知的孩童到青涩少年，到成长为一个溢满青春气息的毛头小伙子，总有着无法言说的困惑和苦恼，无人可诉、无法诉说，可，我依旧在长大，体内青春的荷尔蒙在不停歇地分泌，我的个子在不断长高，身体在不断变化，我的心思也越来越复杂，烦恼也如麻绳般缠绕着我，有时竟像天边的云，浓得化不开。

　　儿童时的记忆，朦胧又缥缈，悠远又绵长。记得最早的事情，给我留下深刻印象的，就是让姐姐领着上小学，那是初秋，夏老虎还没远离。那是第一次到学校，虽然父亲就是学校的老师，可依旧显得神秘。学校是一所由许多老房子构成的院落，粗粝的条石构筑的墙基，斑驳的墙壁，白灰抹就的墙面部分脱落。走进院落，迎接我的是几株高大的杨树，树干粗壮，绿叶婆娑。院子很陈旧，房子是那时常见的老房子，进门之后左拐南下，向西那一排。依稀记得就是我的教室位置，在那栋旧房子里，我度过了儿时学习生活的最初三年。

　　从此就要和燕子河的哗哗流水告别了，山野里撒欢的日子也一去不复返了，摸鱼、洗澡的事也得少干了，可我没有感觉到多么的苦恼。学习岁月开始了。我那时不过六岁多一点，懵懂无知的年龄，恍若梦境的学习岁月，现在回想起来，印象深的事情确乎很少。

　　"咯咯、咯咯"的笑声飘过来，让天空也变得明朗，我知道，那是我的启蒙老师，同时做我的班主任的刘桂芝老师，一个长的矮胖丰满可面容姣好的女老师，爱笑，也温柔，教课很负责。她是下乡知青，来自临沂东关最繁华的街巷，下乡后就扎根在乡下，找了本村刘姓的工作人员为丈夫。我对刘老师的思念和感激，至今还存留在心底，上师范时，我还每年都要寄送贺年卡给刘老师，那时当年很流行的表达祝福的方式。可惜的是，我的这位老师，年龄不是很大就身患重病，几年后就在病痛的折磨中去世，令人扼腕。

　　刘老师性格外向，既有女性的温柔，又有爽朗的一面，同同事聊天，给同学们上课，经常露出甜美的微笑，微笑时的酒窝很是迷人。

　　刘老师一直代班主任到我上完三年级，其时我十一二岁，时间也到了1982年，父亲作为一名社办老师，参加当年的民师招生考试，以高出总分70分的优异成绩，踏进了费县师范，距离老家70多里。父亲上学去了，除非天气不好，每周周六、周日必定回家，那时家里地多，农活也多，母亲虽然能干，但单靠母亲的力量显然不行。涧头是山区，种个地，上山爬岭，过沟走坡，分外吃力。自然，一些劳力活压在了我和姐姐年幼的肩膀上，看到我每天干那么多农活，刘老师心疼而嗔笑着说："老王把阿忠当小牛使了！"这句话让我永生难忘，我知道我正在长大，也该替母亲分担些农活了。

　　我的小学同学，一起入学的除了华强，还有尚森，他父亲在茶山园艺场上班，家庭条件也不错，我父亲就是这所学校的老师，我们三个同龄，走得也比较近，是儿时的玩伴，虽然那时淘气，也曾经因为小事闹过矛盾，有时竟也大打出手，弄得鼻青脸肿，可这儿时的友谊一直持续到现在。

记得和华强是同桌，华强调皮，上课时不专心听讲，弄弄这个，逗逗那个，一节课也不肯安静，还好拧我的大腿，把这事告诉刘老师，刘老师也只是批评批评了事，长大了，我们几个经常聚在一起，提起这事，他们说，建忠从小就老实！看来，我这老实人是要做一辈子了。

从小就老实巴交，学习起来认真投入，可有时贪玩、调皮，有时也做恶作剧。

我小学时最深刻的记忆，像有着皎洁月光的夏夜，只有为数不多的几个星星在闪烁，这星星明亮耀眼，让我的记忆不再空白。

入了小学，也就有了不少同学，可有许多同学在记忆中淡漠，最后不留一丝痕迹，但在我的记忆中，有这么一个女孩子，我已经忘记了她姓什么，就知道她的小名叫"凤兰"，一个农村女孩常用的名字，这女孩长得高高胖胖，可爱文静，平时不好说话，圆圆的脸上现出青春的气息。那时我和她是同位，平时男孩女孩的界限分明，根本就不说话的，更谈不上交往了。一天中午，我突发奇想，搞起了恶作剧，我把自己的几支铅笔一块橡皮利用课间偷偷地放进她的文具盒，中午放学的时候，我煞有介事地跑去告诉刘老师，我的铅笔不见了，肯定是被人偷走了。那时，东西短缺，铅笔也是好东西，于是老师就发动同学去找，结果在凤兰的文具盒中发现了。哪有小偷偷了东西不藏好，反而放在文具盒中的呢？刘老师识破我的"阴谋诡计"还不太简单了？刘老师把我叫进办公室，拿出笤帚疙瘩，照着我的屁股就打，"我看你还调皮吧，人不大，坏心眼还不少！"

我知道自己做错了，甘愿受罚，刘老师打了我几下就停了下来，又教育了我几句，才让我回家。这是刘老师唯一一次打我，现在回忆起来，好像打得并不疼，但就这样一件事，我的一次恶作剧，像镌刻在了我的脑海，让我后悔不已，多少年过去了，我都无法抹去，我不敢想象我这样恶毒的做法对一个文静的女孩来说是一种怎样的伤害，我做得真是太过分了，我想说对不起，终究还是没说。多少年过去了，凤兰的形象还在我心中存着，她的名字，她被冤屈的脸庞，她的那无法辩解的焦急，都清晰可见，也让我无法释怀。

　　好像四年级我们就不在一个班级了，后来我也没有见过凤兰，但我一直内疚，一直满怀歉意，老家的凤兰，你还好吗？

　　日子一个个溜走，我们都在慢慢地长大，我知道我错了，我也知道这就是成长。

成长（二）

涧头是一个山村，因为人口多，解放后就有了学校，我们都叫义学，学校在村中主路的西侧，石头垒就的门口，但没有安装大门，屋是老屋，一口大钟挂在歪脖树上，上课、下课，早晨在家起床准备早读，都是那悠扬的钟声提醒我。

在这所简陋老旧的学校里，我度过了我学生时代的最初时光，也经历了学生时代最清贫的那段岁月。时光流转，记忆不变，我的少年记忆，没有随我年龄的增长而湮灭。

我上小学的时间是 1979 年，三中全会刚刚召开不久，各家各户还没有从涸敝的集体生产中解脱出来，每个家庭都很贫穷，学校更是这样，那时仅仅是有一个上学的地方而已。没有课桌，整个教室里真正是"土墩子、石台子，前面坐个泥孩子"，黑板是刷过黑漆的木板，条件很简陋，可老师们上课的热情和认真劲一点不差。到了我上三年级的时候，屋里的石台子已经换成了混凝土板拼成的简易课桌，有一个桌洞，上课时坐的也不是土墩子了，而是学生自己从家中带的小木凳，大小各异，或精致或粗糙，成为当时的一个风景。

上一年级时，学校里收了两个班，我是一班，班里还有一个同学叫刘恩祥，特别聪明，学习也特好，考试时经常是数一数二的，可惜到了初中之后，他的成绩直线下降，成为学习由好到坏的反面典型。到了四、五年级，刘桂芝老师就不再带我的班主任，老师也换得勤了，班主任好像是换成了张玉文老师，这些事情记得不太清楚了。这时，村里又重新规划了一块地方，建设了新的学堂，我们也从黑屋子、土台子搬进瓦房，教室亮堂了许多，也认识了许多陌生的老师，其实，这些老师绝大部分都是本乡本土当地人，除了为数不多的两个师范生，绝大部分是民办老师，他们家中都有很多责任田。那时土地承包已经完成，他们经常是上午上课，下午回家干活，整个老师文化程度参差不齐，在教课时就经常闹出笑话，其中一个老师，方言特别重，在教课的时候，教授"白菜"，读"白菜"的时候，经常这样读："bai菜的bei"，这样我们就经常在他面前读"bai菜的bei"，弄得他大红脸。

因为学校在本村，当时上午上课之前都有一个晨读，也就是早上起床，赶忙到学校里上一节晨读，然后回家吃早饭，早饭后再到校上第一节课。

每天清晨，我就被鸟儿的啾鸣声唤醒，天还不太亮，随着学校里那老钟响起，街巷里就传来了走路的踢踏声，那是孩童们去上早读，有时还能听见咳嗽声，那是拾粪的老头背着粪箕子在拾粪。

我的女同学中，有一个叫杜芸的，是不是这个名字我已经不确定了，她的爸妈都是教师，好像是老知青，父亲叫杜德杰，母亲叫刘焕兰，杜芸个子不高，长得小巧玲珑，留着齐耳短发，青春可爱，这让我禁不住多瞅她几眼，感受到女子的可爱，这也让我朦胧地产生了某种爱慕，当时的男生女生虽不懂孔老夫子的什么"男女授受不亲"的古训，但平时也不说话，彼此都保持着距离，但情窦初开，每个人的心中好像都揣着一只小鹿，一个眼神，一次回眸，一句话，一个动作，都让人回味。

　　小学的男生们，个个懵懵懂懂、傻了吧唧，却各自怀着心事，每天的疯跑、玩耍耗尽了青春的热力，只有到了夜晚，在梦中爱恋着自己的心仪女孩，把青春的故事叙写下来。

　　十来岁的年龄，其实什么都不懂，家里也缺这少那，上学时用的最多的是练习本，那个时代缺少本子，不像现在的练习本印刷精美、各种各样，卡通式的封面琳琅满目，让人目不暇接。没本子，怎么办？最省钱省事的办法就是花五分钱，买一张大白纸，然后在父亲的帮助下折叠装订，订成16开的或32开的本子，这是当时最上档次的练习本了。

　　我还有个同学，小名叫升平，二年级的时候从外地转来，同样内容的语文课本，哇，他的竟然是彩色的，还有好看的彩色插图，这真叫人眼馋，更让人羡慕嫉妒恨的是他经常拿家中的鸡蛋换钱，一个鸡蛋五分，在当时，那可是一笔很大的财富，对于几乎不知道钱什么样的我们，他简直是一个大财主。后来才知道，他姓杜，老家就是涧头，他的爸妈在北京工作，他这是奔着奶奶来上学的。可惜，他在班里上学时间不长，又不知什么原因转走了，听说又回到了我们这些孩童只有梦中才能见到的地方——首都北京。

　　钱太重要了，它竟然可以买到如许的好东西，本子、铅笔、花儿团子……这让我第一次认识到钱的重要，也第一次认识到人和人是不一样的，家庭和家庭是不一样的。

　　多少年过去了，一次很偶然的原因，我因着姐姐的病到北京，也因为后来的亲戚关系，我和父母投奔到他那边，我们受到了极其热情和真心的帮助，这让我们全家感激并铭记在心。只是，我再遇到升平，我儿时的同学，已经彼此不敢相认，加之谋面的时间很短，又各有自己的事情急着去做，竟然连话也没有说，这不能不说是一个遗憾。

岁月，无情的岁月呀，你让我模糊了记忆，淡漠了友情，染白了两鬓，褶皱了面庞，人觉不着就长大了，觉不着也就老了。

我再也不可能回到从前，我的从前只能在记忆中，随着我一同老去。

赶集

张择端的《清明上河图》让我们见证了宋代开封城的繁华，可在穷乡僻壤，交通不便的地方，物品的流通和交换还是主要就靠自发形成的集市。听老一辈说，涧头在很早的时候有集，不大，都是周围几个乡村邻里赶四集摆个摊，卖点土杂、日用品，可后来被本村的几个地痞流氓欺凌走了。自我父亲记事时就不见有集，但我盼着有集，从小就盼，那时候穷，也只有赶集的时候，才能有好东西吃。

涧头村周边都是山，位于罗庄和苍山交界处，交通不便，距离临沂县城有四十多里路。买卖东西，主要靠赶集，至于平时打个酱油，称个盐，买个针头线脑，在村门市部就解决了。

最近几年，涧头又开集了，逢四九，五天一集。可过去的几十年里，买东西主要靠赶离村八里路的磊石集，再有就是赶从村向北十二里路的武德集，还有一种选择就是奔村西南，翻越山岭，经贤孝庄赶仲村集和台井集。

磊石集是个老集，正好姥爷家是磊石，这个集就成为我赶得最多最经常的集了。母亲从小生活在磊石，十几岁就随着姥爷炸丸子卖，也经常赶四集卖个炸货。母亲自嫁到涧头后，整日在地里劳作，风吹日晒，也只有到逢二七集时，才能去赶趟集，顺便去看望一下姥姥、姥爷。

磊石除集逢外每年还有两次逢会，一次是春会，是农历二月十九；一次是秋会，逢农历十一月初二。而对于我来说，最令人兴奋的就是去赶会。

赶会前的几天，我和志宏、传红几个同伴就兴奋不已，逢会那天，学校照例是放假，大清早，手里攥着父亲给的几毛零花钱，约上同伴，就欢喜雀跃地出发了。没有自行车，赶集全靠步行，我们走庄东南曲里拐弯的山路，一路说笑、打闹。天很蓝，有几朵云彩，暖暖的风拂在脸上，路边不知名的花儿绽放，有蝴蝶和蜜蜂飞来飞去，心也随着轻快起来。在路上，来来往往的赶集的乡亲相互打着招呼，穿过东沟的小石桥，经过东山南膀的一片树林，路过坞南庄后，上一个坡，就远远地看见集市上已经熙熙攘攘，仿佛也听到了锣鼓"咚锵咚锵"的声音。我们这时加快了脚步，而心思早已飞到了集上。

磊石集的规模不小，特别是逢会的时候，东西两个磊石，整个都沸腾起来，磊石会是不是庙会，已无从考证。村西头的大庙后来成为母亲上学时的学堂，现在早不见了踪迹。

还没有到集场子，人就已经多起来了，周边十几个村落，每年两次的逢会，怎么不让人盼望？没钱买东西，也得去走走看看，看看人也好呀：那些俊俊的小伙和漂亮的姑娘，那些玲琅满目的商品，那些花花绿绿的布料和衣服，还有那刚出炉的火烧。

牲口市、家具市、布市、农资市、菜市、熟食市……我在人群里挤来挤去，不是为了买东西，纯粹就是为了热闹热闹。那时候，乡亲的腰包都还没鼓起来，手里的票子还不多，又有多少东西可买呢？

在自行车还比较稀罕、手表是奢侈品、收音机是最好的家用电器的时代，终日里在地里忙活、刨食的人们，终于盼来了属于自己的大众节日。能在这会上玩玩、耍耍，看看人、听听戏，这已经是最大的快乐了。

随着如织的人流，几个同伴手牵着手，几乎把整个会转遍。其实没有什么可买的，况且手中的几毛钱，也就是能买几个火烧、几根油条。转得累了，为首的志彦大哥说："找地方吃饭去，各人买各人的，吃完看戏……""乌拉！"我们便一哄地散了，各人奔向自己喜欢的食摊，这个买火烧，那个买油条，另个买锅饼，各自吃去。

中午的阳光已经有些燎人，玩得也差不多了，村西南的那片空地，早已经搭起了几个戏台，每次逢会，都少不了有戏班子助兴，这戏台，被编织袋围了两层，只有一个入口被把守着，看戏是要买票的。还没到戏台，"咿咿呀呀……"的声音已经传出来。票不贵，也就是一毛钱，买了票，挤进去，里面已经围满了人，前面的有板凳坐着，后面的干脆就站着看，我们几个小孩就往里硬挤，终于挤到戏台跟，可以近距离地看人听戏了。

那些戏，看过了也就看过了，白脸的是奸臣，耍大刀的是关公，什么小生和老旦，我至今也没有分清楚。那唱腔，也不知道是柳琴，还是豫剧，还是吕剧，我们这些小孩子，纯粹就是胡闹、玩耍，那边有几个有年纪的老头，坐在板凳上，双目微闭，一副如醉如痴的模样。

听了半天，也甚无趣，只有那耍刀的关公，舞刀弄枪的一阵表演，着实博得了一阵阵的掌声，戏达到了高潮……可同伴还没有离开的意思，再继续听吧。

太阳西沉，戏台子周边的人少了许多，台上的曹操似乎也倦了，一会儿坐，一会儿站，声音也似乎不如起先洪亮有力。

敲着小锣收钱的小厮已经来回几次。

"该回家了，还有八里路呢，再不走就黑天了！"志彦从那边喊起来。

风有些大，天似乎也凉了些。几个人走在了回去的路上，路上仍旧不少人，挑着担子的货郎，仍旧不遗余力地吆喝着。那边卖花了团子的生意还不错，一人买了一串，吃着、说着、笑着、走着、跑着、闹着……天边挂着夕阳，脸红红的。果园围墙跟一个人斜躺在那里，跑过去看，是逢集必赶，每集必喝，要喝必醉的坞南庄的二愣子……

现在，涧头也是每年两次逢会，记得第一次逢会，母亲还专门回老家看戏来，那是我姐姐走后的第二个年头。而我，因为平时工作繁忙和心绪的原因，不但会没赶过，连村里的集都没正经赶过一次。听戏的人少了，戏也少了，要不是因为新起的会，村委里才不会花钱请人来唱戏呢！我想，这戏台终将会消失的。

磊石的会还有，母亲有时也去赶，大都是二姨打电话邀请，其实，那时姥爷、姥姥早去世了多年，大舅也死了，死得不明不白。我就更加不愿赶会了，尤其是磊石会。

但是，我的童年，童年的记忆中，总少不了赶会的场景，也忘不了那戏台，那喷香的火烧，还有在姥姥家吃的那厚厚的、有着葱花香味的油饼。

还是忘不了那会。

永远的石榴树

在我很小的时候就记得：父亲喜欢在庭院里栽几株花草，植几棵果树，使家乡老居里这四四方方的院子平添了许多色彩和生机。一年四季，除却寒风刺骨的冬季，无论是暖风习习的春，还是烈日炎炎的夏，还是凉风飒飒的秋，院子里总有花儿在争奇斗艳，总有果子在暗飘悠香。在童年的大部分时间里，这些花儿草儿树儿是我默默无语的朋友，在繁星闪烁的夜晚，我便和这些朋友做心灵上的交流，心灵上的对话，这些可爱的生命伴随着我渐渐长大。

也许是因为出生在七月的缘故，我对石榴特别地偏爱，我喜欢它那奇崛嶙峋、峥骨毕露的干；也喜欢它红得像火，开得繁盛泼辣的花，甚至对它如柳般浓绿发亮的叶儿十分欣赏。于是便渴望这不大的院子里能有一棵石榴树的位置，渴望坐在高高大大的石榴树下读书玩耍的神韵：树上挂着数不清张口大笑、满含皓齿的石榴，树枝儿被沉甸甸的果实压得低低的。

于是就有那么一个早晨，父亲小心翼翼地把母亲从别人家找来的小石榴树栽在房前，一架不大的葡萄在它周围蔓延。

这棵小石榴树在我的眼里实在称不上是石榴树，它更像石榴树上一棵长长的荆条，白中泛绿的树的肌肤，顶着几点红红的像花朵的嫩芽，虽然它显得很瘦弱，可它是笔直的。

这棵小小的石榴树夺去了我对院中花草树木的宠爱，我只钟情于这小小的荆条儿了,我把它当作圣物,每天给它浇水,每天和它说话,我还别出心裁地弄一朵塑料花儿做它的头饰,为此还得到父亲一番夸奖,好几次在梦中,我已成长为一个高大的男子汉,而我的身旁就是这棵树影婆娑、高干虬枝的石榴树。

岁月像一条涓涓的小河,慢慢地流淌着,我在慢慢地长大,这棵石榴树也渐渐地变高变粗变浓变绿,树干儿日见它的挺拔。

树在长,我也在疯长,大山阻止不了我对知识的渴求,我要到那重重叠叠的山外边去闯世界了。在经历过那黑色的 7 月之后,我有幸成为中国东部一所名牌大学的学生。

身在外,心却系在家乡。

一年半载难回家一趟,银色的月儿满了又亏、盈了又缺,飘香的 8 月又来了,于是我的眉梢多了对家乡的思念,我的口又想品味那甜甜酸酸的石榴了,我想象那棵树的硕果累累,更想象那棵树的奇崛高大,在我的心中,它已经不仅仅是树,它更像是我的身影,它是我心系家乡的魂儿。

在外苦苦地奋斗了几载,跌了几个不大不小的跟头,舔尝了失败的涩涩酸楚,也学得了满腹的经纶,我踏上了回家的漫漫征途。

我最急于看到的是我的那肯定已显苍老的双亲和那棵牵动我离乡之愁绪的石榴树儿。

带着满车厢的疲惫,也带着对家乡的满腔眷恋,我推开黑漆的大门,跨进我家的四四方方的院子。

院内盛开的花草把我带进奇异的世界,我的思绪倏地又回到童年,我的那棵如荆条般细柔、如乔木般挺拔的石榴树呢?我的心忽而提得很高,我竟然到家乡的第一眼没望见我那梦牵魂绕的石榴树。

满眼是盛开的鲜花，牡丹、月季五颜六色竞相开放，院中一片碧绿，一棵高大的臭椿树正张着它那浓厚青绿的伞盖；葡萄那蜿蜒曲折的古藤也如游龙般缠绕了整个院子，宽大的叶片中点缀着如玛瑙般成串的珍珠。

我一下子看到了那石榴树粗老奇崛的干，它竟然长得歪歪斜斜，如匍匐般贴着地面斜长着，"它怎么是这样子？"我心中禁不住呼喊，"它怎么会长成这个样子？"泪水从我眼中涌出。几年来在外奔走生活，人事复杂，竞争激烈，我不愿屈从权贵而品尝尽人间的苦涩，我昂头挺胸走自己的路，可倒好，我的魂儿却落得这样一个低声下气、可怜兮兮的样子，我心中溢出悲哀。

闻声而来的父亲告诉我："这树不成材，越长越歪、越长越斜，好像是谁用力扳着它不让它生长似的。"我默默无语，垂泪进屋，我叹息了这命运中一种深刻的暗示，"安能摧眉折腰侍权贵，使我不得开心颜"，我做到了，可它没有做到，虽然它依旧长得泼辣，依旧是火红般的花盏点缀绿叶，可我不愿意多看它几眼，这棵趋炎附势、没骨没筋的石榴树。

在家里几天来，同父母诉诉别离之苦，慨叹命运的不公、人事的险恶、做人的艰辛。找儿时伙伴初中高中的同学谈笑拉呱交换人生的感悟，倒也自在释然，可在夜深人静之时，敏感而多思的我总耿耿于怀这棵曾给我带来希冀和梦想的没有骨气的石榴树。它随我而长，却全然失却了它应有的品格，它长得繁盛，我却感到了一种无人知的寥落，虽然我对这石榴树有些苛刻，它有梅的气节，有火的热烈，干虽有小曲却又大直，它应该有自己的铮铮铁骨，可是！我渐渐地忘却了这棵石榴树。

我在家乡度这有限的假期以享团聚之欢愉的同时，还苦苦地思考一个问题：人情的冷冷暖暖、恩恩怨怨，单位的曲曲直直、是是非非已经使我感到一种身心的疲惫，是刻意的生活，积极地入世呢，还是自求清高、消极遁世，冷眼看花开花落、云卷云舒呢？

在家乡的最后一个清晨，我起得很早，披衣而踱出屋外，徘徊在这深深的庭院，初夏时节，被阳光暴晒一天的大地被浓浓的夜气所融蚀，白天的喧嚣被静谧代替，早晨的空气清新而凉爽，我大口地呼吸着这如醇的生命之气，沉浸在黎明前那静谧的世界里，心变得轻松，大脑变得清晰而敏锐，我信步踏上登上平房的楼梯，我要看日出，看看清晨我美丽的乡村，看看我那被夜的唇吻湿的花草树木。

东方的天空渐渐发亮，大地上的一切渐渐变得明朗，黑暗无声地褪去，黎明伴随邻居老人的咳嗽而来，庭院中的花木正露出它的原色，忽然我看见了一枝开着火红的钟磬儿似的花朵结着小小的石榴条儿，它的叶油绿闪亮，奇崛的枝儿透出一种顽强，它正努力地冲破那铺在院子里的绿的密网，在它的上方是蔚蓝的天空，白云飘飘，金色的阳光正洒在这些小巧可爱的叶儿、果儿上，叶儿上晶莹的露珠反射着太阳的光辉，石榴枝儿似乎在伸展着，向天空无限地伸展着。

一种惭愧倏地涌上我的心头，我的脸有点发烫，我错怪了我这可爱的小石榴树（不知怎地，我总喜欢叫它小石榴树），它在生长着，顽强地生长着，它应该有属于自己的那片天空，那束束金色的阳光。阳光天空是它的生命，为此它忍辱负重，不惜毁名败誉，它为冲破那一道道绿的藩篱，那一道道的羁绊而顽强地生长着，它在向太阳靠拢，它在向天空冲刺，顽固的被人娇惯的花草遮挡不住它，如网的葡萄藤罩不住它，如盖的臭椿压不倒它，它顽强刻苦而不失却自己的气节，它还要忍受来自我的羞辱、白眼和误解。

它没有变，它依旧是它，我的魂儿，我生命旅途中最最顽强的支撑。

哦，我这棵永远的石榴树！

关于死亡

死亡是一个沉重的话题，从我动笔写《童年谣》开始，我内心一直在避闪着这个话题，就像任何人都不想死去一样，除了那些漠视生命的所谓"勇者"。可是，人的一生与死亡相伴相随，一个人，从呱呱坠地始，就开始了一条走往死亡的必经之路，这是没有任何悬念的真实存在。

人生的丰富也在于此，生命的长度几乎可以预期，而人生的厚度和宽度，全在于自己如何去经营。

小的时候，特别怕死。晚上和自己的几个死党朋友在后院四爷爷家纳凉，四爷爷就给我们讲故事，讲着讲着就扯到了鬼们的身上，这让我们几个孩童听得头皮发麻，几乎屏住呼吸。回家的路上，特别是经过那曲折幽深的胡同，根本不敢看墙头，那是美女蛇和吊死鬼出没的地方。月光下的胡同，清冷的银辉洒下，偶尔有夜猫子的叫声传来，还有夜行的猫和鼠在窸窸窣窣，甚是吓人。这时的我往往是一溜小跑进家门，到家了，心里还怦怦直跳。刚刚几岁，和大一点的孩子一起去掀蝎子（就是掀石头，捉藏匿在石板下的蝎子，可以换钱），总会掀出一两条盘曲在石板下、吐着信子的臭花斑蛇或秃尾蛇，传说白天见到蛇，必须把它砸死，于是几个同伴满怀义愤，搬起石头就砸，砸还必须把蛇砸黏，不砸黏的话，到了晚上蛇身就会自动复原，然后去寻仇报仇。于是，蛇砸完了，可心中总是忐忑，尤其是那急速而逃走的蛇，会不会在一个未知的夜晚，到家里来寻仇呢？怀着担心和忧虑，好几天了我都还心有余悸。后来，大约十一二岁，到伯父工作的黄桥子那边去上中学，起来时还满天繁星，骑车必然要经过燕子河上的那座石桥，早就听说桥下有鬼，有人曾听见小鬼凄厉的叫声呢。于是在经过这个桥的时候，心里总是要做思想斗争，也总是硬着头皮骑车一口气穿过。

我儿时的一个伙伴，姓侯，叫商成，个子不高，贼瘦贼瘦，像猴子般调皮。那时父母都在生产队里干活，他们家也是十一队，于是我们就成了朋友，一起爬天够地、皮疯泼辣，那股子疯劲，大人都烦。麦子已经收割，菜园里的油菜花开得正盛，已经听得见蝉鸣，我和商成一起打闹，追蝴蝶，在园子里奔来奔去。

天越来越热了，第一炉烟叶已经下来，大人们在队里捡烟时，一会儿汗衫就被溻湿了。夏季的第二场雨已经来临，后场的大汪已经储满了水，大汪西边的小桥底下，一股清泉在汩汩地流。上午，我和商成一起皮够疯够，各自散了。下午太阳还明晃晃地照人的眼，就听见有人大声吆喝喊"商成、商成"，该回家了，商成怎么还不回家？我心里寻思着。

第二天，快晌午的时候，母亲红着眼睛从生产队里回来，说："商成死了，商成在大汪里淹死了，捞了半天才捞上来。""什么？"母亲的话像一个霹雳，"商成死了？""昨天我们还一起玩，再早还一起在菜地里捉蝴蝶呢！"死亡，死亡，死亡竟然距离我是如此切近，一个活生生的生命就这样戛然而止，这在我心中留下了深深的印痕，一个永远难以抚平的疤，一个叫商成的孩子，一个曾经和我一起玩耍如花般正在成长的孩子，一个正在父母呵护下撒娇的孩子，竟这样永远地离开了这个世界。

多少年过去了，我在家乡的街巷里游走，有时会遇见商成的父母，我看到的总是那忧郁的眼神和被岁月腐蚀的苍老的面庞。我曾经的玩伴，我的同龄人，成为我人生记忆中第一个早早夭亡的人，他的死去，让他的家庭犹如地震般塌陷，母亲有时去安慰大婶子（商成的母亲），但任何语言都无法抚平这颗痛苦的心。

后来，他们一家都去了东北，再后来，他们又一起回来，与他们一起回来的，是一个长得像商成一样猴子般可爱活泼的男孩。看到他，辛酸的记忆又在我心底升腾，他们过得还好吗？

那个大汪，曾经是我们的乐园，夏天里洗澡，秋日里捉鱼、逮泥鳅，冬日里挖黄泥、摔凹凹玩，可想到它曾经吞噬过人的生命，我心里就暗暗地产生了厌恶，后来，大汪被改造为大水塘，再后来，这水塘也随着干渠一起消失了。

商成被水溺死不久，又有一个惊人的消息传来，老侯家的三（诨名，其排行老三，就叫"三"了）死了，和我同龄的活蹦乱跳的三怎会死掉了呢？这真是一个谜一般的事情。三的小名是什么，我已经无法记起，我只知道，他在家里是排行老三，哥哥长得英俊，姐姐长得也漂亮，三长大后应该也是一个帅小伙子，可惜，他的生命在那个冬天凋零，他是被疯狗咬死的。

小的时候，总是有一些令人惊骇的故事传说萦绕在我们周围，东山（也叫金土山）的蛇精在暴雨的天气里会绕山三匝然后把头伸进燕子河里饮水；大坝在天旱水枯的时候会发现蛟蛋，我不知道蛟是一种什么样的动物，反正他们传得神乎其神，也许蛟是类似龙的一种神物罢，我只是惧怕，我从来没见过，也不想见它；老校园西边无际的桑地里，有人发现了人熊，谁知道那到底是人还是熊，还是人熊合体的动物，它能把你一腚坐死，总之非常的骇人。

小时候养过狗，但那时都怕疯狗，听奶奶说过，听母亲唠叨过，疯狗怕水，嘴里滴着涎水，见谁咬谁，哪怕你被它闻一下脚脖，也会被传染上，在经过或长或短的潜伏期之后，狂犬病就会爆发，那样你就相当于被宣判了死刑，会被关在黑屋子里，被远远地隔离，然后在恐惧、狂躁中等待死亡的到来。

三的死亡与疯狗有关，和商成一起在野外疯跑的时候，我已经有好多时日没有见到三了，三和我住同一条街，他家在西头，原来他随着躲计划生育的大哥一起下了东北，那是国家实行计划生育时期很多想要男娃娃的家庭的一贯做法。三的大哥在关外养了一群羊，三的主要任务就是放羊，在那样一个本来很平常的日子，在三迎着朝霞放羊的时候，一只流着涎水夹着尾巴的大黑狗向三奔来，嗅了嗅三的脚面就离开了……

听着母亲的讲述，我想那是一个怎样的场景，那是死亡之吻，那是人的宿命。几个月后，三因狂犬病而死亡，我不知道后来的事情，但在我的人生记忆中，那个永远停留在年少时期的三的形象，让我知道了人生的多舛。

三死了很长时间之后，我都沉浸在恐惧之中，我排斥每一条意欲接近我的狗，我也不再怂恿父母养狗看家护院，死亡的恐惧远远超出了对狗的喜好。后来，有一次在湖里劈烟，我在地头忙活着，不经意一条黑狗从我身旁经过，这条狗还极其友好地闻了闻我的裤脚，此后的几个月，无法诉说的恐惧成为我成长的主旋律，又过了几个月，我才渐渐淡忘了这件事情……

死亡就像人的影子，有时它好可怕，它让人感受到面对未知人生无缘由的战栗和恐惧。

活着，已经足够了，比起那些不幸的生命和值得同情的灵魂。你还活着，你还苛求什么呢？

面对死亡，人本能的抗拒、排斥，有时候甚至杞人忧天，自寻烦恼。在烟地里劈烟，被大黑狗亲吻了脚脖子，我几十天寝食难安，三的死亡给我的童年留下浓重的阴影。奶奶讲：在过去，叫疯狗咬的人，一旦发病，见水就害怕，这病又传染，患病的人都被远远地隔离起来，远远地给点饭食，最后是肌肉痉挛呼吸衰竭而亡。

狗不是什么好东西，什么看家护院的朋友！东院老臧家臧三爷爷，家里有条狗，好咬，母亲去他家送东西，被咬了一口，小腿上留下鲜明的咬痕，那时的条件根本就没有处理伤口这一说，幼小的我就天天担心，担心母亲。时间过去30多年了，我回想起那时候，那种担心还像刀子一样割撕着我，母亲现在还算健康，我的担心就是自寻烦恼，可那时我小，还太小。

第一次参加葬礼是因着王巷南头本家的一个老奶奶的去世，打开棺材见亲人最后一面时，留在我脑海里的是一张蜡黄布满皱纹的脸，眼睛紧闭、神色安详，像睡着了一样。本家的二爷爷是在一个酷暑难耐的夏天去世，大儿子在关外，在等待儿子回来的日子里，尸体已经发胀变臭，最后殓尸时只好用一大塑料布装着，发出的尸臭令人作呕，抬棺时还滴滴答答地淌水，可害苦了那些抬棺的人。

我大爷爷是在一个早上去世的，平时没病没灾，大爷爷慈眉善目，最喜欢用网子捉麻雀，我曾经专门请教他如何去捉麻雀，可总是收获不大。大爷爷早上醒来，半坐在床上，忽然就没气了，那年他七十六岁，大约是 1983 年吧。

对大爷爷去世最大的印象，确乎就是和堂叔兄弟振明三哥一起偷吃炸货了，炸得透酥的粉条，拌面炸的咸鱼儿……大爷爷的去世，因我们的幼小而显得并不悲痛，一场葬礼，对于我们这些孩子来说，几乎就是一场游戏。

这是幼年时的我所能记起的最初的亲人的死亡，在当时的生活条件下，他们的去世还算寿终正寝。人到七十古来稀，都七老八十的了，丧事也是喜丧。可是，人生中总是充满风险，生老病死虽乃人之常态、人生常情，但那些周围的伙伴或熟悉的人的意外夭亡，则让人感慨这人生的无常，生命的脆弱了。

我儿时的玩伴郑怀全的死让我难过了很长时间，听到怀全的死讯是一个下午，开始还不敢相信，后来也不得不信，他是因车祸而亡。听我的另一个同伴传红说，他当时在派出所工作，很早就开着一辆昌河车，昌河车的方向盘出了点问题，可他一直没有重视，当然也没修理，于是在刚刚修好的国道上，向北疾驶时，方向盘失灵，然后被一快速而来的大车侧面撞上，人有掏手机的动作，但总体看，属于当场死亡。一个鲜活的生命离开了，这怎不令人悲哀。

多少年过去了，我和传红每逢过年，都要到其父母家拜年，可我们不敢久坐，不敢触碰那永存内心的脆弱的伤疤，那伤疤无论过多久，都是血淋淋的。

当我还没有从怀全的死亡中恢复过来的时候，老杜家的冬青又因车祸而亡，一个与我同龄的能干的青年。他做着小买卖，开着机动三轮逮鸡送鸡，维持着小家庭的幸福和父亲的牵挂，人却忽然没了，这让活着的父母情何以堪，老而失子的痛楚，有谁能理解。

面对这意外的灾祸，每个家庭都难以承受，这些年轻的生命，这些家庭的顶梁柱，在倒下来的同时也压塌了曾经幸福的家庭，也让嗷嗷待哺的孩童和到古稀之年的双亲失却了情感的依托。

事情的发生让人感慨，生命的消失让我唏嘘。有时因事回老家，看到他们的老人，在逼仄的街巷踽踽而行，在无际的旷野里佝偻着身体耕种，我的心有时就发酸，本来是儿孙绕膝的年龄，本来是安度晚年的时候，老天偏要这么无情。这个无常的社会，为什么会制造这么多的不幸和意外，让人们去咀嚼人生最大的痛苦呢？

在我痛苦并难过的时候，其实我的家庭也正陷入一种悲哀之中，我病痛之中的姐姐，正吞咽着中药水的苦涩，无情的病魔正一点点地攫食着姐姐的生命，肾炎，肾萎缩，肾衰竭……不断地拿药、喝药，出院、住院，我不知道死亡会哪天降临到姐姐头上，我无法预估失去姐姐的家庭会经受怎样的痛楚，我可怜的姐姐。

我老家所在的位置，是一个小巷，小巷东北角的院落，住着杜姓的庄邻，一个我叫三叔的五大三粗的男人，家里包着石塘，来钱很快，也很富有，在二十世纪末，在摩托车刚刚进入家庭的时候，就拥有一辆价值不菲的进口本田125。也是在一个很普通的傍晚，他的生命定格在村南那条大路上，一个近一米九的身材魁梧的大汉，被一颗致命的子弹穿入胸膛。两个流窜的惯犯见物生心，用猎枪剥夺了人家的生命，就是因为那辆惹眼的本田摩托车。

我家的前院，我奶奶的邻居，我大爷爷家的独子，能干勤快，平时用打眼机打炮眼、起石头赚钱，可谁知道在钻炮眼时会被上面滚落的巨石砸死……

一个个鲜活的生命，因为这样那样的意外，离开这个世界，留下每个家庭凄楚的泪水和难以愈合的伤痛。

我的苦命的姐姐，在被病痛折磨十几年之后，在 2007 年 12 月 21 日，离开了我们，我的家庭陷入了黑暗。这刻骨的痛苦，让我在十几年之后的今天，都不敢轻易地去触碰，甚至有时候连想都不敢多想……

我不想再继续写下去了，因为伤痛，因为这个话题的沉重。

我还是想说，我写下这些文字，一为祭奠那些曾经在我的生活中的一个个鲜活的生命——我的玩伴、朋友，我的至亲；二也是为了引起我和我周围的每一个活着的人的深深思索：苦短的人生呀，那些所谓的金钱、利益、权势，在脆弱的生命面前不值一提，抛却那些虚无和浮华，把珍贵的生命和亲情牢牢地把握在自己手中吧，这才是真正值得我们拥有的。

人生叵测，珍惜当下。唯有好好活着，才好。

萌动的青春（一）

感觉自己还没有长大，有时候做事还风风火火，可瞧瞧周围，满脸青春气息的学生仔和阳光明媚的靓女满大街都是，才知道自己年龄大了，正在渐渐地老去。恍然如梦，皱纹爬上眉梢，青春已经不再。

内心充满惆怅的时候，想到了自己曾经青涩的纯情岁月，只好用回忆之笔，去描摹那或深或浅的成长之路，勾勒属于自己的成长画卷。

又是一个春天，人们已经褪去肥厚笨拙的冬衣，阳光变得温暖，各种花赶着趟儿开放，远处天边已经飘起了风筝。又到了磊石会，学校已经放假，全家又要赶会了，手里有闲钱了，父母早就商量好，这次赶会要抬一组沙发，提高一下家里的生活档次。

磊石会的规模很大，家具市和牲口市在西磊石村西的场里，父亲精心挑选了一组沙发，付款后抬进场里，便急忙又去买别的家什，安排我守在这里，看管着沙发。

午后的阳光慵懒柔软，微风扬起，如调皮的小兽。场院里有麦秸垛，还有面南的两间草屋，再有就是两棵高大的洋槐，细小的叶芽已经难耐一冬的束缚，急着要出来看看明媚的阳光，鹅黄般的绿，让人看着心生怜爱。

场院里已经有了一组家具放在那里，柜子、八仙桌，还有椅子等等，深红的漆色透着喜庆，是谁抬的家具呢？一个十多岁的少年，就在这样一个暖意洋洋的午后，在麦秸垛旁，百无聊赖地等待着。一朵朵絮状的白云飘过，又带着一个孩童的憧憬和梦幻飘走。

一阵"咯咯咯"的笑声传来，惊醒了几乎要睡着的我，睁开眼，一团火红在燃烧，那是一个年轻的女子，穿着鲜亮的红色衣裤，咋不是一团火似的？

年轻的笑脸，带着春的明媚，有着成熟女子的韵味，还藏着些许娇羞。那笑声，那青春的气息，那幸福的面庞，在刹那间打动了我，如平静的湖面中不知被谁丢下一块石头，那惊起的涟漪一波波地撩拨着一颗少年的心。多么美丽的一个女子呀，她让我的心魄悸动，她让我的心湖不再宁静，世间竟然还有这样的尤物，让周围的一切都黯然失色。

我远远地看着，一个单纯幼稚的心开始膨胀，一个钟情的少年蓬勃成长。

多少年过去了，我都心悸于那样一个画面，一个永刻于心中的场景，它让一个情窦初开的孩子知道了一个成熟女子的魅力。

夏天到了，燕子河里的水又荡漾起来，几个同伴相邀去洗澡，曾经像猴子一样皮疯麻辣的孩子们，在经历过一个冬天的蛰伏之后，忽然间全都扭捏起来。脱得一丝不挂，咋咋呼呼走来走去的情景仿佛不见。

洗澡也都找一个相对僻静人少的地方，远处的村妇和再远处的行人，都会让同伴们安静不少，有年轻的女子从溪流边经过，我们会不约而同地猫在水里，变得害羞而文静。更令人惊诧的是：相互看各人的胯下，吊着的物件，变得有些招摇……

　　彼此都好奇着这些变化，也困惑着这与过去的不同。十二三岁的少年，几乎就是在那个燥热的夏日午后，知道了自己在长大，这是一个甜蜜得令人渴望的过程，就像我在十几岁时就想象着我到2000年时会是什么样子，会干着什么样的工作，未来一片朦胧，让人憧憬。虽然，我现在已经经历过了千禧年，并且分明地感觉到曾经企盼的2000年，与我们曾经历的其他年份没有任何区别。

　　秋日的傍晚，照例去割牛草。过去的几个童伴也都有自己的活了，而此时的我也不再惮怕独来独往，更不恐惧那所谓野狼的故事，流着黏涎的疯狗也没见过，绿油油的湖地里，一望无际的黄绿让我的心从容。有一块烟地里的野草肥嫩、油汪汪的绿，仿佛在利用秋天残存的最后一点热力来一个冲刺，这可是家里的老牛最爱吃的地扒秧子和溜溜草。于是就蹲下来，一心一意地用力割起来，这将是牛们的又一顿丰盛的晚餐。

　　伴着傍晚的霞光，我已经扛着满满一架筐牛草准备回家了，经过石琅时，我同往常一样停下来，洗一把脸，找一块干净的石濑坐下，静静的水面上有几只红蜻蜓在轻盈地飞舞，任自己的思绪像白色云朵飘来飘去，也任由夕阳缓缓地沉下，田野和房屋在四合的黑暗中静下来。

　　这是一段美好的时光，一个少年，一个满腹心事的少年，静静地坐在那里，坐下来，是为了休息，更是为了等待一个故事。

　　侯家的大女儿在石濑边捶打着衣服，将一件件或薄或厚的衣服按进清澈的水里浆洗。银铃般的笑声，圆圆的红润的脸，精致小巧的五官，高挑的身体，纤细的腰肢，我陶醉于那青春的气息，那女子的柔美几乎被她全占了，偏远的乡村里，竟然有这样绝色的美女，坐在石濂上欣赏这美女子，充溢于心底的是神圣和幸福。

那天晚上，我做了梦。

那年我十四岁。

萌动的青春（二）

　　很长一段时间我特自卑，一米八的个子，体重只有一百多斤，像一根豆芽菜样立在那里，很有些悲伤，怎么就那么瘦呢？

　　"瘦"是我童年乃至青少年时期最不愿听到的一个字眼。因为一个少年的自尊，更因为一个少年的情怀。

　　童年的生活很清苦，尽管在父母的精心呵护下健康成长，但因着家庭的穷困，那时候几乎所有的家庭都面临着同样的状况，身体有些发育不良，个子蹿得飞快，可惜就是不长肉。上师范了，我体重也不过 110 斤，在工作的时候，有一个本家的孩子在学校里上学，其实我已经是工作四五年的教师了，有一天，他跑过来找我，凑近我的耳边，小声说："大哥，有人给你起混号，赶你叫'竹竿'。"我一笑了之："叫竹竿，就叫竹竿吧。"

　　和周围的几个同学学习之余聊天、玩耍，我最害怕的就是别人提起我的体重，更是见到有秤的地方就光想躲，也从来不愿主动地测体重，也不愿意照相，虽然我的学生们并不介意我的胖瘦和俊丑，都欢喜雀跃地围绕着我，拉我去照相，那是我教的第一届学生毕业的时候，我已经二十一岁，可我总担心我那干瘦的形象对不住学生。

　　这几乎就是一种病态的心理了，虽然现在想起来，谁的童年时期、少年时代、青春岁月里没有烦扰和苦恼呢！那是一种极其正常的心理呀。

瘦，但不一定羸弱。在十三四岁的时候，我的骨架虽然单薄，但我也开始帮着父亲干一些重体力活了。礼拜天、假期里，家里的农活我没少干，随着父母忙着种烟的事不用说，锄地、兜薯沟、点花生，这些都是轻快活；重活多的是：推粪、推水、推烟，甚至起石头，我都干过。

后来在一些场合说起来年轻时干的这些活，很多人都不信，对此，我就是笑笑而已，每个人都有自己的经历，自己的经历感受谁又能知晓理解呢！

从小到大到成年，回想自己的过去，所有的经历都是一笔财富，尽管经历的过程是一种痛苦、一种煎熬，但回忆的时候则满含着幸福和愉悦，苦，也过来了；难，也挺住了；累，也受住了，人只要还有一口气，就得活人，就得向前走。

在村里上小学、初中，真有地利之便。每天早早地去上早读，晚上还有夜校（也就是晚自习，原来我们都叫夜校），很是充实。

到了初懂男女之事的年龄，虽然有些懵懂，但心中就也藏了心事。班里漂亮女孩的回眸，课余时间那不经意的一瞥，都包含着春情画意，总会让人浮想联翩，没有什么理由，也没有什么缘由，就是喜欢，这就是青春吧。

毕竟幼小，对这些事情，还在黑暗的摸索之中。那边早有同学在阅读抄写《少女之心》了，那小册子的模样我至今不清楚，也就是后来，同学们提起，我才知道这件事情。那时候除了傻乎乎只知道听课、做题，其他事情，在记忆的长河中，几乎没起什么涟漪。

记得王家巷里有姓郑的一户人家，几个儿子，大儿子在外工作，家里就开了一个小卖部，我的许多画册就是在那里买到的，出自涧头村的铜箭镞我也是在那里看到的，曹家峪为古三国时曹操屯兵之处，南丘为打扫战场埋人之所，这些事情不虚。

画册里有一些情节，读来总让人心潮澎湃，心里也变得慌乱而紧张，当然还带着些许的羞涩，这真是一个神奇的世界。

读《少女之心》的同学已经开始恋爱了，我还在继续初中的学业。

初中的学业虽然不重，但身有考学重任的我却不能有多少放松的心情。紧张的学习之余，还是忘不了和男女同学们嬉闹玩耍。在内心的深处，也越来越多的有了自己的秘密，记得德国诗人歌德说过这样的话：哪个男子不钟情，哪个少女不怀春。

和女同学相处，她们飘过时留下的淡淡芳香，她们在男生面前故作的娇羞和扭捏，她们表现出来的矜持和细腻，她们一起拉呱时发出的咯咯笑声，都吸引了我们的注意。谁和谁眉目传情了，谁和谁暗送秋波了，这些话题虽然有些戏谑，但都无疑是青春岁月里最重要的话题。

做梦的时候多了，身体也有了些异样的变化，男女之别像一个高深的课题，等着这些少男少女们去探寻、去解答、去尝试，直到长大成人。

在那个没有电视、没有杂志、没有网络、没有前卫和开放的岁月里，我们度过了属于自己的萌动的青春岁月，留下了串串美丽的回忆和声声银铃般的笑声，留下了淡淡的忧伤和青春期思念的甜蜜，让我们永留心田。

起石头

在农村里出生、成长，田野和河流便成为记忆中无法抹去的角色。当曾经在乡下生活过的朋友眉飞色舞地谈论起这些，颇为自豪的时候，我却沉稳无言、心如止水般宁静。我知道，朋友即使有农村劳动的经历，也未必什么活都干过。可我却不同，1992年姐姐赴京治病，病有了很大好转，可高昂的住院费也让本来就入不敷出的家庭更显得窘迫。为着姐姐的治疗，我们举家借钱，历尽了心酸，看多了白眼，明白了什么是世态炎凉。

姐姐几乎就是在中药里泡着，每天家里都飘着散不尽的中药味。从北京带来的中药，五十元钱一服，两天三天一服。让家庭难以承受，也让父母愁眉不展。怎么去筹集这些药费呀？周围能借的亲戚朋友都已经借遍，父亲的工资还未下发，这咋办？

据说涧头十九个山头，我没数过，自然不敢妄说。但山多石多，这是事实。这几年，各地建厂建房，用石剧增，起石头成为当地百姓农闲时最主要的赚钱方式。后院的四爷爷，还有三叔常远地起石头，一天两车，雷打不动。

起石头这活，是极重的体力活，一般体质的真出不了这个大力。可只要你有力气，肯出力，吃得了这个苦，受得了这个罪，自然能挣着钱。

"起石头！"父亲好像下了很大的决心。眼看着天一天比一天热，暑假眼瞅着也就来了，况且我早就歇了好几天了。

说干就干。经过几天的准备，起石头的家什终于备齐：大锤、二锤、镢、錾、撬，再有就是炸药、雷管、导火线。这些都是必备的工具，那时对炸药的管制并不严，雷管炸药好买，几乎每家里也都有点储备。

蝉已经聒噪了很长时间，已是夏日的天气，天已蒙蒙亮，母亲早已准备好了饭食。起石头就起石头，还在外上学的我也得靦起脸来，和父亲一起维持起这个艰难的家。我可不想让姐姐因无钱而耽搁治疗，我也不想让愁苦的父母更加愁苦。

吃饱饭，家什拾掇到胶车上，我和父亲就出门了。

起石头的地点，父亲是盘算过的。西山的石塘，已被村里侯姓人家承包，一车石头塘价就十多块，村里很多人就在自己的机动地里打石头。北沟崖向北，养猪场西，那边地里的石头质地好，都露出头，纯青石块，一片片的远望像成群的山羊，是不错的小石塘。

早晨的阳光还不强烈，而我的内心却变得很强大，已经是大人了，有勇气面对走在街面上时那射过来的异样眼光了，我知道，那眼神中有：爷俩都吃国库粮，这是犯哪门子神经？

远远地就看见一堆堆的碎石，还有大片坑坑洼洼的石塘。早有勤快的乡邻来到了，正奋力地抡起大锤，那大石块，看似庞然大物，可在大锤面前不堪一击，狼狈地碎成几块。

父亲没有经验，但也选中了石塘。石塘太多，即使不是自己的自留地，也可以随意地打。打石头之前，要先清理石头附近的浮土，然后往下挖，挖得越深，石头露得越多，打起来也就越顺手，起的石头越多，当然也就越挣钱。

挖土、铲土、清理，再挖、铲、清，露出生土，别停歇，接着挖。几乎用了一上午的工夫，一个扇面出现了，这巨大的石头，像一头肥硕的耕牛，伏卧在泥土里，静静不动。

石牛就在那里，下一个任务就是钻眼、放炮。钻眼好办，周围有几个钻眼的，叫过来，一会儿工夫就钻成了，三个药眼，都在一米半上。可装药放炮，父亲就是外行了，虽然父亲在 1986 年、1987 年因盖房也专门起过石头，也曾因起石头专门炒过硝胺炸药。这时，父亲叫来孙学仁，这个我叫大叔的可不是外人，他父亲和我爷爷是拜过把子的仁兄弟，父亲和他也就是兄弟了。大叔极其热心，他用心地教父亲装药：先将带有雷管的导火索放入药眼，直到底部，然后装药，装药时要小心，再用钎子将炸药压实，最后在上面用泥土碎石塞紧。导火索要留得长一些。"一定要留出躲炮的时间，这可不是闹着玩的。"大叔很严肃地告诉我，顺便摸了我一下头皮。

"放炮了，放炮了，放炮了。"还没有点火，大叔和父亲就高声喊道。周围都是起石头的人，于是约定在中午放炮，这时人少，有的干脆回家吃饭了，自然安全一些。

喊了几遍，等了一刻钟，没问题了。点炮！我不会点炮，躲得远远的。父亲和大叔猫着腰，很谨慎的样子，点着导火线，看着"滋滋"地冒出白烟，便撒腿朝南边跑去。其实也不用跑多远，在一二百米开外，找一个石垛子一避就行。"轰……轰……轰……"三声巨响，三个炮眼几乎同时炸开，泥土和碎石射向空中，接着雨点般倾泻下来，然后就是平静。

这三炮破碎的石头我和父亲足足搬运了两天。大石牛开了花，碎成大小的无数块，父亲就用撬别开，小的我就随时清理，堆在下路，大一点的用大锤一击，又成为细碎的几块。真特别大的，只能靠大力气的父亲了。父亲力气大，可这些青石也硬且脆，力道不够，它断不会缴械的。

抡锤、搬石头，靠的都是死力气，干一会儿就累得我气喘吁吁。这时真想歇歇不干了，可是……看看天，抡起毛巾擦擦汗，继续。

一下午，我们爷俩也起了差不多一车石头，效果还是不错的，父亲看着堆起的石头，眉头舒展开来。看着父亲，我也咧着嘴乐个不停。

晚上，我饭吃得特多，累，睡得也香。

第二天，我竟然没有任何想退缩的意思。依旧早早地起来，吃着母亲早早做好的饭，看姐姐躺在床上，脸色还不错，心里也愉快起来，跟着父亲北上石塘，继续昨天的活计。

这一天，我和父亲打了有两车石头。

第三天，收石头的来拉石头，装车，累得不轻，一车五十元，装了三车，卖了一百五十。这可是我和父亲的血汗钱。

就这样，我和父亲在那个炎热的夏天，1993年的那个的平常的夏天，起了十几天的石头，赚了几百元钱，完成了我们这个家庭前所未有的一项创举。

后来，我也不知什么原因，我和父亲再也没有起石头，起石头的工具就放在门后。后来，工具借出的借出，放丢的放丢，父亲也没再提起"起石头"的事来。

倒是我，在以后的岁月里，总是忆起这段极其特殊的时光，想起和父亲一起在酷热的阳光下挥汗如雨敲碎石块吃力搬运的场景，想起给我们帮助的大叔孙学仁，还有热心的乡邻高玉田，一个高高胖胖的热心人；还有一个姓赵的，好像叫赵学明，我已经记不准他的名字，但我知道他是一个好人，一个在我的家庭遭遇困顿、以自己的方式帮助我们的人。

在洞头老家，以起石头为副业的人不少，可常年起石头一年到头不歇的很少。那毕竟是最辛苦的重体力活，只要家里不是很难，谁会用透支自己体力的方式来赚那点血汗钱呢！

我也在想，这份独特的经历和体验，已经成为我人生的一笔财富。因为他告诉我：人总有最难的时候，但只要你敢于面对、永不屈服，没有过不去的坎。

一个连石头都起过的孩子，还有什么不敢面对的呢！

感谢我曾经拥有的"起石头"的那段经历。

防震

　　很小的时候就听说临沂处在地震带上，龟驮城的故事更是家喻户晓，四伯父家的妹妹乳名叫"震"，后来才知道，这与临沂曾经很长一段时间防震有关系。地质学家李四光曾预言中国有四个地方将发生地震，说其中三个都震了，唯临沂还悬着，不知道什么时间震。尽管都知道这个传言不实，但临沂人普遍有一种忧虑，到底临沂有没有地震！

　　记得好像临沂是个地震设防城市，一直以来，不允许建设高层建筑，这也许与那个传说有关。

　　1668 年 7 月 25 日晚，康熙七年的郯城大地震被蒲松龄称为"旷古奇灾"，8.5 级的大地震给临沂人留下难以泯灭的痛苦记忆。

　　1975 年前后，临沂将要地震的消息传得沸沸扬扬，各家各户都搭地震棚，用以防震，地震最紧的时候，大队里天天敲锣，民兵连里有人站岗值班。

　　在我的记忆中，家里的地震棚到了很晚才拆。年小的我们，经常在地震棚里玩捉迷藏、躲猫猫，留下了很多美好回忆。

　　对地震有直接的印象，是 1991 年的春日，我还在师范里学习，那是一个黑咕隆咚的夜晚，天还很冷。时间是后半夜，我们睡得正香，忽然间，一个人大声吆喝："地震了，地震了。"懵懵懂懂的我们从睡梦里惊醒，一个骨碌从架子床上跃起，快速地朝宿舍外跑去。在宿舍外,已有许多衣不遮体的同学,叽叽喳喳,小声议论。

忽然从睡梦中惊醒,然后在极度紧张中沉下心来,心还在呼呼地跳,有一种虚脱的感觉,胃里直翻腾,想吐却吐不出来,这种感觉我从来没有过。

那声呼喊不知是从何处传来的,可令人惊惧。在暗夜里瑟瑟发抖了半天,确定是一场虚惊后,我们才返回宿舍,可没有了睡觉的心情,东拉西扯到了天亮。

第二天中午,才知道有其他班级的同学摔断了小腿,还有个同学鼻子差点被室内的绳子刮掉,我们班的班长好像是踩着另一个同学的身体出去的……

在此后的一段时间,地震成为一个话题。有一本名为《临沂地震》的小册子在同学中疯传,临沂处在大断裂带上,沂河沭河就是大的断裂带。这在当时,我们并不清楚断裂带的情形。后来,有了网络,有了百度地图,打开地图,大大的断裂带醒目可视。

1990 年的春天,与以往的春天有些不同,燕子河的水流淌得出奇的早。照原先的时日,麦子垄进了大瓷缸里,蝉鸣不经意飘进耳朵里,有两场透雨落下之后,燕子河才开泉,水才会涓涓地流下来。这不,麦子正在灌浆,水就下来了,看看下游的南涞河,焦干的河床长满了遛遛草,一群羊正散漫地啃食着青草呢。

一眨眼功夫,夏天就走来了。天很热,一白天的暴晒,暑气久久不散。父亲将苫子铺在平房上,我的夜晚就在平房上度过了。一天早上醒来,就听见后院的五嫂正呱呱呱地说着什么,父亲这时也出门来说,这才知道地震了。"我就听屋后头呼隆呼隆的，我还以为来大车了呢！"五嫂嚷嚷着。母亲也说觉着自己一阵心慌，平时从没有这样的感觉。

后来听广播说是地震，震级4.4级，那是1990年8月1日。山村里依旧平静，太阳照样升起，家里的公鸡一如既往执着地打鸣，没有人想着地震。这样的地震全球每年不知发生多少次，没有人在乎，除非发生在自己身边。

日子不紧不慢地走着，人无知无觉地老着。1995年的夏天，罗西二中组建成立并正式上课，我成为二中的一位老师。新单位的教导处在原党委改建的二楼。9月20日，那是一个午后，下午第一节课刚上不久。无课的我和其他几个人正坐在沙发上闲拉呱，忽然感觉楼顶好像有压路机经过，接着楼顶好像被巨手按住，不断地起来下去。众人正恍惚诧异之时，李金启老师大喊一声"地震"，紧接着迅速朝楼下蹿去，我们才明白怎么回事。来不及思考，大家纷纷下楼，从没有这样快速过。

下得楼来，跑到楼后两房间的开阔地带，才发现学生们也都出了教室，聚拢在一起，叽叽喳喳。恶心呕吐的感觉再次出现，心也慌得厉害，一时间不知道何去何从。

后来才知道，这次地震的震中是苍山县的车辋镇，地震5.2级，属于浅源地震，地震没造成多大破坏性，只是震中地区倒塌了部分房子，造成56人重伤。

临沂为"龟驮城"的传说又到处流散，李四光关于临沂还有大震的传言再次甚嚣尘上。尽管政府已经辟谣，可坊间关于地震的传言并没散去，焊防震床的热潮已悄然兴起。

地震是要死人的，人们当然害怕，也无怪乎防震床热销。整个秋冬，临沂的钢材价格持续走高，防震床这种用钢结构焊接的如笼子般的长方体，床顶铺上竹排，的确能有效防御墙倒屋塌等地震灾害。于是乎，有一段时间，到处都是焊防震床的，成为临沂当地的特色景观。

对地震的恐惧来自于对死亡的害怕，有一段时间，我就住在防震床里，这个由我初中同学焊成的钢结构，钢管粗壮坚固，当然也十分笨重。有了这防震床，睡觉安稳踏实了许多，也不用再找啤酒瓶倒立在床侧了，也不会做可怕的全身悬空坠入悬崖的噩梦了。

转眼间又近二十年过去了，其间有几次传言起来，后又烟消云散了，地震始终没发生，看来这驮城的乌龟还精神着呢！原来临沂是地震设防城市，不允许建高层建筑，可现在，建楼唯恐不高，一些新批的小区建设用地，已经不允许盖多层了。这世界变喽！

防震床已经不用了，它被我扔在老家老房子里，每回老家，就看到了这防震床，也就想到了过去防震的日子。

文章该收尾了，我又一次用百度搜索"郯城大地震"，其记叙之详尽、描写之具体、材料之丰富，让我再次通过文字感受到地震的惨烈、破坏性之大。

唉，瓦屋没了，平房推了，层层高楼拔地而起，地震棚无处搭建，防震床已无市场，居住在高楼的亲们，地震来了，怎么办？

愿临沂永远不地震。

与偷有关的故事

涧头联中，一所很普通的农村学校，每年却能考出去学生，单纯就教学质量来讲，比当时的中心中学都厉害，这让很多人纳闷。那时候，涧头村民风淳朴，尤其几位本村的老师，包括作为知青在涧头安家落户的刘桂芝老师，我后来的班主任虞新光老师，她们是当时临沂一中的高才生，其他老师也都认真地对待学生，教得认真，学得认真，自然考学就好。

不知不觉，搬至新学校快两年了，我也升入了五年级，其实我也是一个十一二岁的少年了。父亲1982年作为民办老师考进费县师范，上了两年学，于1984年暑假毕业，我的家庭最困难的时期似乎已经过去。学校在本村，教学之余可以忙家务，父亲很勤快，田里的活道也好，种烟尤其拿手，手里的票子多了，家里的生活好了，也能吃上麦煎饼了，但地瓜煎饼仍旧是主粮。

作为教师的孩子，在学习方面有着别人无法比拟的优势，父亲对我的督促和管教也紧，但依旧不能阻止我偷懒、玩耍、恶作剧。

在课堂上，我似乎是一个好学生，听话，能按时完成作业，成绩也不错。可在课下，我就变样了，用复写纸写作业，用两支笔并在一起写字，这些事都干过。

放学了，夕阳还没有完全坠落，我和玉龙急匆匆地跑出教室，上午，玉龙就告诉我，东边干渠附近一个院子，没人住，种了许多苫瓜。"下午偷几个吃吧。"玉龙小声说。"好哇。"我满口答应。

那院子院墙不高，并且墙外还栽有杨树，借助树的帮助，我和玉龙像猴子一样快速地爬上墙头，围墙里面没什么可以攀附，但这难不倒我们，看下面就是瓜地，满眼都是瓜秧，我飞身一跃，跳到地上，紧接着，玉龙也跳下来，"快，快，看看哪个瓜大！"一地的瓜，都青梆梆的，我和玉龙捡大的一人摘了两个，就急忙顺原路爬上墙，顺杨树出溜下来。的确是"做贼心虚"，我和玉龙鬼鬼祟祟地朝村东的石崀走去。几乎有一种预感，果然，有人追过来了，是玉龙本家的三叔，看来，玉龙早就踩好了点，知道是谁家的院子了。我远远地躲着，玉龙这个三叔对玉龙说了些什么我也听不清楚，按照庄邻，我也叫他三叔的，我依稀记得，我在玉龙奶奶家玩的时候，还见过他。

这件事情就算过去了，看似平常，但却永远地留在了我的记忆中，那场景，那急匆匆向北走的慌张样，那熟悉的面孔，那清白发硬无味的面瓜（那"苫瓜"其实就是我们现在吃的面瓜，个头怪大，但不熟的时候根本就不能吃）。

多少年了，我知道了这个三叔叫杜昌江。后来，我们都长大成人了，见到他，我内心里还有些愧疚，小时候的事了，怎就记得这么清楚呢？

"偷"这个字眼，在我的成长中，在我的记忆里，绝对不是一个稀有名词。现在有时候，一说"偷"，人们都"嗤之以鼻""谈虎色变"，其实大可不必如此，很多时候，这就是儿童的恶作剧而已，只要处理得当，孩子永远不会沾染上这样的恶习。

上师范了，我那时才 16 岁，长得瘦瘦高高，还是一个没发育好的孩童。也许是因为我个子高的缘故，入学不久，班主任就安排我当劳动委员，在师范的三年，我的生活与工具领取、发放、劳动、打扫联系密切。

在校园里周一到周五，课排得满满的，只有周六、周日才可以回家，为上教室方便，不少同学都专门配了钥匙，我也随同配了一把。忙碌的假期过去，到了又一个学期开学的时候，那是一个下午，我早早地到校，打开教室的门，"哇！"一摞摞的新书，桌子上凳子上满是的，我的眼光当时就直了，其中有比较厚重的一本，记得名字叫《中国新文学大系》，看到这么一大摞，想拥有一本的欲望战胜了我的理智，我自作聪明地拿起一本，锁上门，悄悄地离开，神不知、鬼不觉。

心里怀着忐忑，漫长的一上午过去了，似乎什么事也没有发生，下午的班会时间到了，照例班主任来到班级，就学校里的工作和班级活动做了一番安排，最后快下课的时候，班主任说话了："同学们，我放在教室里的书，那是学生的教材，少了一本，是谁拿去了！谁拿去的记得给我送回来。"我的脸立时就红了，我不敢看班主任的眼睛，我低着头，仿佛背上有一束强光照射着我，我的内心被班主任的目光穿透了，我知道我做错了。

难挨的时间，惶恐的内心，怎么办？怎么办？下课铃响了，我震悚了一下，用眼角偷偷地瞄了一下班主任，班主任又抽起烟来，似乎并没有注意我。

下课了，班主任快步向办公室走去，我也趁着同学们都收拾东西、急匆匆地去吃晚饭，没人注意的空里，我小跑着到了办公室。班主任正坐在他的办公桌前，"老师，我错了，书是我拿的，我看着这书怪好，就拿了一本。"班主任接过书，没有一丝批评，没有一点愠怒，他笑着说："拿来就好，没事，没事，快吃饭去吧。"我迅速地从办公室里退出，心中压着的那块石头落了地，浑身说不出的轻松，我的错误行为得到了班主任的谅解，而我也知道了，不该做的事不能做，自私和贪婪会害死人的。

人的成长是一个过程，这个过程中，没人告诉你怎么做怎么做，但宽容却是一剂良药，它能把你从邪恶中拉出来，让你自责，更让你更正自己的错误。

人的内心总是有一个"小"在隐藏着，这个"小"有时会偷偷地跑出来，做错事、做坏事，这很正常，知道了，改正了，不再犯了，就长大了。

我敬爱的班主任，用他宽广的胸怀温暖了一个犯错孩子的心，也让我把这件事化作美好的回忆印在心底，永难忘怀。可惜，我的这位班主任，平时抽烟凶、喝酒猛，脾气暴躁，在我毕业十多年后，就因股骨头坏死坐在了轮椅上，又过了十多年的一天下午，有同学打电话告诉我班主任去世了，泪立时蒙眬了我的双眼，我再见班主任，他静静地躺在殡仪馆里，我的班主任因病医治无效去世，年66岁，我的心很痛、很痛。

我的这位班主任，叫沈庆杰，音乐老师，历经坎坷，一生不易，我不知道关于他的更多细节，我只记得我的成长与他有关，这就足够了。

打靶归来

在没上初中之前，那时我也就十多岁的样子，已经到了"年少轻狂"的时候。只要不是在学堂，田野、山岭、燕子河就成为我消磨童年时光、宣泄我旺盛精力的好去处。

那时我才十一二岁，可身体已经像拔节的麦苗，在春风里疯长。人，又高又瘦，典型的豆芽菜体形。出生在困难的岁月里，生长在贫穷的时代里，我的成长有些"畸形"。

大约在二十世纪八十年代初期，部队还经常到村里拉练，十九个山头如莲花般簇拥着涧头这个小山村，说是山，其实也就是一些丘陵，矮的也就几十米，最高的寨山，海拔也不过272米，但却很适合于部队训练。那时年龄小，实在不知道是哪里的部队驻扎在这里的。部队里的军人来拉练，大队部里就忙活开了，一些空着的旧房子就成为部队的驻地。让我想不到的是，有一伙兵竟然住在了我家后面老赵家的那个空院子里。清一色的草绿色军装，整齐划一的打扮，看起来就威风凛凛。大清早，跑操的号子声，嘹亮的军歌声，在雾霭缭绕的山村回荡，也撩动着我们这些娃们幼小的心灵，让我内心为此而悸动。尤其到了下午，太阳在西山渐渐隐去的时候，《打靶归来》响彻全村，成为夕阳笼罩着的山村最绚丽的一道风景。那年轻且还显稚嫩的军娃们，引得怀春的姑娘三个一群、五个一伙，在路边翘首期盼却有些羞涩地观望着，叽叽喳喳地小声品评着哪个小伙子军姿好，哪个小伙子最帅。

到了中午，部队开饭了。扑鼻的香味便穿过窄窄的小巷、跃过挂满青苔的屋墙、跨过高高矮矮的门楼，钻进每家每户的院子，沁进我们几个伙伴的鼻孔。好香呀！伙伴们飞跑着向赵家大院奔去。

这些兵们，看到我们来了，都热情地招呼着，让我们过去，问这问那，透着热情。其中有一个兵，用标准的普通话问我："你这孩子，上学了没？""你的膝盖怎么这么多疤？""哦？你的膝盖头怎么长偏了？"另一个兵忽而大声地问询，这吓了我一大跳，再仔细看自己的膝盖，好像真地与别人的不太一样。那时候，瘦高的我只穿着背心裤衩，两条腿像竹竿，也难怪看起来有一些别扭。说笑间，又一个兵走过来，端着一小笊篱煎得焦黄的片状馒头。"快来，小伙子们，来尝尝！"哇！这用荤油煎炒过的馒头，透酥喷香，实在是乡间难见的美味，我们几个孩子争先恐后地吃着，一副副馋虫模样，这群兵笑盈盈地看着我们，眼里满是疼爱。

这馒头、这香味、这场景，就这样弥散在我的记忆中，如在昨天。多少年过去了，那个院子还在，不过院门已经改为向南，走过那里，那诱人的香味好像还浮荡在空中，那场景还让我怀念，那曾经的故事，让我知道生活中这群人的美好。

兵们要进行训练，于是小红山大红山那边就常常传来隆隆的炮声，有时还有"哒哒哒、哒哒哒"的机关枪的声音。训练的时限内，我们是不敢过去的，可训练一结束，就有村民在靶场挖炮弹皮、捡子弹壳。

树叶还没有落，可秋还是来了，拉练也要结束了。军车一辆辆地来，兵们一批批地走，油着绿漆，搭着绿色帐篷的卡车缓缓地驶过，夹在路两边的是朴实的村民。部队一待几个月，这些兵娃娃，到这家帮着锄地，到那家帮着收庄稼，今天给老人家挑水，明天给老人家出粪。这就要离开了，心里都有些不舍，这"军民一家亲"，绝对不是一句空话。

"日落西山红霞飞，战士打靶把营归，把营归。胸前红花映彩霞，愉快的歌声满天飞……"多少年了，这首军歌的歌词我还记得清楚，我不会唱歌，可那熟悉的旋律一出来，我都会试着哼哼几句。

小伙伴们整日跟在这些兵的后面，听他们讲故事，什么奇袭白虎团，什么上甘岭，什么三八线，什么原子弹、氢弹……虽然懵懵懂懂，但都听得津津有味，也知道原子弹、氢弹，肯定不能吃，它们的威力巨大，能把地球灭了，弄得自己心里都怪害怕的。

我们这些小屁孩，每天都拿着些子弹壳显摆，谁谁的多了，谁谁的大了，哪个兵叔叔又给谁一个子弹壳了，谁有一个子弹夹了……平淡的日子因为这些故事而变得斑斓。

部队终于全部撤离了，往日熙熙攘攘的赵家大院变得冷清起来，屋后大榆树上的老聒又回来了，每天"呱呱呱、呱呱呱"地烦人，乡村又恢复了往日的宁静，前院李老奶奶家的水缸早已多日没人挑水，东头光棍杜老头的菜地又旱了……

在童年的记忆里，与兵有关的故事实在不少，兵来了，我们欢喜雀跃，兵走了，我们恋恋不舍。

涧头作为济南军区临沂军分区的拉练场，一直到二十世纪八十年代末才不再使用。但，故事却留下了，也留下了村民们美好而忧伤的记忆，也丰富了涧头这样一个小山村的历史。

那一年，因为有兵驻在涧头，我们都很快乐。

兵走了，我变得很惆怅。太阳还在升起落下，日子依旧一个个地滑过去，不管不顾。而我，身体依旧在拔高，唇边也有了毛茸茸的胡子……

难忘呀！那小巧的泛着紫色光泽的铜弹壳，那焦黄喷香的馒头片，还有那高亢嘹亮的歌声：日落西山红霞飞，战士打靶把营归，把营归……

求学

我六岁进学堂，就当时的情形看，这无疑是比较早的。这也许因为父亲是老师的缘故，那时父亲已经由十一队的会计转变为一名民办老师了。我至今清晰地记得我第一次上学的场景，姐姐领着我，走进那大门，高高的杨树、低矮的草房、斑驳的墙壁，画面定格在 1979 年夏天。

学校是老校，我已经无法知道它的出身和过往，但生命的光阴已经无法违约地消耗在这里了。一进校门，一南一北两排房子。左拐向西，好像是最西头一口教室，印象中就是这样。后来我知道，这一年一年级招了两个班，我是一班。学校的条件很差，教室里是长条石搭建的课桌，冬日里，厚而且冷。没有现成的凳子，学生自己从家里带凳子上学，长短高矮宽窄不一，五花八门。记得好像到了四五年级才不带凳子。

忘记了是几年级才换教室，新的教室好像门朝西，我不知道是不是记错了。记得桌子已经换成混凝土预制板的了，凳子还是靠自己带。感觉好像教室不够，姐姐就是到村北一个教室里上课，好像还有班级在村西北角银山脚下，我没有去过。

我当时的班主任是刘桂芝老师，一个矮胖但甜美的女老师。我的另一个老师叫张玉文，现在已经退休，是我的启蒙老师之一。当时学校的老师还有不少，是不是教过我，我已无任何印象。

新的学校已经在筹建，涧头是个大村落，上学的孩子多，于是就设了涧头联中。新校址在中心路西，前面是幼儿园，中间是初中，后面是小学。

懵懵懂懂中，小学毕业了，照了合影。我和景安、昌启二哥还一起照了相，在幼儿园的滑梯附近，那是我学习期间最早的合影了吧。小学阶段，十一二岁的年龄，正是贪玩的时候，其间，除了学习，就是疯玩。《偷梨的岁月》《剁菜的日子》中的恶作剧，都是这段时间的"杰作"。

我的初中生活依然充实，一方面不得不认真学习，父亲那边盯得紧；另一方面却一如既往地贪玩。升入初中刚开始的三个月，父亲把我送进了岑石中学，当然是奔着伯父去的，伯父当时是学校的会计。这个安排显然没有达到预期的效果。一落千丈的成绩让父亲果断决定："这小子还是回来上吧，还是我看在身边牢靠（保险、稳妥的意思）。"这个决定相当英明，否则，我的人生之路将截然不同，因为这三个月我已经把自己放纵得不像样子，成绩一塌糊涂！我连自己都觉得这三个月做得实在不怎么样。

三个月的分离当然不算什么，我内心里也没有什么悲伤，十一二岁的孩童不懂忧伤。初中的班主任是虞新光老师，我很庆幸有这样一些老师任教，这些老师的敬业和专业都无可挑剔，虽然这只是一所最普通的乡村联中。

三年的初中生活太快，如同眨了一下眼睛。这三年里，郑怀银教我语文，佟永国教我英语，其他学科我已印象模糊。学校的条件已经有很大改观，课桌凳已经配齐，教室里有了电灯。每天早上，随着悠悠的钟声，我和姐姐、父亲到学校上晨读，晨读后回家吃早饭，天天如此。晚上还有自习课，这自习课是要老师辅导的，没有电的晚上，父亲就让我打开汽灯照明。这汽灯不好伺候，但换灯泡、打气、充汽油，一系列的活我都会做。晚上，汽灯下光亮如昼，孩子们静静地自习，整个教室里只有汽灯的沙沙声和孩子翻看作业、课本的窸窣声，学习纪律相当好。

周日和假期里，照样在沟汊里戏耍、捉鱼；在山上掏鸟窝、摘野果；在后场里摔哇哇、捉迷藏。论童年的欢乐，我一点都不少。

学习是耽误不了的，我的成绩不最好，但一直没落下前三名。学习时也很努力，可毕竟也挺会玩。父亲一直认为我很勤奋，其实吧我的用功并不够，也没用全力。这样的结果只有一个，我中考名落孙山。当时考上高中的有聂振法，后来他考取了山东农业大学，在乡镇党委工作。另一个叫聂振芝，一个性格外向的女孩子，听说也考上大学，后来分配到市建委工作，情况也不错。

日子在走，我也在长大。时间已经是1987年的夏天，我十四周岁。一个农村孩子，考学是改变人生的唯一选择。怎么办？继续上学呗。1987年的岑石，教育教学质量很差，一个大乡镇，每年考上中专的凤毛麟角，年年以个位数计，有些年份甚至抹秃。这让时任小市教育局局长的罗西籍人崔西品很没面子，当时的岑石中心中学校长在是否办复习班的问题上举棋不定，上级一个规定下来，正在组建的复习班很快解散。没办法，还是回老家涧头复习吧！这样，阴差阳错，我竟然和姐姐，和其他一帮人成为同学并结下深厚友谊。

日子还是那样过，时间依然在玩耍、游戏、愣神中溜走。毕竟年龄小，毕竟学业难，毕竟缺少动力。一路走下来，虽然也付出了努力，也做了奋力拼搏，我还是以一分之差落败下来。当我从伯父那边知道这个消息时，心中好像只有淡淡的遗憾，怎么就没能多考一分呢？很快，我就"此间乐，不思蜀"，把烦恼丢到爪哇岛了。

岑石中学也很震动，中考结果的社会影响太坏。是时候采取一些行动了！很快，罗西中学的第一个复习班成立了，配最好的师资，用最严格方法管理，必须成功，不能失败。

这个复习班，汇集了全乡意欲考学的孩子们。我原来的老师虞新光老师任班主任并教我数学，德高望重的朱茂峰老师教语文，英语是姜景昌老师教，物理是贾自然老师，其严密的逻辑推理令人叹服；化学老师张善石语言幽默、讲课透彻，一节课下来学生听得如醉如痴；生物老师是后来的罗西二中校长贾西昌，其当时年轻有为，讲课不用课本，边讲边写，条理清晰，板书极像现在的思维导图。其他几个老师，我已经没有印象。这些老师可都是当时教学的佼佼者。

离开家到十六里路外的岑石中学上学，虽然我有过体验，但年龄太小，已经淡忘。这次复习，无疑是破釜沉舟。新的环境、新的同学，这一切都透着新鲜。来着四面八方的同学虽程度不同，性格各异，但都勤奋且努力，我的成绩在不断进步。

十四五岁的孩子懂得了一些事理，但很难管住自己。学习虽努力，但有时还是贪玩，甚至于还搞些恶作剧。记得印象最深的就是爬窗户到水房打热水，周日在空房子里捉麻雀，用麻雀的脑子抹手治冻疮，还有就是课余时间在宿舍里拉呱侃大山。

1989 年春，岑石中学新校搬迁，我们全班搬到新校址：红山附近涑河旁……学校很大，一切都是初建，土木工程不少，我们同学们在校园里挖沟、平土、栽树，出了不少力。

时间过得飞快，转眼到了小中专预选、重点高中截留的考试时间了。几乎没有什么大的压力，我被临沂一中预选录取，我记得当时是考了581分，一个不错的分数。当时被一中截留录取的同学有好几个，他们后来都进入了高中，也都基本考入了大学，有了自己的奋斗之路。

在复习时，英语一直是我的短板，这么说吧，一百分的英语，我每次考试竟然只得四五十分，这还了得。没好法子，硬着头皮学。分析失分的原因，记单词，学语法，总结短语用法。什么法子都用上了。在记单词方面，我还自己制作了学习用具呢！找一个带轴的小盒子，裁出长长的纸条，上面写上汉语，记单词时，转动小轴，汉字出现，把单词默写下来，然后对照课本判断对错，既简单又方便。经过努力，我的英语也能每次考到八九十分了。

在当时，复习生是不允许考中专的。班主任不知想什么办法，弄了几个考中专的名额，专门告诉我，让我再拼一下，真考不上的话，也有临沂一中可上。这思路可以，去考一考也中。现在想想，这个决定改写了我的一生，命运从此定格。

后面的事情似乎很平淡，参加中专考试的几个同学，我和刘德存同学胜出，被临沂师范录取，魏元光同学委培上费县师范。全乡一共三人考上中专，虽少，但也是一个突破。在涧头村，我更是被传得神乎其神。要知道，那时的中专太难考，太难考……

一切都很顺利，拿录取通知书，报到，然后上学。我的中专学习生涯开始了。1989年那个普通的暑假，在乡村的一个普通孩子，通过自己的努力，离开了那片土地，踏上了新的征程。那年，我十六岁。

　　临沂师范的学习生活丰富而单调，学习已经不是主要的任务，我的兴趣转到了文学方面，每日学习、读书，充实而有趣。当然也有烦恼，一个是因姐姐的病，不知原因、不知何时能好的病痛折磨着姐姐，也磨蚀着我的心；另一个烦恼当然是少年维特之烦恼了。身处青春期的年轻人已经萌动了自己那颗春心……

　　一路走来，十三年学习岁月，漫长而悠然，细碎而缠绵。努力了，也走出来了。想想，生活中的某个时刻，也许就是人生转圜的契机。一些看似平淡的事情，一个不经意的人生节点，往往蕴藏着重大的改变。

　　这就是我的求学生涯。

十三岁出门远行

二十世纪的八十年代，中国对外开放的国门刚刚打开，百姓的温饱问题也才解决，外出游玩还是奢侈品，而我却得到了一次随同父亲到曲阜泰山游玩的机会，于是也就有了我的这篇文章——十三岁出门远行。

忘了游玩的具体时间了，可我却清晰地记住了那次游玩的经历，那给我的震撼和影响，给我的文化上的熏染，让我对曲阜、泰安两座城市至今念念不忘。而那游玩的经历仿佛就在昨天，尽管在时间上已经隔了三十多年。

好像坐的是汽车，当天就住在一个旅馆里，晚饭后，一群人在院子里围着一台电视看，那是在异域，在我十来岁的时候，第一次看电视。回忆起来，画面美丽广袤，有一群动物在飞奔的样子，是非洲的大草原吧，那电视是彩色的。

第二天我和父亲，还有一帮老家的老师们，开始了我的曲阜之旅。那时的曲阜依旧是一个县城，我们游览的景点是"三孔"和颜庙，我发现我的记忆是如此的真切，以至在三十年后竟然清晰如昨。我也不由得不叹服，在一个年幼的孩子眼里，他看到的那个新奇的世界会永远驻留在他的记忆里，永不磨灭。

在孔府里，一个个房间，一道道女墙，一条条小巷，被游人，或许就是居住的人踏得已经光滑凹陷的过门石和石门槛，见证了岁月和人事的沧桑，也记录了孔氏家族的繁荣和兴盛。那时候，我只是感到新奇，镌刻在脑子里的画面和后来获得的知识相互印证，让曾经的游学变得有血有肉。

在孔府里，到处都是绿树和鲜花，大大小小的房间里陈列着孔家人曾经的生活用品。一些具体的景点我已经无法复原，但印象中那一株株树影婆娑的塔松，无言地诉说着历史的兴衰，文化的传承。

孔庙是祭祀孔子的地方，历朝历代的尊孔，使得孔庙的规模非常宏大，烟火兴盛。大量的碑文碑刻记录了皇帝祭孔的场景，而大成殿成为我十三岁记忆的一个符号。大成殿作为中国古代三大殿之一，那九根巨大精致的盘龙石柱令人惊叹。我和父亲在大成殿前的留影至今珍藏在相册中，它是我最为珍贵的照片之一。

沿着长长的甬道一直向北，那就是孔林了。甬道两边的古树历经风雨，已经矗立了千年。树干粗大，有的已经中空，有的个别枝丫已经干枯。一路走，便远远地看到了石兽和石人。靠近售票窗口，我正在观望，一位售票的中年妇女看着我，并亲切地喊我"小鬼"，这一句小鬼，让我一直很温暖。一晃三十年过去，曾经的"小鬼"变成了朝五十奔走的中年人，可曾经的那一幕永远难忘。

孔林，埋葬孔子和他的后人的地方，甬道旁的瑞兽，参天的古木，刻着篆字的石碑，子路守墓的草房。十三岁的我懵懵懂懂，可也感受到了神圣和庄严，我知道这不大的坟冢下躺着一位伟人，他影响着齐鲁，影响着中国，也影响着这个世界。

晚上住在曲阜，第二天早出发，那是准备奔赴泰安，去朝拜"九五至尊"的东岳泰山，感受山的巍峨，十八盘的陡峭与曲折，文化的厚重。

　　第二天出现了一个小插曲，人竟然走散了。一伙子人去了岱庙，我们这伙则直奔岱宗坊，踏上了登山的台阶。开始不知道山的陡峭，沿着修葺得整整齐齐的石阶信步而上，远处苍松如海，近处沟涧蜿蜒，道旁林立的巨石之上则镌刻或行或草名言佳句，读来颇有受益。可惜，那时的我似乎什么都不懂，只知道这就是游山玩水。

　　石阶渐陡，腿也明显地酸痛起来。可跟随大人们攀登的兴致丝毫不减，欣赏过五大夫松，蹚过经石峪，走过中天门，登上十八盘，到达了南天门，观过"五岳独尊"壁立的大字。这些景点我都没有忘记，我也忘不了晚上住宿宾馆，为早上观日出而租借大衣的事情，也忘不了在凛冽寒风中静待红日喷薄而出的时刻，还有那供奉着泰山奶奶的青烟缭绕的碧霞元君祠。

　　一晃多少年过去，儿时的那次游玩竟清晰地镌刻在我的记忆中，曲阜泰安也深深地印在心底。在十几年之后的一次会议，地点就在泰山脚下，终于有机会再次近距离感受泰山的壮美，同时遂了十三岁时未了的心愿。

　　岱庙，历代皇帝登泰山封禅时居住的地方，以大量的古建筑群及天贶殿闻名于世，走进岱庙，大量的碑碣和粗老的槐树、柏树告诉我们这曾经的历史更迭与朝代的兴衰，也昭示我们世代如何变换，不变的是信仰与文化的传承。对泰山的敬仰与朝拜，就是对千古文明的敬仰，对丰厚人文精神的朝拜。

　　走在岱庙，审视着每一处历史遗存，心情凝重，我仿佛走进过去。汉柏唐槐带我感受汉唐风韵的光彩，天贶殿的巍峨与庄严，让我走进两宋风云。在时间的隧道，元明清也成为历史的一瞬。

　　在岱庙，我仿佛又回到从前，那个十三岁的不谙世事的男孩，用清澈的目光拂拭繁复的历史，想要从岁月的迷雾中找寻过去的印痕，那曾经的战旗猎猎，那曾经的盛世太平，那曾经的刀光剑影，那曾经的莺歌燕舞……

十三岁的出门远行，让我的人生经历从此不同。"读万卷书，行万里路"，在行走中，用双脚和眼睛丰富自己的学识和履历，比在书斋里吟诵《唐诗》《宋词》更来得具体。

当然，我们欣喜地看到，在国家层面，倡导孩子游学旅行渐成共识，这是一项有利于孩子成长和发展的明智举措，值得大力发扬。愿孩子们能遍游祖国的山川大地，走进祖国厚重的历史长河，感受中华几千年来悠久灿烂的文明。

愿每个孩子都会有属于自己的那十三岁的神奇曼妙之旅。

学校生活的"另类岁月"

　　昨日的孩童今天已满头白发，曾经的幼稚成为美好时光的代名词，往昔的岁月因不可复制而成为最珍贵的回忆。

　　社会不断发展，学校当然不会是世外桃源，看到现在的孩子日复一日的学习，暑假还要主动或被动地参加一些学习班，或进行文化课的补习，或进行所谓的素质才艺培养。看看孩子个个很不情愿、苦不堪言的样子，倒叫我想起了小时候学校生活的另类岁月，那时的孩子虽然物质生活清贫，可快乐着呢！

　　时光倏地回到了三十年前，好像是二十世纪八十年代中期的样子。涧头村落较大，有小学、有中学，学校叫涧头联中，其时还没有幼儿园。

　　到了二十一世纪，学生在学校参加兴趣小组，在节假日参加各种活动，美其名曰叫社会实践活动。在不重视知识、不知道什么叫素质教育的二十世纪八十年代，学生的课余生活也是丰富多彩的，我记得参加的一些活动，让我至今难忘，这些活动有一个共同的名字叫——勤工俭学。

　　"勤以工作，俭以求学"也许是"勤工俭学"最初的由头吧，让劳动和学习相结合，在劳动中锻炼、成长，在学习过程中不断参与生活实践，多好的一个提法。

　　生长在农村，头顶着蓝的天空，满眼是绿的田地，燕子河温柔地绕金山而过，十几座或高或矮的小山拱卫着这片土地。

一个少年穿行其间,他因生在这地方而自豪,虽然它曾经贫穷,虽然这土地并不肥沃。

当从西南吹来的暖风让你感到夏即将来临的时候,村外的土地上已经覆盖了一片片的金黄,"麦熟一晌",生产队里已经组织劳力开始了麦收的准备工作:添几顶席夹子(像斗篷,遮阳用),用白桑条熥几杆杈(用来挑晒麦子的工具),买几把锋利的镰刀。新錾刻的碌碡静静地躺在场边,李家的大爷爷正忙活着按场(选空旷平整的地块,整好,以便打麦)。

麦假已经开始,这个假期里,我们这些小学生盼着的一件大事就是拾麦穗。湖里的麦子几乎就是在两三天的工夫,先是变成了棋盘般的方块,然后是一望无际的麦茬,而收割时遗留在地里的麦穗就成为我们捡拾的目标。

晴朗的天空,有点灼热的太阳,阳光下汗津津的我们。或大或小的麦穗让我们奔跑,欢喜雀跃,拾多了,就把麦穗绑成小把,小心地放进篮子里。这些麦穗,会在母亲的簸箕里变成或丰润或干瘪的麦粒,变成我们期盼的馒头、油饼或面条,在那个刚刚解决温饱的岁月里,这些念想成为我们这些小学生拾麦穗的最大动力。

如果说拾麦穗属于自发的行动,严格说还不算勤工俭学的话,那砸石子、抒松子、拾地瓜、集草种子则就成为极具乡村特色的实践活动了。

现在搞建设,用磕石机就能生产出或大或小的石子,可在二十世纪八十年代却没这么轻松。如一条玉带般从村子里穿过的燕子河,阻隔了村人的生活,把村子里的人分为两半,北半部分叫不叫河北我不知道,但我们叫河南面的住户为河南,不知道的还以为是中原的那个大省呢!上级决定要修一座桥,说是什么混凝土的三拱桥，每家每户都要上交石子，石子的大小尺寸都规定好了。于是，全村大小老少掀起了砸石子的热潮，本来就是山村，屋前房后，山左山右到处都是青石，原料不成问题。抽出工夫、出点气力，全家齐动手，不出半月，建桥所需的石料竟备齐了，这在当时感觉不到怎样，现在想想，这真是一个奇观，现在所建的拱桥仍在，可那份记忆已经被人淡忘。

在这些勤工俭学活动中，最让我们盼望的是抒松子、拾地瓜。

当凉爽的秋风刮起，玉米棒子已经可以掰下来煮着吃的时候，山上的松子已经成熟，又到了该抒松子的时候了，在学校里，班主任已经安排了任务，各同学可以和自己的伙伴组合，命令一下，就可以抒松子了。这可是我们梦寐以求的好事，既可以在山间自由自在的玩耍，又可以打来松菱子，等把松子晒干，交到学校，就可以换来零花钱了，想着这些，眼前仿佛就有了铅笔、本子、哔了团子、洋糖……

终于到了抒松菱子的时间，大清早，吃完早饭，我就和几个伙伴带着尼龙袋子，拿着抓钩进山了，说是山，其实就是一些丘陵，最高的寨山海拔也不过 270 米。还是到银山吧，银山满山都是松树，离家又近。家乡的松树，其实是叫侧柏，所结果实并不大，松子更小，估计和大米粒差不多。

满山的松树或高或矮，有的矮松也不过一人多高，却顶着又厚又密的松菱，这样的松菱举举手、弯弯树就可以摘到，小孩子们特别喜欢这种松树，可这样的树还是太少。山上的松树大多是二十世纪五十年代初栽种的，都几十年的树龄，树干皴裂盘旋，苍老的虬枝曲折横卧，树顶上的松菱子厚厚一层，小孩子们只能"望树兴叹"，无能为力。

这时可就是我们这些半大小子们展示才能的时候了，脱下鞋，攀着粗干，双脚用力一蹬，"出溜出溜"就上树了。侧着头，躲过横斜的松枝，忍着小脸被松叶阻隔、视线不佳的困难，将挂满松菱子的小枝折下来，一口气将能看到的枝柯折完，再溜下来，在树底下坦然地捋了起来，那种悠闲和刚才的紧张判若两人。

有时候，爬上松树，你会幸运地遇到鸟巢，偶尔会摸到鸟蛋，甚至会遇到几只待哺的雏鸟，这时你绝不会忍心将它们捉下来，况且捉下来自己喂养的唯一结果就是雏鸟死亡，这种事还是不做吧。也有不幸的时候，爬上树干，不巧身上贴上了松毛虫，坏了，松毛虫的毛一旦上身，加上热汗，你就等着浑身痒痒吧，还捋松菱子，不痒死你才怪呢！

捋上半天，已经有不少收获了，也有些疲倦，几个伙伴便邀着去摘酸枣吃，有时还想着再掀几只蝎子。阳光还很烈，汗在身上干了又湿，累，但真的很快乐，这时肚子也饿了，还是回家吧，于是各人背着各人装满收获的蛇皮袋子，哼着小曲回家了。

两三天下来，松菱子捋了不少，让大人先捂后晒，沉甸甸的松子从松菱中跑出来，再晒晒，装成袋就可以上交了。

上交给学校里，换回或多或少的钞票，这种感觉真好。

捋完松菱子不久，又到了放秋假的时候，这个假期就像麦假，是专门为农村的孩子准备的特殊礼物，回家帮大人刨地瓜、收地瓜去。

这活很烦琐，孩子们普遍都不愿意干，但当学校又一次开动员大会，要进行秋季的重要勤工俭学大行动——拾地瓜的时候，孩子们早忘记了帮大人干活时的那份辛苦和不情愿，拾来地瓜，交上去，又可以得到零花钱了。

秋日的太阳懒洋洋地挂在天空，炎热还没有完全退去，孩子的心却随着那白白的云朵，飘到了湖里，头顶的天还是那样蓝，孩子们却都急着去拾地瓜了。

挎着筐头子，扛着小角镰（一种小巧的刨地的工具），全副武装地在生产队刚刚收过的地瓜地里，几个同伴一人一沟，开始找寻遗漏的地瓜，拾到还是拾不到，全靠运气。有的地块，可能大人干得都挺急慌，地瓜丢了不少，我们这些孩子就有些高兴，一会儿我拾着一块，一会儿他捡着一块，一会儿又发现一个分根，地里热热闹闹，孩子忙忙碌碌，这是家乡秋天最美丽的画卷。

白云飘过，伴随着伙伴们爽朗的笑声。

那次拾地瓜，我们到的是银山后的黄土崖，拾完这块地瓜，我们继续向上攀登，这里的地块，是一溜溜陡峭的梯田。忽然，远处的志宏大声喊："快来，这里有洋柿子。"听得这一声，几个人撂下手里的家什，朝柿子地奔去，这边找，那边捡，大人收获后遗留的西红柿虽然有些小、有些青，但吃进嘴里酸甜可口，颇有点秋梨的味道，那味道仿佛至今还留在口中。

在农村，在老家，连绵的山给我们留下各种瓜果，娟然的水给我们留下美味的小鱼和泥鳅，湖地里的山水牛和豆虫，还有蚂蚱，都让我们这些农村孩子在贫穷中拥有了独有的生活馈赠和无穷的快乐。

长大了，这样的生活也早已经远我们而去，曾经在农村随处可见的吃食和野味，也成为餐桌上的佳肴，并且价格奇高。

曾经的勤工俭学也不知什么时候就消失了，就如同童年一样，不经意就消失了。现在想想，那时的实践活动，比现在的一些活动有趣得多！什么时候，能让孩子们再回农村的大天地，让他们在自由的蓝天下自由地奔跑、玩耍，多好。

不知道还有这样的机会吗？

少年的文学梦

懵懂的童年，现在回忆起来也是混沌一片。一方面是岁月的久远，另一方面就是大脑记忆的选择性遗忘。

在上学之前，整日价在沟渠边玩，在田野里疯，在河汊口跑。消弭了时间，在无知的岁月里，我的成长没有烦恼，直到姐姐生病之前。

记忆中，我上学的老校西边是无垠的桑地。夏日里，浓密的桑叶成为蚕虫最好的食物，其实老家里还有不少村妇在养蚕。"沙沙沙，沙沙沙……"蚕们啃食桑叶的声音是童年最动听的曲子之一。

后面的老郑家的二爷爷又给我们讲故事了："桑地里，有时能看到大脚印，那是人熊，给黑瞎子样，怪吓人，可别自己去……"每讲到这时，我心里都禁不住害怕。"这人熊到底什么样！"故事讲完了，我小心地问。"什么样？像黑熊样呗，两米多高，又粗又壮。见着人，一坐，人就完了。"二爷爷一惊一乍地讲述，小胡子一撅一撅，小眼睛也眯缝了起来。"你，你见过？"我嗫嚅道。"我，我，我，听人说的……"二爷爷声音低下来。"哄人！"我和伙伴一起嚷起来，"我们才不信呢！"

桑树依旧在学校西墙外田地里泼辣地长，可我和伙伴到底也没敢去那里耍过。

从记事起，就记得那层层叠叠台阶垒砌的大坝，还有那大坝上布满密密麻麻文字的大大小小的墓碑。小的时候，大坝很大；长大了，坝变小了。可故事没有变化：天极其干旱的时候，大坝露出底，有人在林立的石夹下面，挖出了一个大蛋，说是"蛟蛋"。我不知道这"蛟"是一种什么东西，但我听爷爷说过，这蛟能呼风唤雨，在山水奔泻而下的时候，你能看见那蛟龙在游动，尾巴在天上，头却伸进了东沟里。这当然是极其骇人的，我于是有好长时间不敢到那大坝里去。

在我的印象里，父亲和母亲都不会怎么讲故事，可这一点也不影响我听到这样那样的故事，美丽而贫穷的涧头村有太多的属于这片土地的传说和故事。

忘了那是什么季节，家里请来了小木匠。这个"故事大王"更是把我和伙伴引入一个新奇的世界，我沉溺于其中，整日缠着小木匠给我讲故事，什么大闹天宫、哪吒闹海、牛郎织女，我是来者不拒、一一笑纳。

后来，我知道了，这就是文学的最初的启蒙。

因为父亲是老师的缘故，我的学习好像必须好才行。幸亏我也不是那种笨得不开窍的"苕瓜"，我的成绩一直不错。也得益于父亲是老师，我手头的书报委实不少。小学时父亲给我买的益智故事集，我至今记得。好像还没进初中，父亲就给我订阅了大开本的《山海经》，里面的神话故事让孩子如醉如痴；小本的《故事会》一直是我最喜欢的课外读物，郑渊洁的《童话大王》，皮鲁鲁的故事引我入梦。后来大一点了，《中学生数理化》《中学生》《中学生报》我都订阅过，尤其是《中学生报》，我收集了几大本，按期顺好，小心收藏，我还记得这报纸，纸张白但发脆，翻看时间久了，报纸就会从折痕处断裂，这让我揪心了很长时间。

我的数理化很好，以至于同学们给我一个"数学大王"的绰号。尤其是列方程解应用题，这是我的强项。追及问题、排水和注水问题，往往让同学们云里雾里，半天找不着北，可对于我来说是小菜一碟。

当我在数学的魔幻世界里乐此不疲的时候，我的兴趣转到了另一本书——《读者文摘》，涧头中学是一所联中，老师来自各地，有一位老师订阅了《读者文摘》，这真是一本生活的百科全书，它把我带进一个变幻无穷的充满智慧和哲理的世界，让我感受到了文字的亮美、立意的精妙，我喜欢上了这本杂志。

平时也写文章，老师也一直在指导和训练。我没有感觉到自己的文章多好——也许本来就不好——直到1988年下半年的某个课堂上，我才意识到我的特别。语文老师朱茂峰竟然对我的作文不吝溢美之辞，给予很高的评价，并当着全班同学范读了一遍。我至今记得作文的名字——《这边风景独好》。

不是文字多好，而是老师以另一种方式鼓励他的学生。我现在明白了这一点，可这给我的影响太大、太深，我一生都无法离开文学了，文学的梦想从此开始……

在临沂师范的青葱岁月里，我真正地一个猛子扎进了文学的汪洋大海，从古代的《诗经》，到汉乐府中的《孔雀东南飞》，到《唐诗》《宋词》，到四大名著，我都如饥似渴阅读。尤其是现当代文学的优秀作品更是熏染、滋养着我，让我的精神生活前所未有的充实和富足。文学让我的生活虚幻而多彩，让我的感情敏锐而奔放。

走进二十世纪，一个个文学巨匠灿若晨星：鲁迅的严肃和冷峻，冰心的爱的哲学；巴金的《随想录》，老舍的《骆驼祥子》；钱钟书的睿智，沈从文的湘西世界……文学给我打开一扇窗，我视文学为整个世界。

读书、学习，随意地涂抹和堆砌，我开始用文字记录我的世界、我的生活和成长。一本本的日记，承载着我成长中所品尝的人生百味，也吞咽下我留下的苦涩泪水。没想着去发表什么，却一直在写写写……

同学带来一本书，名字是《作家成名之前》，我用心地读了好几遍。他们的刻苦感动着我，他们的执着激励着我，他们的成功吸引着我。

带着梦想，也舔舐着淋淋鲜血，我走上教师的岗位。工作之际，当时任校长的杨开昌征询我代什么学科时，我毅然决然地选择了语文，我清楚，语文的教学是我梦想腾飞的支撑。我仍然在写，以日记的形式，不断地写。《读者》《青年文摘》《散文》《小说月报》都是我喜爱的杂志，《小小说选刊》《微型小说选刊》也不离我手。这段时间我读了更多当代作家的作品，新时代也催生着新的文学流派，许多作品令人震撼，也让我感觉到高山仰止，自惭不如。

书读得多了，许多作家我如数家珍：卢新华的《伤痕》，铁凝的《哦！香雪》，谌容的《人到中年》，李存葆的《高山下的花环》，贾平凹的《浮躁》，张炜的《古船》，其他新人也走进我的视野：张贤亮、冯骥才、尤凤伟、王安忆、阿来、余华……后来的青年才俊也不少：冯唐、卫慧、韩寒、郭敬明等等。

刚参加工作不久，有一个教育方面的征文，即兴写了点东西，投上去，不久就在《临沂日报》发表了，可惜是一个豆腐块，我记得其名字是《多给孩子一点爱》，我还记得当时挣了二十多元的稿费呢！

在其后的日子里，虽不断地记录生活，可也没想着专门创作东西来发表。尤其是因工作和生活所累，竟渐渐地疏远了日记这个朋友，也疏怠了文学这支笔，梦真的只是梦了。

也写了一些文章，全是由着性子来，在学校从事管理以来，一直钟情于文学社的工作，负责了《博雅》《艾山草》和现在的《雪萝花》文学社刊。这也许是难以剪断那怀揣的文学之梦的缘故吧。

生活在继续，直至不惑之年，这梦竟然做了近三十年，有时就凛凛地想：这梦，还有圆的机会吗？

时间到了 2012 年，偶然见到青藤文学一次征文，信手将早写的一篇文字《再游朗公寺》投上，竟然获奖，去领奖，认识了一些编辑作家。加入了一个新的群体。我的写作激情被激发，文学之梦像不可或缺的血液，又重新回流到了我的身体。

这个群体的人，坦诚、热心、执着、淡泊，正是我所欣赏且努力践行的人生信条。因相同的爱好而聚集到一起，拥有相同的追求和共同的梦想，一群无私可爱的青藤人。

不断地写东西，依托青藤文学网，在网络上展示和提升，积极参加小说创作训练，我从来没有想到文学距离我如此之近，尽管我的水平仍旧很低。

随着参加活动的增加，我积累了愈来愈多的文章，也愈来愈多地掌握了写作的一些技巧。我知道我距离文学梦更近了，虽然那依旧是梦，梦虽远，但我不忘初心。

我的文学梦，即使它永远是梦，我也要执着地做下去，永远。

第四辑 童年谣

如梦如幻的童年，永远有我难以忘怀、割舍的回忆，那山、那水、那梦……在我成长的岁月里苏生，在我品尝生活苦涩的时候给我以安慰。经历过这样童年的孩子，他的人生虽然依旧坎坷，但永远不会低头……

我的武侠梦

每个孩子都有梦想，梦想像天边飘浮的流云，真切而自然。对于男孩来说，几乎不用有什么疑问，他们都有一个武侠梦，这梦藏在心底，萦绕在成长的岁月里。

当李连杰主演的《少林寺》在全国热播，《牧羊曲》在大街小巷流淌的时候，我和伙伴们早拿起自己的棍棒，在汪涯后面的麦场开始操练了。没有教练，没有老师，甚至没有人会什么武术，一伙子人却像模像样地"操刀舞棒""耍枪弄棍"地比画开了，一招一式完全是模仿《少林寺》中的场景。

会十八般武艺，能打遍天下无敌手、刀枪不入，要游走天涯、做行侠仗义的大英雄。梦在幼稚的大脑中生根，在温暖的春天勃发。七八岁的时候，孩子们的心里真的是这样想的。

我们这群小伙子，都是半大不小的孩子，为首的自然是志彦大哥。手里的棍棒自然好找，将就一点的，上山砍一根粗细合适的木棍，剥去树皮，去掉毛刺，两头整成圆弧状，便于拿握。临时抱佛脚的，看有烟柴垛，随意抽一根，两头一去，操之在手，也能应付过去。那刀枪自然也是自己寻，找大人做，山村嘛，到处都是木材，做起来并不费事。

和尚觉远在少林寺苦练，我们也模仿着蹲马步、劈叉、踢腿、出拳，整出这些动作时也不忘配合着"哈哈、哈哈……"的声音，一副颇有气势的样子。说是练武，更像游戏、玩乐。

高兴起来了，免不了分成几组，像模像样地"哼哼、哈哈"地对打起来。我和志红一组对打，我抽出长长的木剑向前一挥，他双手举棍用力一挡，我再劈，志红侧身一躲，顺势将长棍扫来，软软地靠在我的腰部，第一回合我输了。第二回合接着战，当然这些动作都慢，是伤不着人的。偶尔有时，力气用得多了，划着脸、伤着肩、碰着腰，也没人掉泪，更不会因此而翻脸。

东沟的扫条稞里，石崮里，大大小小、逼仄弯曲的小巷里，都是我们战斗的地方。割完草、剜完菜，不跑跑跳跳，发泄发泄，孩子们旺盛的精力还真没地方搁。

金庸的《射雕英雄传》画册在孩子们中传阅，《魔域桃园》在电视上热播的时候，我们已经开始找寻所谓的"武林秘籍"了，有关练武学拳的小册子成为我们的最爱。可惜，凭我们这些孩子，找到这些书也很困难，到哪里去找呢？

《偷拳》《神鞭》《霍元甲》，这些小画册派上用场，照着图画上人物的动作，"哈哈哈"地乱比画一气，竟也有同伴喝彩。

没有教练，连武打的小册子也寻不着，孩子们自然就懈了。渐渐地就刀枪入库、马放南山了。正寻思着怎么玩的时候，一个叫郑洪祥的年轻小伙子来到涧头联中，他是来教我们英语课的。这郑老师讲课幽默，"鞋里有牙，光搓揉"就是从这里来的。最叫人惊喜的是，郑老师竟然会武术，打起拳来呼呼有声，那套路那架势还真唬住了我们这些对武术如饥似渴的孩子们。

郑老师也的确会两下子，他曾经当着全体师生的面亲自表演过，一路拳下来，舒展流畅，用我后来学的词来形容，那真是如行云流水。

从此我们就隔三岔五地跟着郑老师练习，劈腿、抬腰、倒也掌握了一些皮毛，后来初级拳一路竟也打个差不多了。

可惜，后来，学习任务越来越重，又辗转到异地就读，年龄也一天大过一天，连割草、掀蝎子的时间都少了，这武侠梦到底还是碎了。

到了临沂师范之后，体育课上有一门选修的内容，已记不清是少年拳还是初级拳二路，也随同学练习过一段时间，但那是为了应付考试，全没有了幼时的那份兴致和渴望。

在其间也曾想着让自己健步如飞，为此曾让姐姐专门缝制过一个沙袋，那沙子还是在临沂第二职业中专的沙坑里装的呢！这沙袋我也没用过几次，我太没有毅力，吃不得苦，更坚持不下来。又想着学武术要"冬练三九，夏练三伏"，站桩、马步、踢腿，哪样不得吃苦？看来，我根本不是练武的那块料。

从此梦就完全断却了。

现在年龄大了，身体有些不好，也想到了养生，有同学正在练太极拳，心里想着也跟着去练练，可也就是想想而已，还没付诸实施心里就先怯了。看来，做任何事都不容易，怪不得年龄越大，就越佩服那些做事能吃苦、有毅力有恒心的人。

自二十一世纪初，国家全面落实素质教育，各校纷纷开设校本课程，每逢学习参观，看到有学校开设了武术校本课程，心里就羡慕不已。如果生活在新时代，这个武侠梦也许真得能圆。孩子梦想的种子也许真的会落地生根，最终成长为参天大树呢！

没有成长在新时代，但我不后悔生活在那个过去的时代。

人生就是如此，有什么可后悔的呢？

小喇叭开始广播了

曾经有一个时期,每天晚上八点,"嗒滴嗒——嗒滴嗒——嗒——滴——嗒,小朋友,小喇叭节目开始广播了。"伴随着音乐欢快地响起,孩子们几乎倾巢而出,都到侯大伯家听小喇叭节目。这小喇叭是中央人民广播电台的一档著名少儿节目,这甜美的声音伴随着许多人的童年,也成为我童年回忆的一个美丽符号。

二十世纪八十年代初,贫穷仍旧是人们无法抹去的痛苦记忆,也是人们不能逃避的话题。究竟穷到什么程度,谁也不好说,记得笑星赵本山曾在一个小品中说过:唯一的家用电器就是手电筒。这虽为戏谑之语,但其中的心酸经历过的人都明白。

在点煤油灯、就咸菜吃薯干煎饼的日子里,老百姓的乐趣就是在农闲时蹲墙根、闲拉呱,说东家、道西家,张家长、李家短。日子就这样一个一个地翻过西山,逃也似的溜走。听大戏得等到逢磊石会,无聊的时日怎样打发?晚饭后的长夜如何度过?

为了传达上级指示精神,适应当时防震抗震的形式,每家每户都安装了个喇叭,这些喇叭用电线连接到大队部。大队部有个大喇叭,谁家里来信了,什么时候割麦了,今年轮到谁家出夫了,都是从那大喇叭里跑出来的。喇叭头子里刘书记的声音在村子的街巷里钻来钻去，人们的耳朵里都磨出了茧子。

大喇叭偶尔会接上广播，什么传达上级通知了、学习"老三篇"了、谁谁家里又来信了，有时也会转播《杨家将》《呼家将》《岳飞传》，后来就播路遥的《人生》《平凡的世界》。记得后院四老奶奶家有一个广播匣子，就挂在用秫秸扎的帐子上，让我们这些孩子感觉挺神秘的，一个小喇叭，加上一个"玉米花子"纸，就能放出各种声音，好奇妙。

还是教物理的父亲厉害，不知他从哪里弄来磁棒，外面缠上线圈，再加上两个什么二极管、三极管，接上喇叭，竟然发出了清晰动听的声音，真是匪夷所思。收音机的原理竟如此简单，从此，我便有了独自听广播的专利，不用和同伴们一起挤在侯家大伯那边了，可惜，这广播过于简单，收台只有一个，动不动就坏，实在不要面。

侯家大伯的收音匣子实在太好了，能收很多台，声音也能大能小。"小喇叭开始广播了……"这美妙的童声从匣子里传出来，勾走了我的心魄。我们几个伙伴静静地听着，《岳飞传》《杨家将》《三侠五义》，后来的《平凡的世界》。断断续续，我们听了许多故事，也消磨了太多童年时光。

侯家大伯教书，父亲也教书，大伯有收音匣子，父亲没有。

又是周六，又是一天下午，照例是父亲从费县上学回来的时日。天已经黑定，黑的夜像一块幕布，幕布上缀满星星。父亲怎么还不来呢？我的心里焦急起来，母亲和姐姐也焦急起来。正咕念着，外面传来自行车骑行的叮当声，还有父亲特有的咳嗽声。我小鸟一样迎上去，看着父亲扎下车，小心地松解自行车后座上的一个大纸箱，"这是什么呀，爹？"我向来都是叫父亲"爹"的。父亲疼爱地摸摸我的头，笑着说："收音机，大收音匣子。快看看，你不是盼着听收音机吗？今儿个我买来了。"

打开纸箱，一个大大的长方形的机器就展现在我面前，尽管油灯昏黄，可我还是看到这崭新的收音匣子正面两个喇叭，下面一溜五六个按钮，至于是什么牌子，我已经淡忘。这是我家的第一台收音机，这台收音机用去了父亲五十多元钱，可以自信地说，这是当时整个涧头村最好的收音机。个大、收台多，中波、短波都有，声音大而洪亮。

这台收音机一度引起周围许多邻居的艳羡，每天晚上，有不少近邻都聚拢来听收音机，欢乐的笑声充满了我那农家小院，惊扰了栖息在樱桃树杈上的家雀，扑腾腾飞去。父亲的堂兄二伯父知道了，看收音机漂亮大气，心里喜欢，专门托父亲也买了台回来。

这台收音机被父亲摆在八仙桌的正中间，上面蒙上了报纸，打开它：早上六点半的新闻和报纸摘要，晚上八点半的小喇叭准时开始。再有就是评书，我也记不清是单连芳，还是刘兰芳，还是田连元的。只是那声音低沉、清晰，略带沙哑，评书结束时的最后一句话总是让人感觉缺憾：要知故事内容，且听下回分解……

到了收割的季节，外出下湖时，这收音机便随同前往，一边干活，一边听收音机，声音不停，笑声不断。

天边，白色的云朵飘走又飘来，在云来云往中，柿子红了，树叶黄了；草儿青了，柿子又红了，树叶儿又黄了。我已经长成为翩翩少年，收音机也已经陪伴我五六个春秋。

有几天没去侯家大伯家玩了，一天下午，同志宏捣完桃核，到其家里玩，赫然发现他家正堂屋的八仙桌上，一台电视摆放在上面,大伯家买电视了!

我知道那是电视,因为我在大队部见过,还五分钱一张票看过《武松传》呢,后街老臧家早买了一台,一到晚上,家里便围满了人,院子里人来人往,其时电视剧《水浒传》正热播,后来是《魔域桃园》。

这电视机方方正正,比收音机有趣味得多,于是,我又思慕着父亲什么时候买电视了。可童年时的收音匣子,那"小喇叭开始广播了"的儿童广播仍深深地留存于我的记忆中,永远忘不掉了。

掀蝎子的故事

老家多山，山不高，是高高矮矮的丘陵地貌，属于沂蒙山系的余脉，说起沂蒙山，那可是大名鼎鼎的革命老区。在当地的特产中，沂蒙的"糁"很有名气，沂蒙煎饼也是一大特色，再有就是"沂蒙全蝎"，说起这些，我就自然地忆起小时候掀蝎子的一些往事。

说起掀蝎子，这几乎是我们老家孩子春夏之交的必修课，当然大人也有热衷此营生的，要知道当时一个蝎子（我们当地叫大青磅，雌蝎）能卖到 5 分钱，那可不是一个小数目。

山上蝎子不少，小半天就能捉几十只，掀蝎子得先准备放蝎子的小瓶，一定要深而且有盖，再有就是夹蝎子的镊子，手巧点的就把筷子劈开，用橡皮筋自己做一个。也有胆大艺高的孩子，上演徒手捉蝎子的好把戏。

掀开大大小小的石块，尤其是在山的背阴处大的石板下，往往会给你带来惊喜。掀开，便瞅见一只肥大肚腹饱胀的雌蝎慌乱地爬行，没地方躲避，便找一个自认为安全的小缝隙藏起来，将长长的尾巴翘起成弓形的模样，尾巴末端的毒螯呈战斗的姿势。这时你要小心又快捷地利用大拇指和食指形成的钳子般的工具，迅速地在蝎子未来得及反击、那充满毒液的毒螯尚没立起之前，果断地紧紧擒住，不能有丝毫的马虎。

这高超的技艺让周围像我这样胆小的孩子们艳羡很久。

当然也有失手的时候，那次到雾平山掀蝎子，我曾崇拜的高手马失前蹄，我知道他是大哭着一路小跑回家的，后来什么情况我就不清楚了，我至今没问，我抽空一定要再问问他的感觉，虽然现在他已经是一个半大老头子，孙子都会走了。

我于是也尝试着用手来擒拿蝎子，大的自然不敢，小的我倒想欺负欺负，有一次掀开石块，一只小蝎子赫然在眼前，我想试试自己的本领，结果是悲剧，我的中指被狠狠地刺了一下，如针扎般痛疼，类似蜜蜂的蜇拭，疼了很久，肿得老高，弄得我从此再也不敢出手。

记得在小学的时候，看着天气渐渐入了夏，每逢周六周日，我都要和同伴一起去掀蝎子，那可是勤工俭学赚点零花钱的好机会。早就盼望着这一天了，工具也早准备好，到哪儿去掀呢？领头的志彦大哥说："咱走银山，穿过山去，到雾平山后吧，听说那边蝎子不少。""好……好……好……"我们几个小的都附和着。

说是去掀蝎子，其实也是想放松放松自己的心情，毕竟一连五天多在学校里，囚禁得非常厉害，早就想出去撒欢儿了。

雾平山，海拔 200 多米，我们都叫它"雾北山"，我对这山印象深刻，在我八九岁的时候，我还和父母一起到雾北山后的山地里耕种，那地在我的印象里，大约种了十多年，直到村里再一次分地。雾平山后有一个看山屋子，离我们的地很近，可听人说这个看山的是个大麻风，有"麻风病"，这病传染，自然骇急了我们这些孩童，我们从不敢靠近这看山的小屋。

都说雾平山上的蝎子多，可我没有这种感觉。掀开大大小小的平板石块之前，每一块石头下面都掩盖着一个惊喜或失落，当然，对于我，失落总是大于惊喜。在我童年的记忆里，我掀蝎子从没有满载而归过，和同去的伙伴相比，我掀的蝎子总是最少，这让我颇为失落。我也曾分析其中的原因，却得不到答案。雾平山的植被茂密，蛰伏在石头下的蝎子也多，可再多也架不住全村、甚至十里八乡的人齐上阵。所以，每次掀蝎子，能捕获十来只就不错了，若适逢天气合适的雨后，小半天下来，能捉个二三十只，那就是天大的收获了。

一层层曾经的梯田，被重新栽上了树，当然，这些树估计都是中华人民共和国成立初期栽的，现在都长得粗壮茂盛，有树木相对稀疏的地方，则生长着葳蕤茂密的一种酷似黄花的草儿，一簇簇的连成大片。还有细高的有半人深的红草，其间还能发现开着紫色蝴蝶般花朵的"鬼扇子"，有不知名的鸟儿在我们的惊扰下扑棱扑棱飞去，我想，那应该是鲁迅所说的"云雀"吧。还有体型巨大的野鸡在远处叫嚷，间或从附近呼隆隆离开……

我是被这些景致分了神，掀石板时自然不是十分用心，捉得少很自然。

夕阳还没有沉下，同伴们都生了倦意，就一起嬉笑打闹着回家去。

我总记得这样的掀蝎子的场景，还有那时的无忧和快乐，可倏忽间，童年就离开了我们。

后来，听说这蝎子叫"沂蒙全蝎"，两钳八足，比其他地方两钳六足的蝎子药用价值高很多，为沂蒙特产。

成年之后回家乡，看着起伏的连山，又想到了掀蝎子的那些岁月。母亲说，现在掀蝎子的人少了，东院周家二爷爷的二儿子经常逮蝎子，可都是用灯照，用那种能发出紫光的灯。

我知道这是一种紫外线光灯，他们利用漆黑的夜晚，在山上开开灯，那些爬出来觅食的蝎子们，在紫外线的照射下，全身闪着荧光，无处可遁，自然只有束手就擒的份了。

我很讨厌这种涸泽而渔的捕捉行为，对这种捕捉蝎子的方法充满憎恨，照这样下去，早晚有一天，涧头的山上将没有一个蝎子。

我一边谴责着捉蝎子的人的狠毒，一边回忆着过去的掀蝎子的场景：蓝的天，微微的风，绿的田野，再有就是一块块满让人期待又失望的大石板，还有那大石板下隐藏着的恐惧——或许就有一条蛇躲在下面呢！

虽然生活在山区，可对蛇有一种天然的惧怕，这惧怕来自家乡关于蛇的传说，更来自视觉。其实，地处北方的老家，蛇的种类并不多，白了线、黄藤根、臭花斑，其中有剧毒的也就是尾巴短粗有着红色花纹的岭蛇。

开始掀蝎子时，只要遇见蛇，不管什么蛇，都要把它砸烂。因为听大人说，如果遇见蛇，不打死它，或者只是断做几截，这蛇就会复原，它可是会报复你的。因为这个传说，许多蛇就这样成了冤魂。后来大了一些，再掀到蛇，我们一般也不再惧怕，而是将石头放下，远它而去，毕竟蛇也是生命。

长大后，在外求学、工作，没有了闲暇和心情去掀蝎子，可过去的故事依旧缠绕着我，让我感受到曾经的岁月的美好。

很想回到从前。

擢鱼

燕子河名称的由头，谁都说不清楚，问三爷爷，三爷爷甚至还不知道在村东头淙淙流淌着的这条细长的河流，有一个高雅的容易让人产生联想的名字。涧头多丘陵，属于蒙山山系的余脉，望西北几十里是费县，费县马庄一带盛产燕子石，就是那种布满形似燕子的可以做砚台的厚薄不一的石头，燕子石学名叫三叶虫化石，其化石虫体形如飞燕，故称燕子石，也许这就是燕子河的来历吧。

燕子河里的水不急不缓地流着，河底的碎石和欢快的鱼儿清晰可见。到处是绿色，绿色的田野，绿的山，出村向东，沿着小路，穿过石崀，走过扫条稞，就到了河边，夏季雨后暴涨的河水已经消退，浑浊焦黄的颜色也不见了，河岸或窄或宽，靠近岸边的水草葳蕤、茂密，再靠近河水，青苔像等待浣洗的绿色的锦被，被清澈的水流不断冲刷着，有不知名的鱼儿来回游动。

连绵的山，蜿蜒的水，无际的庄稼，晴朗的天空，好奇的眼睛和快乐的心，这就是我儿时的环境和状态。每日在东沟里游走、戏耍，一直等到日头疲倦地落下。

我曾经无数次问父亲，家里的这条小沟在曾经森林茂密的过去是不是一直缓缓流淌，大坝里的水是不是像现在这样，一到冬天就干涸？父亲不知道，爷爷也说不出个子丑寅卯。现在想想，我的问题其实就是一个期盼，我渴望我的家乡能够山清水秀、绚丽迷人，可是，在我童年的记忆里，在每年的冬天，大坝瘦了，小溪干了，厚厚的冰层下已没有了泉水叮咚，螃蟹和泥鳅躲在石蛋底下，等待着第二年麦黄的时节，等到小溪胖壮起来。

捉鱼是小时候做得最多的事，也是记忆中留存最久的故事。

夏天，一场暴雨下来，发山水了，沟满河平，下游的鱼儿也起劲地向上游蹿，可它不知道，拦着东沟的一道道的石堰，那湍急河水流淌在平缓的石镰上，那边正张着梁子呢！张鱼梁子，这也许是生活在山溪边的农人最有创意的捕鱼方式。

暴雨已经停了两三天，小河的水势已经平稳，水也日渐清澈，这时找沟汊河道相对较窄的地方，用青石闸堰，将溪水截住，形成一个平整的水面，青石平铺着，有一定的高度，让其同下游有一定的落差，水齐整地倾泻，形成一道整齐平稳的水帘。然后再侧着水流垒一道石墙，把流水兜住，让溪水沿着一个有坡度的方向流去，直到汇入下面的溪水或石潭。在水流逆上的方向，忽地深下去，垒一个方形的小屋，下面能透过水去，而中间用柳条、木棍编制成笊篱般有孔洞可以漏水的平面，这就是张鱼的处所了。

入了夏，鱼儿开始洄游，凡大河小河，鱼儿总是沿着水流逆势而上，仿佛赴一场宴会，似与情人相约，而情人在河的上游。精明的人就是利用了鱼儿的这个特点，特意设置一道让鱼儿通过的水道，而水道的尽头竟然有这样一个致命的陷阱……

"鱼儿鱼儿你快快游，游到东海你不用愁。"在我们念叻的时候，一条条活蹦乱跳的鱼儿已经被张在了梁子里。鱼儿有大有小，有时，第二天起个大早，一定会有惊喜等着你：泥鳅、鲶鱼、叉口、窜条、草鱼……鲶鱼竟然有 2 斤多的。

这是我小时候的事情了，年幼的我也想垒个这样的梁子，可惜我是心有余而力不足，徒有羡鱼之情，而无结网之技。再大一点，也和同伙一起合作垒一个梁子张鱼，也小有收获。最大的梁子就在上吊石的上面，那里水窄，正好是河沟拐弯处，地势也好，是张梁子的绝佳去处。

那是二十世纪七八十年代，我还幼小，生活在老家的人们的肚腹还没有油水，平时难见一次腥荤，也没有娱乐的东西，黑白小电视到了八十年代末才进入家庭，整天蹲墙根、拉大呱也无聊。秋忙已经过去，大坝里的水日渐消瘦，沟汊里的水先是变窄，再是断流，眼看到了初冬，又到了捉鱼季，终于可以逮点鱼拉拉馋了。

不用组织，大人见了面，"二叔，明天去擤（huō，土语，字典中找不到这个词，用"擤"代替，音豁）鱼去吧，水差不多了。""好呀，划拉上后院的三红他爹、东头的二闪子。一个早儿就动手。""擤哪里呢？""嘿，老地方，那地方肯定窝着大鱼。"聪明的四大爷，擤一把鼻涕，笼着袖朝门市部那边走去，事儿就这样定下来了。

听大人拉擤鱼的事儿，是我儿时的一大乐趣。那时的冬天，比现在要冷得多，雪一下三天，最厚能达到两尺，大坝里的冰层也有一尺多厚，大人、孩子都在上面溜冰，化雪了，屋檐下的冰凌一直挂到地上。那时天冷，可人身上的衣服单薄，这样更显得冷了。冬天里有棉袄棉裤穿就算好的了，有时也就穿个夹袄，冻得人整天一挂鼻涕不断流。

可听到擢鱼，个个又跃跃欲试，孩童们也乐得翻天。

上吊石的上面，也就是经常张梁子的地方，水势由南北忽而向东转向，一个深潭便成形了。嶙峋的怪石、叮咚的水流、飘逸的水草，一些大鱼便潜伏在这里。北风刮在脸上，像针刺般疼，可几个大人依旧干得热火朝天。

入夏时，水流湍急，秋到了，水就瘦了，冬日的小河成了涓涓细流，天再旱，些许时日不再下雪，河枯了，干涸的河床裸露出它的胸膛，厚厚的青苔附在石头上，曾经很深的潭水上面，已经结成如镜面般的冰盖，冰盖下是静静蛰伏的鱼儿。

父亲和四伯父，还有景平四爷爷等六个人，先闸好阡，选好容易擢水的地点，冬季擢鱼就要开始了。

四爷爷找来一个抬筐，用井绳围绕两匝，两边各留出两根两三米长的绳头，打上结，这样两个大人分立堰墙的两边，左右手分别用力，动作协同一致，伴随着"一二一二"的号子，用力地擢起水来。这是常用的擢水方式。擢水是力气活，也很枯燥，于是两个人一班，十多分钟一换，水不断地擢出去，深潭里的水渐渐地消下去。

擢水间，几个劳力边干边聊，东家长、西家短，刘老头的家什七寸半。不管黄的、骚的，一股脑儿全搬出来了。也不管不顾我们这些半大小子在旁边听着。

天冷，赤脚擢水，一小会儿脚就受不了了，手也又疼又麻。脚已经不是自己的了，赶快换班上岸，把双脚埋进岸上的沙土里，这沙土包裹着将行冻僵的双脚，像温暖的棉被，又麻麻地、沙沙地，双脚很幸福。这是四伯父讲给我听的，讲起这些，四伯父脸上皱纹舒展，眉飞色舞，"擢一天，有时也擢不到多少鱼，可就是高兴，那时的鲶鱼一条都有二三斤沉，不像现在到处都是养的，吃起来没味。"

水儿渐渐地变少，时间也到了午后，阳光有些慵懒，人也怠了，鱼儿也有些惊恐不安，在潭底窜动起来。

到了该收获的时候了，大人小孩忘记了寒冷，"快快快，那条鲤鱼真大……混子，混子……鲶鱼，鲶鱼……"不一会儿，两个铁桶里鱼就快满了。小孩子在一边也凑热闹，大的逮不了，专逮小的，什么泥鳅、麦穗、叉口、沙里爬、疙瘩咽……还有螃蟹、小虾……这真是少有的一次大丰收。

"别逮了，别逮了，不少了，那些小鱼小虾快放了吧。等明年它们长大了再逮。"四爷爷在岸边大声说道。

上岸、分鱼、收拾家什、回家。孩子们乐呵呵地围在铁桶旁，冻得通红的小手小心地戳弄着这些不幸的鱼儿，全然忘记了寒冷。收起家什，提着鱼获，赶快回家，家里的婆娘会熬出一锅鲜鱼汤，让他们大快朵颐的。

我家乡的燕子河，水依旧在流，水依旧那么清澈。可是擢鱼似乎已经成为过去，现在没有人会为了那两条小鱼而冒着风寒受冻挨累了。生活条件好了，想吃鱼，到市场买，价格不贵，卖鱼的还给摘得干干净净。

可是，那擢鱼的场面，并没有随着时间模糊、泯灭，那个场景、那种快乐、那份心情，多少年都不会忘记。

唉，什么时候能再到老家的燕子河上擢一次鱼呢？如果真的再擢鱼的话，我们的身边会不会还有小屁孩们跟在旁边欢喜地喊、高兴地雀跃呢？

可惜，一切都不能回到从前了。

偷梨的故事

　　绵延的群山，茂密的树林，叮咚的泉水构成家乡的道道风景，家乡山多、树多，果树遍山坡。这让我想起了儿时偷梨的一件事。

　　我和连队、大光是儿时的玩伴，又是小学时的同学，上了五天半的课，也该到属于孩童们的自由天地耍耍了，我们仨早就说好到东沟玩，盼着也就放学了，当老师又用铁棍敲打那破旧的大钟时，我们撒鸭子般跑出教室，出了校园，身体有说不出的放松，心早飞到了小河，穿过田野和树林。

　　田野里到处是绿色，一个夏季的疯长，让田野变得厚重、富饶，各种各样的庄稼都在储存养分，结出自己的果实。地瓜、谷子、高粱、玉米、花生、黄烟，地是绿色的，小路上也覆盖着地扒秧子……

　　树林里，蝉在声嘶力竭地鸣叫，似乎是为了挽留这易逝的时光，夏在悄悄地溜走，秋天的凉意还没有袭来。

　　出来玩了半天，肚子有些咕咕作响，聪明的连队忽然说："这时候梨也快熟了，春日里到金屯走亲戚，远远地看见贤孝庄家后有大片大片的梨花，一定结了不少梨，我们去摘几个吃吧！""好！"这个提议立刻得到了我和大光的响应。

　　三个人沿着河沿，一路小跑，向村西南奔去。贤孝庄是一个小小的村落，在涧头西南，也就三四里路，穿过湖荡子，翻过小岭，就远远地看见那石块垒砌的高高低低的石头房子。

贤孝庄村子不大，却有一个故事妇孺皆知。传说很早以前，村里有一个叫王小的人，父亲早年去世，母亲把他拉扯大，还给他娶上了媳妇。一年后媳妇就生了个儿子，邻居们都说老太太可熬出头了。一个大雪天，老太太喂猪时把腿摔断了。从此，她光能吃，不能干。先是媳妇嫉恨婆婆，后来连王小也厌烦母亲了。这一天，王小撒谎说山上地瓜地里招了兔子，以让母亲上山看地瓜为名把老太太用荆条笆片拉上了山。原来王小夫妇是想把她哄上山，人不知鬼不觉地饿死。哪知夫妻密谋的时候，正好被儿子听着。王小放下母亲，正准备下山。这时，儿子出现了。儿子要把笆片带回家。王小问他带这破笆片干什么，儿子说带回去保存好，等爹娘老的时候，好照样送上山来"看地瓜地"。王小看看老娘，再看看孩子，猛然间醒悟了。他一头跪倒在母亲脚下痛哭起来，恳请母亲饶恕他。母亲一听，自然是十分伤心。王小爷俩将老人扶上笆片，拉回家。媳妇也觉得十分惭愧，改恶向善。自此，老太太没受一点罪，天天在家颐养天年。这个庄的人把王小夫妻当成榜样，尊老爱幼，形成了一种贤孝风气。因此，这个村就叫了"贤孝庄"。

我们仨人走小路，穿庄稼地，走过巴梨行，绕过一道山梁，就远远地瞧见一株株高大的梨树分布在地头崖埂边。借着烟棵、玉蜀黍棵的掩护，三个人一溜烟地直奔最近的梨树。

这梨树生长在地头，主干很粗，一看就知道是一棵有年头的老树，但管理得很好，主干不高就分叉，三个大枝婆娑着向高远处生长，小小的枝条上挂着一个个诱人的水梨，让人直流口水。

"快，快点……"结巴连队催促着，"别……别让看梨的老头发现了。"我和大光赶紧脱鞋，出溜出溜爬上梨树，梨很多，差不多也到了该采摘的时候。梨子挂满枝头，树枝被压得很低，我和大光一起动手，连队在树下接着，不一会儿就装满了书包。

"谁，谁呀，谁在偷梨呀……快下来！"一个老头的声音从远处飘来，"不好，看梨的来了。"连队喊道："快……快下来，快跑，别……别让逮着。"我和大光急忙跳下树，三人撒腿向北跑去。

"停下，停下，敢偷我的梨！"老头边喊边追，我们一溜烟钻进烟地，顺着烟沟飞奔。老头在追，我们在跑，边跑边吃，这梨，咬在嘴里全是梨汁，味道很好。

我们跑出了很远，还听得见老头的喊叫。跑累了，该歇歇了，连队上气不接下气："快，快，快歇歇，累死了。"再看看书包的梨子，早让我们三人吃了大半，剩下的梨一人两三个，各自揣着。

"回……回……回家可别说，省得大人光……光……光嫌呼咱。"连队叮嘱着，就这样，我们三人散开，各自回家。

偷梨的事，谁都没提。过了几天，母亲问我："你和连队谁到贤孝庄偷梨来？""嗯，那梨还怪好吃来！""小子，该挨揍了，你们偷谁的梨你知道吗？是你姑奶奶家的梨。"我想起来了，贤孝庄那边我有一个姑奶奶，姓张。母亲也没再责备我，只是说："你们偷什么梨，想吃，过去要几个，你姑奶奶还不给你吃？"

事情就这样过去了，在乡村的童年生活里，疯丫头、皮孩子多的是，淳朴厚道的村人断不会为了几个桃呀梨呀的去责怪他们。今天摘个杏，明天偷个桃，后天到人家地里掐个瓜，拔棵葱，掰个玉米棒子，扒几块地瓜，这都不是事。

时间在走，岁月在流，一晃三十多年过去了，但偷梨的事情，回忆起来，清晰如昨。现在，连队已经抱孙子了，大光的孩子也快结婚了，回老家见了面，一聊起这事，留下的是美好的回忆。

难忘那年那月，难忘那次偷梨。

东石崀的故事

老家到处是山，山不高，缺少蒙山沂山的险峻和高雅。说得直白一点，这些小山其实就是丘陵，属于蒙山山系的余脉。因为再往东南，就是南涑河、沂河、沭河，就是地理上的临郯苍平原了。

多山就多石，我住的村落被大大小小十九个山头拱卫着，地势是明显的西高东低。早在二十世纪八十年代初，我家还靠着村子的边缘，向东三百来米，经过两个胡同，走过玉龙的家后，就是干渠，就是东石崀了。

老家的石崀到处都是，尤以村东、村北居多。这里到处都是石头，它们或略平于地面，或凸起成高低参差的形状，有的巨大如几片席子，随地势斜铺在那里，有的仅一米见方，站在上面，已再无多余地方，稍不注意，你就会跌落在周围的小汪里。

石头多，薄板石多，厚粗石多，夹在石头间的土少，不值当的种地。人们就地取土，推回家中，或垫猪圈、羊圈，或垫粪汪、厕所，或垫鸡窝、鸭舍。这样今日我出几锨，明日他推两车，后天又担走两筐，大片的石崀就出现了。

农忙季节，大人都在忙地，自然顾不上管我们这些野孩子，我们也乐得自在逍遥，这些石崀和紧靠村东向北而去的一条干渠便成为孩子的乐园，这里留下了我童年的几多欢笑、几多泪水、几多惆怅……

家里地多，许多粮食需要晾晒，这些石崮成为最现成方便的晒台。尤其是秋忙时节，大量的瓜干需要晾晒，晾在地里吧，有时地太远，收晒拾都不得劲。于是，家里劳力就用胶车把地瓜推到石崮，坦然地搜、摆、晒、拾，又近便又赶趟。记得那时候，每家每户都有石崮，这石崮你每年都晒瓜干，基本上别人就不再过来，成为自己的"小地盘"。

石崮里有大大小小的石薄镰，当然也有大大小小的窠埝（ké'léng 地方方言，指小土坑或水坑），冬春里，石崮里没水，父亲就将窠埝里的土用铁锨挖出，在合适的地方囤积起来，聚成或大或小的菜畦，待到清明前后，杜鹃鸟又卖弄起歌喉时，父亲就这边一墩，那边一垵（an，方言，量词，一敦或一株）地种上米豆，栽上黄瓜，植上茄子、辣椒，有时会点上几兜南瓜，石崮成为一个小菜园。

一声春雷从耳畔炸响，雨就肆意地飘落下来。大街小巷、远山和田野吮吸着雨露，空气中弥漫着尘土的味道。一会儿，黄色的泥水从西边流过来，石崮里的大坑小汪都快乐地张开口，一冬的饥渴、一春的煎熬终于在这个时刻离去，远处传来的阵阵蛙鸣是石崮在愉悦地欢笑。

雨后的石崮里，大小石镰被冲洗得干干净净，坑汪里满是水，浑浊、泛黄，像不知谁用巨手用力搅拌过。蛙声此起彼伏，从石崮里穿过，听得见"扑通、扑通……"的声音。这时候孩子们有事干了，拿个小提篮，在石崮间仔细地找寻，那是在拾地角皮，一种雨后在腐草间生成的菌类，鸡蛋炒地角皮，是那个年代孩子们常吃的美味。

夏天是个皮孩子，听着蝉噪，就急切地跑来，浑身热烘烘干呼呼。石崀里聚拢的那些黄泥汤儿，经过几天的沉淀，如脱胎换骨般，成为婷婷的仙女。极澄澈的水儿，幻化成大小不一的明镜，明镜里有白云、蓝天、嫩绿的青苔，水边青草的倒影，还有一畦红红绿绿的辣椒，辣椒边有虾婆婆跑来又跑去，一只蜻蜓轻轻停驻在黄瓜的藤蔓上，浑身红，像在同那嫩黄的花儿媲美……

几乎一个整天的时间，我和一个伙伴在石崀里耍着，不知疲倦，无忧无虑。直到肚儿咕咕叫了才想着回家。

夏天的石崀是我的乐园，天热，在大水坑里洗个澡，这是天然的大浴盆，水不深，刚刚没着孩子们瘦瘦的屁股，同伴们相互打水仗、嬉戏，安全又惬意。孩子们不小心喝几口水也绝不会声张的——怕同伴笑话。那时候，家长都忙，一整天不见孩子的面也不慌张，孩子都识水性，安全的事不用挂记。

在水里玩得久了，我们也厌了。上岸，拿出早准备好的瓶瓶罐罐，石崀简直就是一个天然的动物园。这边有青蛙，也许是癞蛤蟆下的仔儿，一团团一片片，透明的蛋清样的东西包裹着黑点。那边早有大小的蝌蚪游来游去，有的生出了纤小的两条前腿。在水汪边的湿泥地里、葳蕤的水草丛中，成群的小小青蛙在挪动蹦跳，绿色的脊梁上不知谁用墨画出道黑线，嘿，小尾巴还未褪尽呢！

水里的世界，我们看得有些眼花缭乱，红红的水虫游来游去，虾婆婆藏在水底，外包的鳃一排排，不停地吸水排水，像红色的箅子，你小心地弄破他柔软的外衣，便会有红色的汁液流出……这些小小的水生动物，可是鸭们的最爱。小鱼儿、泥鳅自然是少不了的，可它们身手灵活，不易捉到……

这样的游戏一直持续着，尽管有时因玩耍而弄丢了背心儿，有时也会一脚踩空而蹭破了额头，父母们也不会过分地责怪我们这些孩子的。

石崮的周边是疯长的庄稼，豆叶在渐渐变黄，高粱挺拔地立在地里，穗子已显出红色。有一场透雨淋过，山水牛在田间路沟匆匆地爬跑飞起的时候，秋来了。

天空更显得澄澈，整个的蔚蓝色，像藏着丝丝棉絮的蓝水晶。石崮里人多起来了，看见了大人们的身影。几块干净的薄镰上已经晾晒上刚刚煮过的米豆皮子，还有细长的豆角，切成薄片的茄子。红红的朝天椒也摆在凸起的几块石板上，还被哪个聪明的孩子摆成各种几何形状。绿豆、豇豆、红小豆、高粱，摆成一小片一小片；豆子、谷子、花生则晾在大薄镰上，有几户人家还晾晒着刚收来的芝麻，泛红的黏米……大人们忙着翻晒，脸上带着喜悦，像石崮边那棵老树上挂着的红柿子。孩子还在忙着自己的游戏，只是坑汪里的水浅了许多，有的还露出披着青色外衣的尖石头。

这时候，已经有大人开始搭建棚子，找两块石镰相对平整的地方，前后两根松棒交叉，上面一根横木一牵，再苫上谷秸打成的草苫子，简易的棚子就成型了。冬麦已经寸许，绞车子已经擦拭一新，割薯秧的镰刀、刨地瓜的镢头，拾地瓜的大小筐头子，都准备好了。秋天最繁忙的时候到了。

孩子们也加入了劳动的队伍，掰、拾、锼、摆，红皮的白薯送进绞车子，随着绞车吱吱呀呀响，一片片厚薄均匀的鲜地瓜出来了。午后，干活的人也倦了，人躲在小棚子里歇歇，棚外的石崮，到处都摆满了地瓜干，看上去，白白的一片一片。

这是我儿时的场景，秋日里，大量的地瓜被加工成地瓜干，然后储存起来，成为人们主要的吃食，每年多余的瓜干，则换成或多或少的票子。现在，村里已很少有人镀地瓜了，地瓜从地里刨出来，直接运到收地瓜的地方，一秤一百斤，过秤卖钱，都处理掉了。

随着人口的增多，村子在不断地扩张。石崮被填平，新房子建起来了。各家各户所护揽的石崮，都成为自己的菜园、宅基地。石崮越来越少，终至不见。就像曾经不断的蛙鸣，山上到处蹦跶的登倒山，山边、湖地里粗大的老柿树，悉数不见了。

在二十一世纪的第一个十年的某一个秋日，我又回老家，绞车子已经当废铁卖掉，用扫条编就的筐头子早已不见，连胶车、篓子早已腐烂得不见踪影。

过去的那个山清水秀的村落呢？我找不到了。过去的那承载着我欢笑和忧伤的石崮呢？我也找不到了。

怎样再找回我的童年呢？亲爱的，谁能告诉我？

小木匠的"故事汇"

　　在二十世纪八十年代初，老百姓的日子还很紧吧，包产到户带来的旺盛生产力才刚刚显露出来，有饭吃的问题终于解决了。饭吃饱了，老百姓于是也就有了更高的需求：添点农具，牵一头石牛（母牛），养两只羊，喂几窝兔子。日子虽然依旧清贫，但总归让人有了希望。

　　那个时候，家里真是一穷二白，父母1970年结婚，婚后分家的全部家当也就是一个小饭桌，半筐子瓜干，两个盖顶，一个小瓷缸。这日子实在不好过，吃了这顿没那顿，一日三餐没着落。也幸亏母亲手巧，又勤俭持家，才不至于挨饿。分到田地后，凭着父母的勤苦能干，生活也渐渐地富足起来，眼看家里连个坐的家什没有，分家时的饭桌也不成样子，父母商量着请村子里的颜木匠打点家什添点桌凳，也提高提高生活档次。

　　至于说是家什，不是说什么"家具"，说到底，那个时候，连"家具"这个名词，我们都不知道叫，别说见过，连听都没听说过，更不要说现在的各式各样、玲琅满目的家具、家私，什么红木、橡木、檀木、水曲柳木了。

　　故事开始了。

　　做家什，用的都是自家房前屋后院中已成材的大树，记得印象最深的就是我家放倒了一棵大洋槐树，还有就是香椿树和臭椿树。秋里放倒，经一冬的风干，到第二年春上，农忙过后，就可以请木匠了。

颜木匠如期来了，带着木工的器具，还带着一个小木匠，我们家里就热闹了起来，邻居家里的连队大叔也来我家越发勤了。来了木匠，每日的饭菜要充实一些了，大锅饭里也偶尔能吃到一点点肉片了，这怎不让人高兴呢？

更让人高兴的是，每天围着两个师傅看，看他们能打出直线的墨斗，那锋利无比的大大小小的锯子，能刨出光滑平面和棉花般刨花的刨子。就是那角尺、那铁锤，都能让我和连队研究半天。

颜木匠就是本村人，按庄邻我好像该叫爷爷，那小木匠叫什么、姓什么我一点印象也没有，但我和连队每天都跟屁虫一样黏着他们，因为每天干活休息的闲暇时间，我们最期盼最渴望的故事会开始了。

我不知道颜爷爷的脑子里怎会有那么多稀奇古怪的故事，也不知道那看着腼腆的小木匠哥哥，在讲故事时会像变了一个人般眉飞色舞，更不知道他们的心里竟然会有如此多的让人向往、让人担心、让人迷恋、让人恐惧的故事。

小小的泥娃娃、四腿的小马，用鼻血一抹，竟然活蹦乱跳、仰天长吟。黄土埝程咬金劫皇冈东山西里去分赃，西山东里的桑林里竟有野人出没。有一年大旱，东沟里水不见了，大坝也见了底，有人竟从淤泥里挖出了蛟蛋。夜里的鬼火跟着人跑，邻村的李老头遇着了鬼打墙，宽胡同子里的吊死鬼舌头有三尺长，东山上的蛇精围着山转三圈，头插在四里桥下去喝水，九个头的老鹰、七十二变的孙猴子、天上的嫦娥、娶亲的老鼠精……

在繁星闪烁的夜晚，颜爷爷和小木匠无穷无尽的奇妙故事深深地吸引了我们，把我们带进一个新奇的世界，它让两个幼小的孩童每天憧憬着、恐惧着、欢乐着、忧伤着、成长着。

近一搂粗的槐树，用支架牢牢地斜立起来，两米多长的大锯在两个木匠的手里像玩具，一高一低两人前推后拽，细密的锯末像雪一样上下纷飞，雪白的木片摆在一边，平滑中带着细细的锯齿走过的痕迹。砍、削、锯、拉、刨、凿、拼、磨、油，一根根木头被分解成块、面、条，一道道的工序不断推进，一个个方方整整的小椅、小凳做出来了，一个八仙桌和一个小饭桌也像模像样地呈现在了我的眼前。

我家里的活计和西院五爷爷家的活计，总共干了二十多天，这些日子我和连队过得最快乐。

随着一个个饱满的日子滑过去，我和连队也变得难过起来，因为颜爷爷和小木匠已经在收拾家什、归拢工具，给大小桌凳上的第二遍漆也快干了，颜爷爷和小木匠就要和我们分别了。

那些故事，那些个如碎片般支离却完整的日子，那大锯吱吱划过致密的槐树粗大枝干的声音，还有柔软如泡沫的刨花，那繁星下颜爷爷讲故事时的悠然，那小木匠故事中的妖魔鬼怪，都随着那凿子凿出的榫眼，随着那长的、方的桌子、凳子远我而去。

一晃，多少年过去了，故事依旧清晰，但已物是人非。颜爷爷，具体叫什么名字，我记不准，好像叫颜什么坤，一个红脸膛、短身材、慈眉善目的老头，只是好喝酒，每日里喝，村里有不少他喝酒的故事，他已经死了不知多少年了。

小木匠，我压根就不知道他的名字，也忘记了他的长相，我唯独没有忘记的是他的故事，他的一个个活蹦乱跳的故事。

　　我的父母还健康，他们应该更清楚这曾经经历的生活吧，但我不想问他们，就如同不想真正地了解一个人一样，有那份朦胧，也许更好。

　　过去了，就过去了，应该记住的，就记住了，就这么简单，这就是我曾经的生活，我的小木匠的"故事汇"。

童年的"游戏人生"

　　游戏是孩子的天性,在游戏中长大的孩子是幸福的。可是,看看现在,大大小小的鸽子楼把原本陌生的家庭阻隔得更加淡漠,对门的楼层都老死不相往来,令人唏嘘。儿时在老家的那种比邻而居的生活不见了,生活中没有了同伴,成长中缺少了交往,孩子一个个成为温室中的花朵,带着病态的娇美,这样的花朵往往过于娇弱,甚至有些畸形。

　　在教书之余,经常看见孩子们抱着游戏机忘我地玩游戏,我一方面感叹这世界变化太快,另一方面则暗暗担忧孩子的眼睛和健康了。

　　小时候,生活的贫穷却无法改变孩子爱玩的天性,况且那时候根本没有什么学习的压力,更不会有什么"安全事故"的担忧,孩子跌着、碰着,根本不会有家长哭闹着到学校,更不会有什么"狮子大开口"要什么误工费、什么营养费的。

　　孩子整天在外边疯跑,到处野,野着野着就长大了。昔日的游戏也好像老古董,藏在箱子里被尘封了起来,可它又像大脑中的记忆,会在不经意的某一个时刻苏醒,让我回到童年,回到儿时的游戏中。

　　回想起来,儿时的游戏还真不少,这些游戏中最有趣的也许就是摔凹凹。这摔凹凹,好理解一点的名字就是"玩泥巴",再高雅一点,与现在的所谓素质教育挂起钩来,不就是"泥塑"

吗？周六周日，作业已经完成，正闲着没事，早有几个玩伴过来喊了："阿忠，快出来，走，到北汪摔凹凹去。"那边喊着，这边早屁颠屁颠地出来，趁母亲不注意，撒丫子般和同伴奔向了北汪涯。

这北汪其实就是村子里的一个大汪，整个汪里泥巴以红泥为主，黏性很大，也因为这个原因，汪里的泥巴成为砸炭泥的好材料。每年都被挖走不少，汪也越来越大，成为我们这些孩子嬉戏玩耍的好去处。

北汪紧靠着生产队的烟炉。我几个人每人挖了一大块泥巴，找一处石台子，一个自然又天然的兴趣活动小组组成了。开始是比赛捏小泥人，没有老师教，全靠自己心里出，几个孩子捏出的泥人大小各异，形态差别更大。有的腿长胳膊细，有的头大身子小，这个给起名叫张三，那个小驼子自然而然叫李四。捏好的泥人一字排开，颇有阵势。

也有比较高雅的时候，记得有一次玩泥巴，有两个"半大人"参与，大的教小的，捏起了孙猴子，还给孙猴子找了个金箍棒，很有点艺术味道了。可惜，这样的场景不多见。捏了半天，就有些不耐烦了，几个人一商量，一股脑把泥人抟成一团，开始比赛摔凹凹。这凹凹的名字，我至今也找不到一个规范的名字，字典上也查不到，但它的形状真的像"凹凹"的"凹"字。抟一块泥巴，捏成盆状，然后用力在石板上一摔，凹凹便响亮地炸开了。几个人比赛，看谁凹凹摔得响亮，炸开的窟窿最大。炸得小的自然要补一块泥巴给炸的大的。于是你摔他捏，又·阵比赛。

除了摔凹凹，捣桃核、捣铜钱、按六、按四、下象棋、来军棋、来方、来四角、打拐、来顶门杠等等，数算起来，游戏竟达十几种之多。

还有一段时间，我们学会了玩跳棋，这个游戏是三个人一起玩，颇能考验人的智商，一人一步，谁能利用棋子当桥，最先跳到棋盘的对面，谁就是赢家。一盘棋下来，赢得兴高采烈，输得垂头丧气，攥拳跺脚，发誓明天再战，再论输赢。

还得说说捣铜钱的游戏，要不是因为这个游戏，我也许不会有"收藏"铜钱的"嗜好"，也不会对古钱币（铜钱）痴迷并持之以恒地搜集，也就不会成为古钱币收藏方面的"砖家"。

家后的小街并不宽，但有足够的空间让我们这些调皮蛋疯跑、疯跳、疯玩。出胡同右拐几米，就是侯家大爷的家，其大门口有一块大薄石板，权当于过门石，石板的中央早就被錾出一个凹槽，这块石板就留下我们童年的诸多记忆，尤其是利用这个石板玩捣桃核、捣铜钱。

又开始了捣铜钱的游戏了，捣铜钱时，对方先放一枚钱币在凹槽处，让后人站立在石板上，直立且瞄准铜钱，用自己的一枚铜钱砸击对方的铜钱，谁击下石板，那这枚钱币就归谁所有。也不知怎的，我忽然间对这个外圆内方的铜钿产生了好奇。青铜质地的铜钱上竟然有文字，背面还有一些蝌蚪样的曲线。这到底一种怎样的奇怪东西？

这个游戏让我们这些孩童乐此不疲，而我的收获就是攥在手中的那几枚大大小小、或带着黑漆古的包浆、或焦黄闪亮的、或夹着斑斑铜锈的铜钱。玩完了，迫不及待地回家，问父亲，查字典，终于知道了这些铜钿竟然是古代的流通货币，这些古钱币，历经百年或千年，流转到我的手中，看着它，我仿佛穿越了历史，回到了大唐盛世，经历了两宋风云，看到了大明王朝最后的覆灭、清朝的努尔哈赤正策马扬鞭直奔关内……

小小的古钱币竟然包藏着这样丰厚的历史，从此，我开始了古钱币的集藏。

在幼年物质生活贫乏的日子里，衣不遮体、面黄肌瘦，浑身脏兮兮的孩童们仍旧有属于他们的童年，有属于他们的喜悦和忧伤，昨天捣桃核输给谁了，今天又来四角赢了一大把，哪天得把三红的那枚铜钱赢来！一钩弯月渐渐丰满，又该相约玩捉迷藏了……回忆起来，幼时的孩童生活竟然如此充实。看看现在的孩童，虽然有大量精致的、奇形怪状的玩具，自己的电动车、游戏机琳琅满目，可更多的是宅在家里，独自地玩乐，少了疯皮泼辣，少了玩伴，少了动手和冒险，多了孤独，多了沉重的书包，多了父母如山的期望……

沉重的课业让孩子们像小大人一样，脸上挂着无奈，看纯真的瞳仁，里面分明藏着忧伤了。社会发展了，物质丰富了，口袋里有钱了，可孩子的童年呢？

"没有了"童年的孩子好可怜！

百子鹅的故事

　　生活的条件无疑是变好了，四十多年的改革开放，取得的成就有目共睹。从生活极为贫困到社会产品极大丰富，这个过程伴随着社会一起进步，可是，在人的内心，却有一种深深的失落，那种失落是对曾经失去时光的怅惘和丢掉美好东西的遗憾。

　　吃好东西多了，口味也变得极刁了。每到餐馆，食客们最感兴趣的不是那种大鱼大肉、鲍鱼龙虾，而是那些曾经都不愿多碰的"山肴野簌"，什么地角皮、野荠菜、苦蝶子、山水牛、豆虫等等。真的想不到，这社会竟然发生了这样"天翻地覆"的变化，让人有些弄不清真假，弄不明白这"亦真亦假、变幻莫测的世界"了。

　　这倒让我又想起了童年，尤其是童年的一些经历和体验，让我一生难忘。

　　"卖小鸭咧，赊小鹅勒……""卖小鸭咧，赊小鹅勒……"叫卖声从村子里弯曲拐仄的巷子里传来，或浑厚或细柔。"快，快，卖小鹅的来了"，正忙活着手里活计的母亲冲着在堂屋里叠四角的我喊，声音里带着兴奋。母亲早就说今年要买几个小鹅养着，到时候就可以吃鹅蛋喽！我急急地爬起来，跟在母亲后面，颠颠地朝胡同口跑去，其时巷子口已经聚拢了不少人，鹅们和鸭们稚嫩的叫声和人们的谈笑声混在一起，让这条小街热闹了许多。

贫穷的生活里也有欢笑，在生产队里劳动之余，乡亲们总要买些小鸡、小鸭养着，用以补贴家用。没钱买，不要紧，可以拿鸡蛋鸭蛋换，也可以赊欠，等有钱的时候再给。那时候的社会，好像人和人之间更多的是真诚和朴实，而不是相互猜疑和欺骗。

我高兴地围上去，小鸭小鹅分别装在用高粱秸划出的席篾编成的围筐里。细细的绒毛，嫩嫩的橘红色的小嘴，小而黑的眼睛，它们叽叽喳喳地叫着闹着找妈妈，好可爱哟。在我正传神地看的时候，母亲已经捧出了三只绒团般的雏鹅，"这三只小鹅以后要归你养了，记得要每天剜菜给小鹅吃。"母亲叮嘱着，把这三只小鹅放进已准备好的鞋筐里，小心地端走。

从此，我的童年生活里多了一项任务，那就是每天都要下湖剜菜，给这些毛绒绒的鹅们准备饭食。剜菜，和伙伴们一起，还可以上山，摘山杏，满山疯跑，这活我愿意干，我雀跃着答应下来。

于是每天都盼望着下课，盼望着放学，盼望着和伙伴一起剜菜，盼望着一起看鹅们生长，盼望着鹅们赶快下蛋，也盼望着自己快快长大。

春日的田野，风儿也变得如纱般轻柔，阳光现出温柔的笑脸，走在山间小道，鸟儿的啾鸣时不时地传来。正逢着星期六，半天的课似乎变得很慢，终于放学了，一溜小跑回家卷个煎饼，就迫不及待地约好伙伴上山剜菜了。

鹅们小的时候，最喜欢吃的就是"舌春苗"和"苦蝶子"，早春时节，各种草儿还没有生长出来，舌春苗和苦蝶子却早嗅出春的气息，急切地把自己嫩绿的小脑袋露出来，好与春光拥抱。几个伙伴，说笑着玩闹着，可眼睛时刻瞅着野地里，成片的荒草秸里，寻觅着野菜的踪影。

远处的蓝天飘着絮状的白色云朵，近处的银山，远处的雾平山，再远些的起伏的黑石山、寨山、驴脖子山，都被青黑的山松覆盖着。不知名儿的昆虫飞过来，又远去。野地里地枣子的花儿早已盛开，花上自然缺不了勤劳的蜜蜂和翩翩的蝴蝶。在欢喜地争夺和吵嚷中，篮子里的野菜渐渐多了，菜差不多了，儿童的身体也懈了。几个伙伴斜躺在崖埂边，看着天空，瞧着青黛的连山，思绪也随着春风飘得很远很远。

太阳不知什么时候隐到了西山的后面，我们也随着咩咩叫的羊群回家了，半天时间倏地就过去了，就像我们曾经无忧无虑的童年。

回到家，母亲已经做好了晚饭。我们和小鹅们都到了吃饭的时间了。我们快速地从提篮中倒出野菜，把杂草和干树叶摘净，捋成小把，母亲用刀切得细细的，然后拌上用热水浸泡好的小米，这些可爱的小生灵的晚餐就准备好了。鹅们看母亲端着小碗过来，欢快地叫着，你推我搡、憨态可掬，可爱极了。

三只小鹅，在母亲的精心呵护下快速成长，转眼的工夫，鹅们变得半大，它们的叫声也更加嘹亮，据说鹅是很聪明的禽类，每次我放学回家，鹅们总是用聒噪和叫嚷迎接我，有时候还会伸长鹅脖，用扁平的大嘴叼我的裤脚，真令人讨厌。

鹅们的饭量更大了，喂食时也不用那么精细了。湖地里的野菜都疯长起来了，芨芨草、地拔秧、留留草、鸡爪子……都是它们可口的食物，逢上连阴天，青草跟不上，那些稻糠麸子也是鹅们的美味。

麦子黄熟之后，蝉鸣飘进了我的耳朵，我知道夏天来了。

鹅们的活动范围越来越大，它们已经学会跟着母亲到村后烤烟炉附近的大汪，在那里吃着茂盛的草儿，在水里嬉戏。傍晚，三爷爷赶着羊儿回家了，鹅们也颠颠地随着羊群回家，就像我放学回家一样准时。

我长高了，鹅们也长大了，秋天到了，三只毛茸茸的小鹅长成了羽翼丰满、身材健硕的大鹅。一天下午放学，我哼着曲子蹦跳着回家，刚踏进门，就听见母亲唤着我的乳名："阿忠，快来，你看，这是什么？"

大大的鹅蛋还带着体温，晶莹如瓷，还有一丝血迹。"鹅下蛋了！鹅下蛋了！"我欢喜雀跃，"可以有鹅蛋吃喽！可以吃鹅蛋喽。"

从此，每天这三只鹅像比赛似的争着下蛋。每两三天，母亲总能收获四枚到五枚大大的鹅蛋,这些鹅蛋解了我的馋虫，饱了我的口福，也补贴了家用，让我们这个并不富裕的家庭多了些色彩和喜气。

这三只可爱的白鹅，每日必去后汪，也勤奋地产蛋。其中一只白鹅，身量比其他两个同伴略小，也不像其他两只总是"嘎嘎嘎"叫个不停，总是显得很文静，它竟然每天产一个蛋，这让我颇为惊奇。母亲告诉我，这叫"百子鹅"，多少只鹅中难得见到一只，这真是一只好鹅，无形中，我多了对这只鹅的好感和关心，喂食的时候也对它分外用心。

日子像燕子河的流水，无声无息。时间已经是深秋了，树叶儿渐渐变黄，最后一炉黄烟也分拣完了。母亲早早地回家，十一队里的黄烟已经全部捡完，就等着劳力们推车售卖了。

天色暗了下来，鹅们还没有回家。母亲嘟囔着："该回来了呀？鹅早该回来了呀！"天完全黑了，可鹅们还没回来，母亲焦急起来，一种不祥的预感也在我心里萌动。

母亲拿出手电筒，急着出去找寻。我和姐姐在家里默默地等，鹅们，你们在哪里？

过了一会儿，听见了鹅的叫声，母亲回来了，我和姐姐急急地迎上去。"哎呀，怎么就两只鹅？"我有些奇怪，母亲没有说话。我看见母亲怀抱着一只，是那只百子鹅。"百子鹅死了，我找到的时候，百子鹅已经死了，那两只鹅还围着它，看来不想离开。"母亲唠叨着说，声音有些低沉，也有些气愤。我和姐姐心里都一阵难过，也有些悲伤：好好的鹅，怎么会死了呢？

贫穷的家庭，这些死去的禽畜是绝对不会扔掉的。晚上，母亲给鹅褪毛，洗干净，划开百子鹅的腹腔，整个鹅的腹腔全是血，只不过是都是凝固的淤血。

第二天，母亲又去生产队里干活，中午带回来一个消息：这百子鹅是被人踢死的，不知是谁，生产队里的李二爷爷远远地瞧见了。

我无法想象，一只从不招惹人的鹅，在那里觅食、嬉戏，却会遭此不幸。无缘无故地被踢死，多么冤枉，死去的时候，这只百子鹅多么痛苦。这个作孽的人，怎会如此恶毒！十来岁的我，在恨恨地咒骂这个狠心人的时候，绝没有想到人生的险恶和无情。

时间能消弭忧伤，时间也能送走贫穷。曾经的贫困远离了我们，养鸡养鸭养鹅的日子也永远地过去了，现在的家庭，没有人会养这些东西，都嫌这些家禽脏，况且打工的打工，耗日子的耗日子，哪有这个闲工夫养这些畜生！

日子过得飞快，四十多年过去，母亲也年近七十。在陪伴母亲的日子里，聊起过去的这些事情，仿佛又回到了童年，想起了那只百子鹅给我们带来的快乐、那只百子鹅所遭遇的冤屈和不幸、那曾经的贫穷和富足。

哦，我的童年，那只百子鹅。

剜菜的日子

生活在二十一世纪的孩子没有童年，这话说得有些大。不过看看现在孩子忙碌的身影，架在脸上的厚重的眼镜，再有就是与年龄不相称的挂着忧郁的脸庞，心里就笼上一种悲哀，也愈发感慨社会发展日新月异，也叹息着这功利性的社会对孩子童年的扼杀。

看着自己的孩子整天就是学习学习、读书读书，周围的孩子也是如此。逢个周日、假期，也是看电视、玩电脑，整日宅在家里不愿出门。心里就想到了自己的童年，那时生活是清贫的，可属于孩童的那些岁月却远比现在的孩子过得丰富多彩。

当然时代不同，世事变化，不能用老眼光看待孩子们的新生活，但细细想来，现在的孩子们虽然也不缺少游戏，但显然不如那时过得充实精彩。

眼看着燕子河里薄冰开始消融，柳树也在大坝边映出绿的倒影，风儿像邻居家温柔的少女，拂在脸上分明感到了暖。我知道，春来了，又到了剜菜的季节。

初春的午后，阳光铺满大地。麦苗儿开始返青，仔细瞧去，笔直的麦垄间，荠菜也不甘寂寞，奋力地张扬起自己尚显瘦弱的身体，想同麦苗一起迎接那暖的风。

"走，挖荠菜喽！"几个童伴早已经约好，午饭后去挖荠菜。"挖来荠菜，就可以炒鸡蛋吃喽。"这些小吃货们，早就盼着了，立时就撒欢般地朝田野里奔去。

麦田里的荠菜昨天还在冷的风里瑟瑟发抖，今天似乎就舒展开了自己嫩绿的臂膊，她要给蛰伏了一冬的孩童们最可口的菜蔬，让孩子们拉拉馋虫。

荠菜炒鸡蛋，孩子们的最爱。

当小小的鹅崽们在席褥子里吵着闹着的时候，荠菜已经绽出细而白的小花。荠菜已经失宠了，舌春苗、苦碟子、婆婆丁、苦菜花闪亮登场，这可是这些毛绒绒的小东西们最爱吃的青菜。"放了学？天还早着呢！赶快挎着提篮，到东山去剜点青菜，看看这些小鹅，早饿了！"还没跑进家门，母亲就开始吩咐起来。

"好嘞！"一个胡同的几个玩伴，不用约定，都一溜烟地出来。

东山离家不远，走过一条曲径，经过一片石崮，跨过潺潺北流的燕子河，听着燕子河唱着欢快的曲子，直奔山边荒地，那里的野菜最多，长得贼胖，剜起来也最省工夫。不一会儿，小提篮里已经是"群英荟萃"，再努力一把，小提篮里就"水漫金山"了。

放学的时间毕竟短暂，抬头西望，太阳仿佛羞红了脸，将俏脸隐在山后，只留下一半偷偷地瞅着我们。山脚下的燕子河如一条蜿蜒的金线，弯曲着北折而去。

"日落西山红霞飞，战士打靶把营归，把营归……"我们哼唱着这刚学的曲子，在夜色拢上来的时候，像小战士一样"把营归"。回到家，这些小家伙们一定会列队欢迎我们这些"小战士"的。

春走了，风变得躁了，忽然一日，一片黑的云朵从东南翻滚过来，接着一声闷响，雨滴重重地砸在地面上，腾起片片尘土，夏天来了。

田里的庄稼疯长起来，沟渠边、田埂旁、荒场里，杂样儿的野草也开始了自己蓬勃的生命角力，拼了命似的鼓足劲儿生长。"马蹄子、溜溜草……"很多都叫不出名字，可它们都是牛们、羊们、兔们的"美味"，割回家来，撒在兔窝、羊圈，看兔们撒欢地吃着，瞧羊们兴奋地咩咩咩叫个不休，割草的人早把疲惫抛到了天边。

别看牛们是庞然大物，可给它们的吃食也最讲究。刚割来的青草，用铡刀铡成小段，掺上麦穰、薯秧、果子秧等干草料，再添上几把已经泡好的棉花饼，顺便来点调味剂——食盐，这就是牛们最喜爱的"大餐"。

看着这些生灵们享用着我们这些小子们劳动的成果，内心里我也颇自豪。已是半大小子的我们也能干活整挣工分了。

这是还有生产队的时候，包产到户后，我们依旧春日里剜菜，夏日、秋日里割草。迎来每一个日出，送走晚霞，直到离开家乡到异地求学。

秋日里，撂倒了玉米秸，谷子也颗粒归仓，花生和大豆都晒尽了水分，存储进编织袋里。撒进肥沃土地里的麦粒像藏进了母亲的温暖臂弯，瘦伶伶绿生生的麦苗在秋风里瑟瑟发抖。秋日的阳光铺满了田野，蚂蚱、蛇触栗子依旧活跃，这让人有了还没走出春天的幻觉。这不，丢落在麦田间的豆粒迫不及待地露出自己嫩绿脆生的胚芽，有的还露出两片嫩叶。

又到了拔豆苗的日子，一簇簇的豆苗从地里蓬勃地出来，还没有明辨出是春还是秋，就被我们掳进菜篮。胖胖的绿色豆瓣，肥兜兜的白色根茎。用清水涤干净，放在笊篱里，白白嫩嫩，看着也喜欢。

最终这些碧绿剔透的豆苗经过母亲的巧手烹饪，变成为美味的佳肴，更成为我长大后最温馨的回忆。这带着母亲味道的菜肴，是我不变的念想。

在曾经贫穷的岁月里，野菜一度成为一日三餐的主食。后来，日子渐渐有了滋味，野菜也经常出现在饭桌上。母亲会在野地里挖来芨芨芽、苦碟子，中间还混着高雅的舌春苗，把他们用开水焯熟，放清水里浸泡几天，等苦味散尽后捏成团存着，又要汉渣豆腐了。这天然的绿色食品，母亲一直对此喜爱有加。

年轻的日子一去不复返了，童年像曾经满头的黑发，怎么没说就溜走了呢！

过去的剜菜的日子，留在了记忆中，也从未淡出我们的生活。

假日里、周日里，当心情像天气一样晴朗的时候，带着妻儿驱车走进田野，就走进了过去，找回了自己。

在春日的田野，一场如油的细雨飘落，催肥了同庄稼一块儿生长的野菜。这时候，在花生地、白薯地里，肥硕的马齿苋、丰美的银子菜零落地生长，别看茎叶粗壮，拔几棵便一大把，可是嫩得很，正是最好的食用季节。这两种野菜，种子微小，繁殖力却特强，耪锄得再干净的地块，也无法阻止它们落地并蓬勃地生长。

医书里介绍，马齿苋和银子菜性甘、润肠，养肠胃，是食疗的上品。做菜时择净，入水焯熟，用大油加盐爆炒后放进盘子凉透，将蒜泥放进去，一道绝美实惠的开胃菜出来了。这菜提食欲，我是百吃不厌。母亲每次回老家，都会带回一些，吃着这些野菜，就有了些家乡的味道。此种感受，妙哉！

　　和孩子一起在野地里追逐、疯跑，孩子天真的笑声带我走进了童年；给孩子讲解野菜的前世今生，教给他们辨别野菜的常识，我把孩子带进了过去，过去的剜菜的日子。

　　嘿，你好，剜菜的日子。

正月十五的"战斗"

噼里啪啦的鞭炮声连绵地响过，年基本也就送走了。初二初三走亲戚，初四初五会朋友，这是近几年最简单的生活方式。可小时候，快乐的事情多着来。这不，眼看着快十五了，连续几年的"战斗"又要开始了。

一个大村，有二十个生产队，涧头的东北角，以王姓为主聚族而居，当然也有其他杂姓，户都不大。侯、赵、李、孙、臧……都是朴实的农民。

大人相处得好，孩子们相处自然也融洽，虽然也免不了闹个乱子，可都是小打小闹，不伤感情的。年过了，孩子们的手中还有舍不得放的爆竹存在手里，小豆炸居多，也有装洋药的大爆竹，一个个地从整挂爆竹中解下来。出其不意地扑通一声巨响，吓得路人一惊，少不了被骂两句，可孩子们乐此不疲、并不在意。

王家巷这边我们一伙子十多个孩子，相差两三岁，从小光腚长大，干什么都在一起，颇有"狗多了狂群"的架势。从王家巷左拐沿东西街向西五十米就是侯家胡同，再往西走五十多米，就是宽胡同子，那边的几个野孩子，也是皮疯泼辣、做事张扬。

正月十五闹花灯，这是元宵节传统的习俗，在偏僻的乡村，人多没文化，自然没有那些雅趣。可人们过得依旧热闹，对孩子们来说这是一个极其令人期盼的夜晚。

　　日子刚走出初五，就算计着赶磊石集了，不是买那些吃食，刚过完年，百姓们的温饱问题已经解决，食品的花样也多了，各种各样的水果糖早塞满了胯兜。孩子们所渴盼的是那些过十五的玩物：滴滴金、旗火、蛇鼠粒子、魔术棍、转转帘子、大花炮、小灯笼……虽然种类不多，但足够孩子们玩乐的了。

　　压岁钱多的孩子，花钱自然大方，买来的东西花样也多。若手里没钱，大人也不大气，至少也得买点滴滴金装装门面。

　　眼看着正月十五就到了。母亲早早地开始包饺子、蒸馒头，父亲也难得有了兴致，能陪着孩子，还变着花样地用萝卜刻起了花灯，可惜到底是手艺不行，刻出来的花灯歪歪扭扭，我和姐姐都不喜欢。我所钟爱的是母亲蒸的面灯，面用死面，周边捏几个精巧的角，底厚一些，便于放灯捻。

　　盼着天暗下来，吃饺子也心不在焉的。蒸好的面灯焦急地在盖顶上等着我。天上黑影时，我已经端着面灯出来了。几个伙伴早就到了，手里的滴滴金闪着金光，还伴随着镁粉燃烧的啪啪声。伙伴的面灯各有各的特色，有的敦厚、有的秀气，三红的小巧，二尚的大气，金龙的面灯软软趴趴，一看就是面和得太瓢了！

　　街面上已经聚集了很多大人，他们手中空空，却饶有兴致地欣赏孩子们投入地玩耍，他们高声地喝彩，也在回忆他们曾经拥有面灯的过去时光。

　　夜色明亮，高大的树影斜在街面，空中不断有"吱"的声音传来，接着是"啪"的声响。那是谁家在放旗火（俗称钻天猴）。面灯里灯芯已经燃烧了小半，捻子头上也结了各样的形状，"哟！今年你家里收玉米。""哎，你家里收玉蜀黍，你看这灯芯子结的果，贼好的。"孩子们七嘴八舌地说，大人们爽朗地笑。

不知什么时候，月亮登上房顶，挂在了那棵高大的臭椿树的树梢，又大又圆。街上的孩子更多了，各式各样的面灯点缀着曾经冷清的大街。王家巷口聚集了更多的人，在外多年的老潘家搬来了两箱大灯花炮，人呼啦围了过去，把王玉怀家门口的碾台围了个里三层外三层。

"砰！砰……"随着一声声巨响，半个天空闪耀着金黄的礼花，粪堆、汪涯、碾台，还有低矮的草房子，都沉浸在欢笑中了。几个年龄大的老头老太太也精神抖擞，随着人们一起呵呵呵地笑。

"吱吱吱……"宽胡同那边也有人放开了旗火。"快，快放魔术棍！"潘大哥喊道。"啪啪啪……"

几束魔术球射向空中，在高处散开，紫、红、黄、银各种色彩把夜空妆扮的绚丽多姿。"哇，好漂亮呀！"连见过世面、这次回家省亲过年的杜家六爷爷也连声夸赞。紧接着，旗火、花炮、大树花，齐股脑儿上阵。街面又一次喧闹起来。宽胡同那边也不甘落后，放起烟花、礼炮，同王家巷这伙人较上了劲。一时间，这条小街的两头，人头攒动，喝彩声、挑战声，此起彼伏。这场正月里的"战斗"真酣畅！

宽胡同那边一伙子以侯姓、臧姓为代表，齐声呐喊，一会儿烟花，一会儿旗火，热闹了一阵。正要停歇的时候，我们这边又搬来了救兵：五叔家把几挂过年未放完的炮竹拿过来了。热心人找来竹竿，"噼噼噼"震动了半个村子。

"放呀，再放呀！"我们大喊，那边已没人敢继续回应。明月已至中天，大人们也都倦了。可孩子们还"打呀，杀呀"

地兴致不散，直到被各自的父母拽回家。

正月十五的这个美丽月夜，因孩子们的参与而增加了乐趣。这场"战斗"也让大人们想起了曾经的青葱岁月。

从这一年开始，每年的元宵节，"战斗"都会在友好中打响，在月至中天时结束。留下来的除了遍地的碎纸屑、各种花炮的残壳外，就是连续几天大人孩子们的谈资：谁买来了什么新样式的花炮了！谁谁今年过得好，年货准备得足了！谁谁舍得给孩子花钱买这买那了。都是鸡毛蒜皮的小事，可这就是农村的生活，农村百姓的"油盐酱醋茶"。

工作后就离开了农村，每年的正月十五都是和同在县城的父母一起度过。我已经不知道现在我的老家每年是否还有这样一场"战斗"，一次老少同欢的游戏盛宴。

过去了，就永远过去了，人生再也无法回到从前。

我的小人书和益智故事

现在的孩子们，拥有琳琅满目的玩具，吃着西式快餐——似乎没有人管它健康不健康，居住在属于自己的小房间里，书架上各式各样的书籍。社会进步了，孩子们也应该有一种好的生活。

但我看到的是更多的孩子漫不经心地读书，缺少家教，极端自私，总是以自我为中心。这不是孩子的错，是做父母的家教不够。

因此，在孩子们并不珍惜手头所拥有的书籍和画册的时候，我禁不住喟叹，现在的孩子生活条件太好了，这对孩子的成长来说，也许并不是好事。而这样的场景，往往把我带进了孩提时代，我想到了我童年的读书生涯，我所曾拥有的为数很少却极难忘却的小人书和益智故事。

我上学早，那时才六岁，也许是那时还没有幼儿园的缘故，也许因为父亲是老师，我比同龄人上学早了一两年。入学了，认识了一些大大小小的方块字，也学会了读书，当然是读那些有趣易懂的图书。

大约是十多岁，好像是上三四年级的样子。家住东头的侯庆明同学带来一本方方正正的小画册，名字我记不住了，故事内容更是忘得没有了踪影，但这小小的画册立刻深深地吸引了我，让我夜不能眠，闭了眼，眼前总是一本本的画册。我什么时候也能拥有一本画册呢？这想法折磨着我，也成为我人生中的第一个秘密——我一定要拥有自己的小人书。

小小的彩色封面，勾勒出各种人物，翻开来，图画配文字，真好玩。如此迷人的东东，一两毛钱就可以得到。这让我的心里蠢蠢欲动。到哪里买呢？这可犯愁了。问父亲，父亲似乎也不知道，说："货郎摊上有卖的，可不多见。前面王家巷南头，郑家你凤同大爷爷家开小卖部，或许有吧！"

父亲的话说得飘浮，很随意的样子，我却当了真。下午散学了，我一溜烟跑回家，小心地把自己挣的那点压岁钱掏出来，攥在手心，飞一般地奔小卖部而去。这个小卖部，我其实也去过几次，有时家里没有酱油醋了，母亲便吩咐我去打来。这差事我很乐意干，母亲给点毛票子，买完东西，剩下的几个分币，自然可以买几粒糖果拉拉馋。

去了，郑爷爷正和一个陌生人闲聊，郑爷爷手中还摆弄着一个小物件，说这是从地里捡来的，应该是古代打仗用的箭头。我没有心思听这些，只盼着买回梦寐以求的小人书。"大爷爷，你这边卖画册吗？""卖，卖呀，小子，你想买？快，快过来看看。"郑爷爷一边说着一边把一堆画册摆上柜台。

《小英雄雨来》《小兵张嘎》《地道战》《红岩》……很多画册我叫不上名字，可我本本都爱不释手。从来没有见过如此多的画册呀，我有点像做梦。千挑万选，我选择了一本《七剑下天山》，这是本武打画册，我早就听侯庆明说过，听说比《少林寺》里的和尚武功还厉害，那时我还正在做着练武的美梦呢！

这是我所拥有的第一本小人书，它用掉了我两毛钱，我觉得很值。拿到学校，同学们蜂拥而至，围着我争相观看，这让我有些飘飘然。当然，这小人书的第二个阅读者肯定是我的好友侯庆明。

正当我迷恋着小人书不能自拔的时候，父亲正在实施着一个"大计划"，而这一切我还蒙在鼓里呢！

那天，父亲早早地起床，早早地吃饭，他今天要和其他学校的老师一起进城买教学用品。涧头村是极为偏僻的小山村，距离临沂县城五十多里地。迎着晨露，顶着星星，赶到城里也得三四个时辰。与我无关的事我不会关心，睡在里间的我依旧做着我的小人书的梦。

太阳渐渐西沉，晚霞还挂在天空。算算时间，父亲也该回来了。我和姐姐正期盼着，门外传来脚步声，还有父亲所特有的清理喉咙的"吭咔"声。"咱爹回来喽，咱爹回来喽，又有好吃的喽！"那时的我还是一个吃货，十足的馋虫。

"儿子，猜猜我给你买了什么？"父亲竟然给我玩起了捉迷藏，这可少见，记得平时父亲总是严肃得很，不苟言笑。

"糖，花儿团，本子……"我和姐姐争先恐后地猜着。"不对，不对，不对"父亲直摇头，旁边的母亲有些急了，"别卖关子了，净哄孩子。快拿出来看看。"这时我恍然大悟起来："是小人书，是小人书。""这可比小人书强多了，它能让你聪明起来，你猜不中的！"父亲哈哈大笑，"给你，你自己看吧。"父亲扬起藏在背后的大手。

"哦？是一本书，一本比画册大很多的书。"我接过来，仔细地瞧着，用手摩挲着，心里充满了久违的温暖。

这是我的第一本益智故事集。封面的样式我已记不清楚，长方形横读的大开本，厚厚的、沉沉的。我迫不及待地打开这本大画册，走迷宫、画地图、算数描动物，一个个新奇的游戏通过图片展示出来，大大的页面上是一个个不规则的形状，里面是一系列的加减算式，游戏的要求就是就得数相同的图片涂上相同的颜色，用心地计算，耐心地涂抹，"哇，一只高大的长颈鹿！"我高兴地跳起来。

这真是我的一本宝书，它给我打开一个崭新的世界，让我知道除了《鸡毛信》《小兵张嘎》外，还有很多我未曾探求过的未知世界。算数字，走迷宫，曲里拐弯的迷宫呀，这迷路的小白兔怎样才能逃离猎人的枪口？

这本书给我的生活增添了一抹亮丽，使我的童年更加有趣。岁月如流，可这本书深深地印在了我心里，让我一生都无法忘记。

后来，这本书也没有了去向，不知被我丢在何处，可当时被我视为宝书，小心珍藏。它让我小小的心灵从此有了自己的秘密、自己的期望。

父亲在买书方面从不吝啬，后来还买了许多叫《基础训练》的学习书籍，这让我许多同学羡慕。我还记得父亲给我订阅了初中版的《中学生报》，于是，每周我都有了新的渴盼，邮递员来到学校，报纸到了手中，我会一丝不苟地阅读，连中缝也不放过。每一期的报纸我都会精心收藏，这些报纸我珍藏了很久，直到我考上中专，外出求学，这些报纸还和那些旧物件一起精心地保存着。

现在，我已人至中年，经历了人生的沧桑，也深感人生的无奈。可那本小人书，那本我视为宝物的益智故事仍深深地扎根在我的心头，让我感到温暖。

父亲也许已经忘记了他曾经买过这样一本书，可我没忘。就像我永远不会忘记抚养我成长的父亲一样。

臭球、吸铁石及其他

姐姐用心地用彩纸折叠千纸鹤的时候，我也正不倦地玩着自己喜欢的游戏。

老房子不大，天井里却有几株高大的树，一棵是洋槐，是少见且笔直的，在我的记忆里高得耸入天空的大树。另一棵是臭椿树，春日开花，飘落整个庭院；夏日里结满一簇簇一串串轻飘的果实。堂屋前一棵是樱桃，另一棵还是樱桃。天井的其他地方还长着几棵香椿。

夏日里你是断不敢待在树下的，因为偶尔掉落的蛰了毛子带着毒刺，让它蛰着，你哭都找不着地方。尤其是椿树和樱桃树，最易招蛰了毛子。

春日里，暖暖的阳光洒满庭院。臭椿树下，有一群蚂蚁忙忙碌碌、匆匆而行。这些蚂蚁的巢穴也许在树上，也许在地下。黑的工蚁时而停驻，继而迅疾前行，彼此用触角打着招呼，说着"蚁语"。闲来无事，正好手里有几颗臭球（即樟脑球），就在臭椿树树干周围画了一圈，"坏了，这些聪明的小蚂蚁们找不到回家的路了。"我嚷着给连队大叔说。画了圈的地方，仿佛竖了一堵无形的高墙，或者像安装了一片透明的玻璃，蚂蚁像无头的苍蝇，始终无法突破那道防线。地上也有几只蚂蚁在爬来爬去，连队在地上画了个大圈，把这几只可怜的蚂蚁划了进去，还自作聪明地从别处抓来几个俘虏。这十来只蚂蚁就这样在连队这个如来佛画的圈子里奔，全然无法突破，"孙猴子逃不出如来佛祖的手掌心！"二尚高兴地喊道。

这个游戏好玩，可我们不知道缘由，后来我问起父亲："蚂蚁是靠气味辨路的，你把臭球抹在那个地方，这气味干扰了蚂蚁，它怎么会找到回家的路呢？"父亲饶有兴趣地讲解。"你再去看看，小蚂蚁是不是还没回家！"我急忙出去看，椿树干上，蚂蚁来来往往，并无异常，我又困惑了，回来问父亲。父亲却卖起了关子："你猜猜看！"我一拍脑袋："哦，明白了，明白了，时间一长，臭球的味散没了，蚂蚁自然就可以回家喽！"我雀跃起来，父亲没有再说什么，只是用他粗大温暖的手掌抚摸了一下我的小脑瓜，"走，回屋吃饭去！"

小小的游戏里竟然包藏着这样的道理，好玩，从此我也明白了为什么母亲要每年都买樟脑球放进柜子里，那是防虫防霉哟！

有一天，父亲回家来，手里拿一块黑黑的东西，"给你，知道是什么东西吗？"我怎么知道。父亲找出他的工具箱，把这黑硬的仿佛石头般的东西往里一放，箱子里那些钉子、刀片都随着"黑石头"一起被提出来。"告诉你，这个叫磁铁，俗称'吸铁石'，凡是含铁的东西，都可以被吸住的。"教物理的父亲又开始"卖弄"他的学问。"给我，给我。"我立时对这吸铁石产生了兴趣。"给你，可以，不过你要替我做件事，给我吸点铁末子。""来！"父亲领我到后街一堆清水沙旁，蹲下身去，将吸铁石埋在沙堆里来回摩挲，一会儿，父亲将吸铁石拿出来举在手中，"儿子，你看，你看……"我仔细瞧去，黑色的吸铁石表面聚拢起密集的黑色粉末状的东西，吸铁石的两头最多，最外面的粉末像头发般竖起。"这是什么？爹！""这就是沙子中的铁粉，它们被吸铁石俘虏了，全吸出来了。"

"哦！"我若有所思。"你的任务就是帮我收集一部分铁粉，我要给学生做个实验，到时你也可以一起做。"

我从没有想到世界上竟然有这样一种神奇的东西，竟然可以相互吸引、相互排斥；我也从来不知道偌大的地球竟然有磁场，还有南北极；更为神奇的是，在磁场的作用下，撒在玻璃板上的铁屑可以组成如此令人震撼的美丽图案。

父亲是一位优秀的老师，也是一位出色的家长，他用自己的方式给我打开一扇窗，一扇了解和洞察世界的窗。

快放寒假的一个傍晚，西斜的太阳忽然害了羞，脸红坨坨地。父亲也回家了，脸红坨坨的。"过来，儿子。"父亲揽着我，说："给你看一样东西！"说着，父亲像变戏法似的从口袋里拿出一样东西。那是一卷银白色的似薄铝片或厚锡纸的东西，展开，窄窄的，有金属的质感。是怎样一种东西呢？我正猜测着，父亲说话了："这是一种金属，叫'美'……""哦？叫美，是'美丽'的'美'吗？"父亲似乎看出了我的困惑，接着给我讲解："这是带金字旁的'镁'，它可不简单，你看……"说着，父亲又变戏法般拿出一盒洋火。

银色的金属被父亲用火柴点着，发出极其耀眼的白色强光，真'镁'呀。

金属竟然可以燃烧，这个结论彻底颠覆了我对金属的认知，让我变得困惑，也变得好奇，这世上竟然有这等事情，好玩。后来的事情就简单了，父亲告诉我这是化学反应，不光镁条，就是铁条，如果氧气充足，都可以燃烧。

"每逢十五元宵节，你都吵着要花炮，你知道花炮中那各种颜色是怎么回事吗？"父亲笑着问。见我一脸茫然的样子，父亲说道："其实很简单，有的东西能燃烧，东西不同，燃烧时发的光也会不同，做花炮时火药中掺入这些东西，自然就会发不同的光了。""你像你买的滴滴金，有时会炸出白色的亮光，其实那就是掺入了镁粉。"父亲接着说。

由各种物质构成的世界竟然如此神奇：无色的碱溶液遇酚酞会变红，那四射的阳光竟然被三棱镜分解成七种颜色，紫色的高锰酸钾竟然含着氧气，绿色的参天大树竟然每天都要呼吸……

我的小脑袋里装满了无数的好奇，我的眼睛里充盈着对这个世界的探求欲望。一个孩子在一条充满未知的路上踽踽而行，充满胆怯、紧张，也有对未知世界的探索和希冀。因父亲是老师，让我的成长有了天然的优势。

这是上天对我的眷顾，是我人生的荣幸。

几乎是眨眼的工夫，四十多年远我而去。而曾经的过往，竟似发生在昨日。那围观蚂蚁上树的日子，那神奇的磁力，那灼灼燃烧的镁条，都是构筑我人生的片段，也是丰富我人生的机缘。

难忘呀，那过去的曾经。

我的"花花"世界

童年生活清澈而美妙，像燕子河夏日午后娴静的流水，随意而洒脱、率性且活泼。生活在青山绿水间，山青葱、水缠绵，人生也有了禅意。现在回想起来，那时的光阴，虽凄苦贫贱，但细细回味咂摸，竟咀嚼出淡淡的甘甜与诗意。

小时候，对这个世界充满好奇，任何有趣味的东西都能扰动我纯真的童心，让我乐此不疲，流连其间而毫无倦意。小人书曾给我打开一个新奇的世界，古钱币让我至今对历史人文痴迷，小制作激发了我的创造意识。而在喜欢上古钱币之前的一段时间里，我竟然迷上了花草，陷进了这"花花草草"的世界。

老家的旧院落，围墙高高低低，全是用石块、薄板垒就，墙也不高，父亲个子高，踮起脚尖几乎就可以看见院外人来人往。而家家户户、左邻右舍，也不用设防，彼此间充盈着坦诚和信任。

父亲虽是老师，可也不是多高雅的人，整日在泥地里干活，书读得也不多。看来我并不是很了解父亲，因为父亲竟然在不高的茅厕（农村的露天厕所）墙上垒石聚土，造就了一方可以栽花种草的小天地。

当然栽种的不是什么珍花异草，而是最普通最好养的蝎子草、仙人掌，还有什么鸡冠子、观粉豆。仙人掌自然是整年累月不见衰败，厚厚如手掌的鳞茎上除了尖长的利刺，还时不时冒出酒盅般形状的鹅黄颜色的花苞。其他花儿，则春日里萌发生长，夏日里繁花似锦了。

就是这方狭小的"大花盆"消磨了我许多童年时光，让我对花儿分外用心、留意，也养成了我爱花的雅趣。现在想来，那时所侍弄的花草都是极其普通的，可栽下它们，精心浇灌，看它们发芽、生长、开花，竟是有着十足的乐趣。

记得种的最多的，有粉豆花，这花儿只要有点儿土壤，就长得高高壮壮，脂红色长喇叭般的花朵儿，开得张扬恣肆，秋日里只要没有经霜，就一直开着；鸡冠子花有好几种，冠子的形状和颜色各异，有一种鸡冠子花，茎叶矮壮，冠儿却又大又红，栽在花盆里，确实漂亮。后来到同学家，才知道也有黄色的鸡冠花，只是不如红色的鲜艳生动；最令人爱怜的是姜子辣花，这花其实叫"江西腊"，在春日里发芽，夏日里生长，叶片大且带有小小的锯齿，看不出多生动。时间渐渐入秋，这花才绽放出自己的异彩。一簇簇花儿开得艳丽，各色花都有，大红、粉红、乳白，尤其生动的是那种深紫色，在万物凋零、树叶儿簌簌飘落的深秋，有一种摄人心魄的华美。在几年的时间里，我一直用心地采集着江西腊的种子，并用心地栽植着，难得见到这么艳美却不妖娆的花儿。

因为喜欢花儿，对家里院外的草草木木也分外地偏爱。东院老臧家三爷爷家里有一棵青杨，有十几年了，圆圆的树头，一年四季透出绿意。我也极想得到这么一株，可惜竟一直没有得到。后来这青杨被东院卖掉了，可惜呀。

奶奶家有一棵木槿，每年开花，我都要去摘下花儿来大吃一气，花儿软软黏黏，味儿也感觉不到多美；另一棵叫百日红，树干光滑致密，颇有梅树的风韵，花儿开得密密匝匝，满树珠光宝气，很有味。

　　至于我家堂屋门前的月季花，我心里倒不是很喜欢，花瓣粉红，花儿不大，有点像野蔷薇。奶奶家那棵就漂亮多了，颜色也是粉红，不太鲜艳，可花朵儿大，开起来夺人的眼球，香味儿也沁入你的心脾。

　　一次春日，有赶磊石会的机会，缠着父亲买了两盆：一盆是刺松，一盆是冬青。这两株绿色植物被父亲栽在盈门墙前，长得高高大大，后来看实在太高，不知哪天，父亲自作主张地将其伐掉了。我回家去，看到了，心里颇惆怅了半日。

　　父亲有一段时间做涧头联中的校长，当时学校属于新建校，急需绿化。父亲于是在学校花坛里广植月季，这些月季品种多、颜色全、开花大、味道香，成为学校一道风景，也成为我流连的地方。在学校的其他空地，父亲把不知从哪里搞来的步步登高种子撒上，整个夏秋季节，校园成了花园，各色的步步登高竟然如此美丽，实在出乎我的意料。有些步步登高品种，花大、重瓣、颜色鲜艳，令人惊艳。校园里还到处撒满笤帚草种子，既绿化了校园，又节省了学校购买笤帚的费用。

　　家乡的田野、山坡，从春到秋，各种各样的花儿次第开放。早春，穿着夹袄还有些凉的时候，崖埂上早开遍了"大米粽子"花，花儿细小，草秸不大，可团团簇簇，满山坡都是，紫色的花儿给春天带来生机。当杏桃们争相吐蕊的时候，尚未耕种的田野上，地枣子早抽出如韭的嫩叶，花儿白中带着一道鹅黄，清新素雅，颇有兰草的味道。

　　当天空变得高爽，薯干开始晾晒的时候，野菊花则成为那个季节当仁不让的主角。在连绵的衰草中，黄的、白的、蓝的小花朵儿星星点点，惹人爱怜。"秋菊能傲霜"，果如其然，

"采菊东篱下"，说的就是这种花儿吧，怪不得陶潜大人对它如此钟情。

相比这些野菊，经过改良培养的盆栽菊花则美得飘逸华美。曾经有一次到济南学习，有机会到趵突泉游玩，恰逢第二届菊花节，满园子都是菊花，诸多品类，各种造型，令人叹为观止。在整个秋日的收获季节，菊花再次展示了花世界的绚丽与多姿，这盛意装点着的生活，令人陶醉。

童年的时候当然没有机会遇着这样的盛会，可也养了几种菊花，屋前的空地，这些菊花杂乱无章地恣意生长，花儿也是无序地盛开，不会管理，长得自然无拘无束，家菊成野菊了。

想想童年，是一个个的片段，或深或浅、或浓或淡、或喜或悲，都是人生涂抹挥洒的印痕。一朵花，一个世界；一棵草，一世春秋。眼里看世界，喜也如此，忧也如此。

童年的花草世界，让童年的岁月变得多彩而生动，让我在多年之后咀嚼这些记忆时依旧温馨而美好。有人说，回忆是变老的标志，其实，人生也是因为有了回忆而厚重起来，这样人生也便有了高度和宽度。

第五辑 亲情

在写这个章节的文章时，我无数次流泪了，因为难以割舍的亲情。面对亲人遭受病痛的折磨，我心里难过；面对亲人的故去，我心如刀割。36 岁的姐姐很坚强，她遭受着病痛的折磨，开始了长达15年的治病之旅，数不清的检查、一包包的汤药，几乎成为姐姐生命的全部，姐姐虽然去世了，可做弟弟的我永远怀念她……

2018 年春，母亲罹患重病，可怜的母亲在经历一年零四个月的病痛折磨之后，撒手人寰，我心痛入骨……

两位至亲的辞世，让我感到了人生的不测、命运的多舛，可活着的人还得坚强地活着，因为我不想让至亲失望。

恩人

"羔羊跪乳，乌鸦反哺""滴水之恩，当涌泉相报"，这些格言不会因时代的改变而消失，因为其蕴含着普通的哲理——人要懂得感恩。

从出生到现在，已四十有五，过了不惑而直逼天命之年了。想想参加工作也近二十六个年头了。经历了很多事，见惯了生老病死，懂得了人情的凉薄，也更加珍惜自己所拥有的岁月和机会，更加感恩在我的家庭遭遇困难和我的人生遭遇困顿时给予我们无私无怨帮助的恩人们。

姐姐的病一直是我的家庭无言的痛，痛得不敢忆及，更不敢咀嚼和品咂，它让我们痛入骨髓。1992年国庆节期间，姐姐转院北京，在那举目无亲的大都市，是老乡加亲戚杜兴胜一家倾力关怀和帮助，才让我们这个困顿的家庭感受到了那种亲情之外的温暖。他们一次次焦急地接站，不辞奔苦，送我们到海淀区新兴医院，给我粮票，多次探望，在我和我的父母返乡时操持购票，送我安全地到车站并返乡。这让我想想都感动，在遥远的北京，伯父伯母你们还好吗？多年来，无有赴京的机会，有几次他们回老家，我们也不知晓，想想就有些遗憾，恩人们，我只能遥祝恩人，祝恩人一切都好了，在那千里之外。

姐姐生病急转北京，是三姨姥姥家大舅忙前忙后，车接车送。在北京住院期间，巨额的治疗费用让我们这个家庭难以承受，在穷苦无助之际，是二表叔侯玉华二话不说拿出6000元钱让我们渡过难关。这样的恩情怎不令人感怀？要知道，在最困难的时候，父亲母亲舍下脸东借西磨借钱的时候，有的亲戚脸色很是难看，拿出的那点钱形同施舍，这无疑刺痛了父母。

两相对比，人心立见高下。

人可以寡情，但不可无义。

在通往北京的列车上，是那位不知名不知姓、素昧平生的天津人，让座给姐姐，让病重的姐姐得以有休息的地方。他带给我家庭的那份一同情、关爱，让我对天津人有着天然的亲近。我时时在想，赠人玫瑰，手留余香，这位赠人以大爱的陌生人，将会永远获得人们的景仰，好人一生平安。

也是在姐姐患病的日子里，姐姐临沂第二职业中专的几个同学，丁春峰、刘国旗、董玉彩、李良英……给姐姐以真诚的关爱和帮助，让姐姐享有那比亲情都珍贵的同学情谊。在这些同学中，我特别感激良英的父母所给予姐姐的帮助。在治疗费高昂，我的家庭几乎无力维持的时候，介绍大夫上官敏给我们认识，使得父亲不用再远赴京城抓药，使得姐姐能在临沂接受相对廉价的规范的中医治疗，使得姐姐能在患病后仍然获得了十五年的生命。

姐姐已经去世近十年了，我也因生活的忙碌，渐渐地间断了同李良英家的联系，可我内心里对这个家庭，对朴实真挚的李家两位老人心怀感恩。姐姐有生之年，遇见这样的同学，相知这样的家庭，是姐姐的福气。

我走上了工作岗位，游走在省外的一个小城，可这并非一片净土。在我努力工作的日子里，总免不了有小人作梗，他们或嫉妒羡慕、或造谣生事，或混淆黑白，或排挤打压，或指责谩骂，无非是想打压别人，获得自己的私利，取得上位的机会。在这个时候，是几位正直的领导，顶着压力，坚持自己的正直，才力挽狂澜。这个职位虽与我也不是什么大事。但这在当时，他们的坚持让我感受到了人性中善的可贵，特别是在小人当道的时候，这怎不令人心存感激？

他们是我的恩人。

在老家，那个山清水秀的村落，有着我的祖辈、父辈，他们朴实、善良，虽然目不识丁，少有文化，但坚守着做人处世的基本原则。村人的乖巧、坦诚、奸诈、世俗，他们了然于胸，他们不多说，但心如明镜，更有一杆人心的秤在胸间。

母亲善良、朴实，童叟无欺，对邻里妯娌以诚相待，这自然获得了人的尊重。父亲上学那会儿，姐姐生病住院期间，我的那些叔伯、兄长们，全都帮衬着我这个苦难的家庭，或借钱或出力干农活，让我心生感动，这些亲人，也是恩人。

母亲八岁就没了娘，西院的陆老嬷嬷，像对待自己的孙女一样疼爱着母亲，让母亲感受到那种无血缘关系的浓浓亲情。每当听母亲诉说起这些，我的心就变得棉絮般轻柔，眼里也洇起一层迷雾。也许我的亲姥姥在去世之前有悲情的嘱托、离别的牵挂，而陆老嬷嬷的做法让地下的姥姥无比的欣慰。陆老嬷嬷有自己的孙子孙女，在陆老嬷嬷去世前的那段时间，我的姥爷像侍奉亲人一样给陆老嬷嬷送终，让我感慨也感动。

人间有大爱，世上有真情。

只要你付出爱、抛洒真心、一心为善，那你就会收获未曾期许的感动，以心换心，赠人玫瑰，手留余香。

与吃有关的日子

"穷日子穷过，富日子富过。"母亲告诉我，"吃不穷，花不穷，算计不到就受穷。"母亲反复地嘱咐我。在困难的日子里，没有人会帮助你；在困顿的岁月里，没有人肯安慰你。"日子靠自己过，有苦自己受。"母亲给我说这话时几乎是语重心长了。

母亲八岁失慈，十九岁嫁到涧头老王家，看够了白眼，受尽了饥寒，更明白过日子的不易。不易归不易，可在聪慧的母亲的苦心经营下，穷苦的日子也过得开心快乐。

刚分家，没什么做饭，母亲就出门到石崀去，摘下那些南瓜花，当然是那些不结瓜的谎花。那些南瓜花放在热水里焯一下，加点盐做成凉拌，一顿饭就解决了。

小时候，家里依旧贫寒，吃顿肉、包回饺子，都是很奢侈的事。那时候在农村，最大卖的不是瘦肉，而是肥肉。肥肉分两种，一种是膘油，一种是板油，膘油出油多，招（lǔ）油后出油渣少。母亲就曾一下买下十几斤的膘油，招完油后，又用油渣剁馅，加上白菜蒸包子吃，虽不如纯肉包子可口，也算是解了我们这些孩子的馋虫。

家里的菜少，整天白菜、萝卜、茄子、豆角，吃着也厌了。母亲开始犯愁，就想怎么弄点儿菜，也给孩子们改改口味。没钱买那些正儿八经的猪肉，就买些剔骨肉吧。在磊石集上，有亲戚在冷库的人家，托人提来剔骨肉，以较低的价格来卖，母亲买来，掰几个红椒，炒起来也挺解馋的。

　　夏天，一阵暴雨落下，空气也清新了许多。在夹道的洋槐树根旁，不知什么时候冒出一簇簇的蘑菇，这蘑菇根茎细高，顶着圆圆的小帽子，颜色灰不溜秋。母亲这时总是小心地把它们采回来，摘净洗好，炒成菜给我和姐姐吃，后来我问父亲，这蘑菇叫什么名字！父亲也说不出来。我想这也许就是某种金针菇吧，我看差不多，就是颜色有些不同而已。

　　庭院里靠南墙的旮旯，有两棵腐朽的榆木棒，日晒雨淋，树皮几近脱尽。一连几天的阴雨，到处都湿漉漉的。仔细瞧瞧榆木棒上，我惊喜地发现榆木的树皮上已经附着了一层黑的如耳朵般的东西。我知道，那就是木耳，父亲曾亲自告诉过我的。再过几天，木耳就可以采摘了，将这木耳晒干，储存起来，等过年的时候就能吃上木耳炒肉片了。

　　夜睡着了，月亮困乏地慢慢西落，只有星星还眨着慵懒的眼睛。"嘎嘎嘎，嘎嘎嘎……"上宿的鸡们忽然救命似的狂叫起来。"吗、吗、吗，吗、吗、吗……"父亲和母亲几乎同时喊了起来，黄鼠狼又来给鸡拜年了！父亲和母亲边喊边快速下床，冲出屋外。鸡们还惊恐地"偶偶偶"叫着，母亲知道这鬼黄狼子还没有离开。父亲赶快查看鸡们的情况，母亲朝鸡窝南边的墙上瞅去，一双发绿的眼睛正朝着这边张望。

　　"吗、吗、吗"，母亲又喊，这黄鼠狼才悻悻地顺着前院大爷爷的屋脊隐去。黄狼子偷鸡吃，这几乎是每年都要上演的戏码。

　　还好，鸡没有丢，可惜这鸡已经奄奄一息。在老家，黄鼠狼很多，这坏东西，偷鸡很有窍门，它暗暗地靠近鸡窝，悄无声息地跃起，利齿便啮住了鸡的脖颈，气管与食管一起咬断。第二天，鸡还是死了，中午的饭桌上于是就有了一盘难得一见的辣椒鸡。

　　风转了向，还暖起来了，燕子河里的薄冰悄然没有了踪迹。接着南大井旁的柳树都婆娑起绿的头发。村头又传来了赊小炕鸡的贩子的吆喝声。母亲每年都要买个一二十只来喂养，还指望着这些鸡下蛋生钱呢！可每年，几乎没有任何悬念，鸡瘟病就会如期而至，昨天还雄赳赳、气昂昂的，刨柴垛、扑蚂蚱的小鸡，今天就死了两只。看其他的鸡们，也蔫头耷脑。接二连三，鸡们一天之内就死掉了大半。母亲心疼地从鸡窝里、夹道里、南墙跟把还带着体温的鸡的尸首聚拢在一起。这些死鸡是万万舍不得扔掉的，父亲在放学后就溹（tū，用开水烫）鸡，九只死鸡，好大的一盆，杀好摘净，煮上一大锅。我们知道这是患鸡瘟的病死鸡，可还是猛吃一顿，真是大快朵颐。

　　在我的印象里，吃病死的瘟鸡实在是平常的事，就像我们每天的呼吸。那鸡，对穷困的人家来说，也是丰盛肥美的餐饭，更是孩童们拉馋的机会。

　　在口袋干瘪的日子里，吃肉是一件奢侈的事。一年到头，吃不上几顿猪肉。家家户户的猪圈里，虽然躺着懒动弹的肥猪，可谁都知道，那是等着卖出去换钱的，一年的花销，柴米油盐，几乎都靠这两头肥猪供应。

　　忘记了是什么时候，也记不起是怎样的季节。父亲忽然对圈里的那头大花猪关注了起来，我也疑惑，这些天母亲总叨念大花猪不愿吃食，整日趴着，真的成"懒猪"了。我随着母亲去喂猪，"叽喽喽……叽喽喽……"我惯常地唤它，大花猪却没有惯常地起来，奔到猪食槽跟，更没有摇起自己的小尾巴。这猪是病了，父亲请来了臧兽医来诊治，臧兽医给猪打了一针，告诉父亲，再不好抓紧处理喽，弄不巧是猪瘟。

真的是猪瘟，下午，猪已经站立不起来，似乎也只有进气没有出气了。父亲找来几个力气大的邻居，叫来杀猪的三伯父。"抓紧时间放血，再不放血，这猪就废了！"三伯颇有经验地在那边喊。这不是我第一次看杀猪的，却是第一次看在我的家门口东边的猪圈边、乱坟旁给一头将行死亡的猪放血。

这猪以较低的价格被三伯卖掉了，邻居们也分得了一些，晚上猪头和下水被大锅烹煮后，由邻居们分着吃掉。那猪肉我们家一连吃了十多天。连平时就馋猪肉的我都吃厌了，唉，尤其是吃这些肉的时候有一种怪怪的感觉。

孩子们馋急了，大人们就开始想办法了。夏日里套知了，下雨天拾地角皮，摘野生木耳。一场秋雨飘洒下来，也就到了高粱红头的日子。连绵的秋雨下过，天还是阴沉沉的，这时候，家家户户都戴着席角（jiá）子、披着蓑衣，穿着水靴，到湖地里拾山水牛，这山水牛也出来得正是时候。

捉豆虫、擂鱼，甚至在夜里燃起篝火照瞎撞子，这些现在很难见到的小东西，那时却是农家餐桌上的美味。

……

几乎没有察觉，皱纹已经爬上脸庞，连两鬓也显出了白，人说老就老了。人至暮年真就是一瞬的工夫。

那些年，日子过得穷苦，没得吃、没得喝、没得穿，竟然也过来了。而那时因缺乏菜蔬而无奈之下食用的所谓的"山肴野蔌",竟然成了那些有钱人梦寐以求的"山珍海味"。真是世道说变就变。

这世道怎么就变了呢?那些与吃有关的日子呀,好值得回味。可惜,再也回不来了!

父亲的"奢侈品"

　　时代不断变换，自实行家庭联产承包责任制来，老百姓的腰包慢慢鼓起来了。村人们也想着改善改善自己的生活，提高提高自己的生活水准。二十世纪八十年代初，开始流行三大件：手表、洋车、缝纫机。谁的家里要是添置了这三件东西，那是惹得人人艳羡。

　　可这三样东西，普通的家庭根本是连想也不用想，"一年下来，能吃饱穿暖就不错了，还有闲钱弄那些西湖龙井？"父亲给我说这话时，脸变得更加严肃。

　　日子分明是好了起来，曾在十一生产队做过会计的父亲比谁都清楚。那时候，百姓每天干活劳动挣工分，出工不出力，种地时浮皮潦草、收割时马马虎虎，一季子下了，能分到多少粮食？说出来都丢人。

　　地一到户，不见了懒汉，没有了蹲墙根的闲汉，村里的大街小巷多了急匆匆下地的老少爷们。地里的土肥也多了，地也像人一样勤快了，产量噌噌地上来了。父亲1978年当民办老师，工资很少，可也强过天天在土里刨食的村民。

　　中山装上别一支钢笔，左手腕里戴一块手表，这是许多人的向往，也是父亲的向往。1982年，仅有初中水平的父亲在招收民师的考试中完胜，成为费县师范的一员。

　　到七十里外的费县上学，没有洋车不行，况且家里的农活还得靠父亲礼拜天里帮着干呢。那时物品凭票供应，有钱也没法买，况且家里也没多少钱。不知道父亲找谁打听的，说有卖二手自行车的，这可是个机会。七拼八凑，父亲以 180 元的价格买来了一辆二手的洋车。这辆金鹿牌大轮自行车高大固镂（lǒu，坚固之意），七八成新，摇起铃铛，"丁零零，丁零零"的脆响钻入你的耳朵，震动着你的耳膜。

这是我们这个家庭所拥有的第一辆自行车，家里开始步入现代化了。

这样，每一个周六，或黑得仿佛空气凝固的、或有蝉鸣的月朗星稀的夜晚，小胡同里传来清脆的铃铛声，时而伴着父亲特有的咳嗽声，我知道父亲回来了。

当我还在羡慕着学骑父亲的大金鹿的时候，父亲暗地里或许有了新的梦想，地里的收入虽然还微薄，可也有了剩余，街面上也有了收瓜干的贩子，大量的地瓜干有了它新的去处，据说都被收到酒厂，成为酿酒的原料了。父亲卖了瓜干，卖了养了一年多膘肥体壮的"花花"——大肥猪。

星期天一早，父亲就不见了，听母亲说进城去了，进城干什么呢？我心里有了小小的牵挂，是不是又给我买什么"益智故事书"去了，我便有了隐秘的期待。

"铃铃铃……铃铃铃……"接着是父亲给连昌大爷打招呼的声音，父亲回来了，时间还不到正午。我围了上去，果然有我的故事书，还有几颗我爱吃的糖果。重要的是父亲的左手腕里多了一件亮晶晶的东西，手表！父亲买手表了，我心中的疑惑解决了，原来如此。

这块手表，大大的表盘，宽宽的表链，靠近它，嘀嘀嘀的声音钻进耳朵，我甚至能想象到手表里那些机械齿轮精密运转的状态。这块上海牌手表，用去了父亲 150 大洋。

在 2017 年快要过去的十二月的某一天，我陪父母聊天，一起回忆起这段经历，父亲已经忘记了表的价格，是母亲脱口说出这价格的。

这块手表伴随着父亲从费县师范毕业，伴随着父亲教书的每一个时日，也伴随着父亲渐渐变老。这块表，现在静静地躺在我的抽屉里，表针已经停止了转动，看到它，我就自然地想到过去的岁月，这花巨款买的手表曾代表着我这个家庭曾经拥有的荣耀和美好，也告诉我们所曾经历的痛与苦。

以拥有一块手表为荣的日子已经过去了，在工资仅有三四十元的二十世纪八十年代，这块手表无疑是当时那个时代的奢侈品，贫穷的日子里，我们也有梦想。

父亲一直戴着这块"上海牌"，而电子表渐渐进入了普通的家庭，在我十四五岁的时候，我拥有了自己的电子表，上学可以自己把握时间了。父亲的自行车也由大金鹿换成了"飞鹤"，再到后来的"永久"，我也学会了从大梁下骑自行车，开始骑车外出求学了。

后来，双喇叭的大收音机买来了，凯歌牌的十七寸大黑白电视也抱家里来了，家里越来越富足了，老百姓的日子是越来越好。

十五岁我在外学习，周六回家，最喜欢的就是看山东台的一个节目，名字已经模糊，歌名已经淡忘，可我还记得歌手的名字叫霍峰，一个留着马尾辫声音低沉的男歌手。

现在，我们都拥有了自己的轿车，可在回味过去时，我还是想到二十世纪八十年代父亲拥有第一辆自行车和手表的日子。用当时的收入来衡量，自行车和手表的价格几乎就是天价，父亲好"奢侈",那岁月,虽然还贫穷,但生活充满激情和希望,或者说,那曾经的美好和幸福,永远在我心中珍藏,我想我的父亲在忆及过去时,心底一定流淌着温情和富足吧。

自行车还在,被扔在老家的西储物间里,手表我将永久珍藏,因为那曾经是父亲的爱物,更因为我爱我的父亲,为了我们这个不幸的家庭操劳一生的父亲。

过日子

　　童年的成长，储满了故事和泪水，尤其是那艰苦贫穷的计划年代。

　　1959 年的挨饿，那是人祸而不是天灾，吃食堂的日子很短暂，以生产队为单位搞生产，人浮于事、效率低下，一年下来，分的粮食连吃都不够，就别说过上好日子了。

　　老百姓的日子有所好转，也就是在分田到户之后，家里有地了，种地交公粮后，剩下的归自己，老百姓种地的积极性一下子就上来了。"人勤地不懒"，1982 年的秋天，大地用它的慷慨回报给勤劳的村人，这一年大丰收。

　　能吃饱了，不饿肚子了，可日子并不富裕，过日子还得算计着来。

　　父亲上学去了，母亲在家里操持家务，照看我和姐姐起居吃穿，还得担负起种地的活计。那是母亲回忆起来日子最苦的一段时间，苦归苦，母亲还是以她的乐观和聪慧把日子过得有声有色。

　　"吃不穷，穿不穷，算计不到就受穷"，这几乎就是挂在母亲嘴边的一句话。东西不多算计着吃，这是母亲最惯常的做法。况且母亲的确也是心灵手巧。

　　在什么都缺的日子里，母亲养鸡喂鹅，靠卖鸡蛋鹅蛋换点钱维持家用。在生产队里，队员们秋日里割谷秆、高粱秸后，母亲还能再收拾起能用的秫秸，拾回家穿盖顶、勒笊头子。

在二十世纪七八十年代，村子南面还是大片的农田，沿着田地上行，就到了黑石山（村里都叫南山）的北坡，那里就是园艺场，园艺场大概得有上百亩，里面遍植着苹果。

这些苹果我们当然吃不到，园艺场是公家的，每逢秋日，红橙橙的果儿挂在枝头，一个个挨在一起，馋煞了我们这些孩子。每次割草路过，我们只能馋兮兮地瞅着，没有人想着去偷一个来。

有一天，母亲提来两个大大的瓶子，是那种能盛二三斤的大玻璃瓶，瓶子面上贴着一个大大的骷髅头。原来这是园艺场打药后扔掉的瓶子，本家的三爷爷专门捡来，送给了母亲两个。这些装剧毒农药的瓶子有什么用呢？母亲有的是办法，或者母亲学会了清洗瓶子的办法。母亲找来带点沙砾礓（就是混在沙砾中的各种带有颜色或透明的萤石）的沙土，装在瓶子里大约三分之一的样子，然后装上半瓶水，旋上盖子，接着用力上下或左右摇晃。这样连续淘洗几次，隔两天，再同样淘洗几遍。瓶子就变得干干净净，装什么都不要紧了。这真是最聪明大胆的废物利用，我由衷地佩服起母亲来。

现在，几个朋友聚在一起，总是禁不住慨叹，吃什么都提不起胃口：东西怎么就不如原来好吃了呢？怎么就没那时候的那种味道了呢？仔细分析一下，不是不好吃了，而是现在条件好了，人的嘴刁了、馋了。

那时候，一年也不见得吃几次肉，平时见的荤腥也少，自然对吃肉有一种向往。可毕竟收入少，几毛钱一斤的肉，对普通家庭来说，也是一种奢望。为给我们解馋，母亲赶集时会买一种剔骨肉，这种肉细碎且有从骨头剔下的脆骨。这种碎肉买回来，捡干净，洗一洗，下锅一炒，也颇能解馋。

初春时节，深层的冻土刚刚消融，平整的土地上的坷垃经过一个严冬，也蓄粉成了粉末状。田野在暖阳的抚摸下渐渐亮丽起来，涌动如潮的春情，抛洒出自己的青春与活力。这是一片肥沃的土地，黑的土层油光光的，庄稼最喜欢。

土粪已经一字排开，在地里列队等着了，勤快的农人是不会让自己闲着的，父亲就这样。又到了深耕作业的季节，时间和天气正合适。地里的苦碟子、芨芨草早用肥胖的身躯报告着春的气息，地枣子成片地开着，叶儿纤细弯曲，花儿淡雅粉嫩。

父亲把犁耙缚在胶车上，牛儿在后面慢悠悠地踱着，后面还有一个尾巴，那就是我。坚硬的犁铧插进湿润的泥土，在行进中搅动着它的睡眠，大地则袒露出它深层的秘密，那些在泥土里蛰伏的豆虫或花帽尖的蛹儿在翻开的泥土中显露，秋日里落下的地瓜也显露出来，不过已经腐烂。崖埂上小草儿已露出头，不知名的花儿正绽放，父亲熟练地耕作，那头老牛一如既往地卖力，远处是低矮的金山，松树郁郁青青，我的心像阳光一样温暖。母亲忙碌地轮粪。我则雀跃着找寻这些虫儿、蛹儿，要知道，这些都是可以炒炒就饭的美味。

"一只青蛙！"父亲在地的那头喊道，"什么？崴子（wái zi，青蛙的俗称）！"我欢喜着从地头朝父亲那边跑去。一块深深翻起的土坷垃的空窠里，一只冬眠的青蛙正在沉沉地睡着，泛着银光的犁铧扰动了它，可它依旧在梦中。

中午，这只沉睡的青蛙很不幸地成为我口中的美味。父亲将其去皮掏腹，择得干净。用麻箐叶子（我也记不清是什么叶子了，初春时候，有这种叶子吗？）将青蛙裹住，再在外面包上泥巴，地头的地瓜秧和烟柴是现成的，父亲燃起一小堆篝火，这块泥巴在火中翻腾滚动，还有犁地翻出的那些蛹儿，将这些一并烤了。扑鼻的香味渐渐荡开，在空中弥散。它诱惑着我的味蕾，勾起我的食欲，也把这场景铭刻在我记忆的深处。

青蛙是益虫，现在捉青蛙是违法的，可那时那地却没有这么多规矩。整个燕子河，从河水渐渐丰盈，到夏天的淙淙潺潺，到秋日的绿草盈盈，水儿渐渐清瘦，蛙儿的鸣声不断。河沿边，河中凸出的石崀上，到处都留下青蛙的骸骨。在常年不见荤腥的百姓家里，这也是饭桌上常见的菜肴。

日子，就是天空的那片云朵，移来又移去，飘走又飘来。沧桑了岁月，催老了容颜，吹皱了湖水，青春一去不复返。

日子就这样过着，在父母的苦心经营下，生活越来越好，饭桌上菜肴的种类也日渐丰富；曾经的困苦和贫乏也远离了我们，可那段岁月却沉淀了下来，成为我成长的一部分。而父母所带给我们的那份经验，让我在人生的历程中不敢马虎和懈怠：日子，要好好地过。

年味儿

当手中的纸鸢随风飘向高处的时候，我没有了儿时的那种欢喜雀跃，我忘记了这是哪一年哪一天。但我知道，我已不再年轻，就像人到了生活旅程上的某个节点，厌倦了奔走和穿梭，对家乡、对童年产生了没来由的怀念和依恋。梦中多了一些场景，有了一些期许，人倏忽间就老了。

一个人，只有在历尽沧桑之后才会感到身心的疲惫、生活的无奈。当耳边又刮起凛凛寒风时，我感到了岁月的可怕，岁月就是杀猪刀。

小时候，单纯而幼稚，心地像天空一样湛蓝、高远，断不会有这样的感慨，虽然小时候的生活穷苦、物资贫乏。那时，盼过年，想过年，享受那份年味儿，成为每个人童年永不变更的美好记忆。

眼看着冬至来了，雪早覆盖了低矮的草房，近处的湖地和青翠的远山。已经开始数九，天际间时而传来爆竹声，清脆、入耳。这时我的心早已不知飘到何处，而心底早就氤氲起年的温暖，热盼着的年已经悄然走近了。

"三九四九不出手"，穿着棉袄、棉裤，戴着大棉帽，脚蹬母亲细密缝制的棉鞋，还是感到冷，耳朵早就冻了，手和脚也不能幸免。燕子河瘦成一条细线，河汊里的石簸箕结了厚厚的冰，调皮的孩子早已溜起冰来，三个一群，五个一伙。又是一个寒冬,冷得纯粹,可热腾腾的年味早已在这个山村弥漫。

一进腊月,母亲就开始张罗过年,劳累了春夏秋三季,盼着这年也该来了。

过年了,能和同伴在野地里、沟汊边尽情地玩耍、撒欢;能点放那些大的小的爆竹和五颜六色的烟花与旗火;能贴门对子、去拜年、挣压岁钱……想想就乐得慌,可心底最想的还是能够吃到平时难有的各种美食(姑且算美食吧)。

过年的吃食,数量还真不少,母亲开始数算,那边父亲拿笔记在纸片上,郑重其事。烙一盆煎饼,做一盖顶豆腐,炸几样年货,剁馅包饺子,蒸几锅馒头,煮一大盆猪头肉,买点馓子、山楂片、柿饼、糖块、瓜子,购几挂鞭炮,扯几尺布料做新衣,再写上几门对子……似乎积攒了一年的钱,都要在这过年的当空,尽情地花出去,这样才心安。

掰着指头算日子,数着也就到二十七八了,寒风依旧凛冽,吹打着树杈上的枯枝,"吱吱"作响。我躲在被窝里不愿起来,耳边早响起了母亲忙碌的声音。今天要炸年货了,平素给乡邻忙着写对子的父亲也腾出了手,给母亲帮厨。炸丸子、炸藕荷、炸馓子、炸花生米、炸鱼、炸虾、炸豆腐……父亲和母亲边拉家常,边准备材料,一会儿切切葱姜,一会儿镂镂萝卜,一会儿剁剁肉,一会儿和和面,忙这忙那,一点不乱。多少年过去,回忆起这样的温馨场景,想象着我们家庭的那份难得的幸福,那是村人对新年的一种期许,那是对岁月最好的祭奠。

父亲刷好地锅,生着火,把冷得瓷瓷实实的荤油挖进锅里,火苗舔着锅底,映红了父亲、母亲的脸。不一会儿,油香就在锅屋里散开,在天井里弥漫,穿过槐树的枝丫,飘荡在村子的上空,和炊烟一起融合、飘散,最后在蓝色的天空中消弭。这时母亲早把镂完剁好的萝卜和上面,再加点精盐、五香面、花椒,最后和成能搋成形的糊糊,在灶台旁等着下锅了。油热了,母亲娴熟地左手右手忙碌,一个个的小丸子扑通扑通跳进油锅,热气便在锅中升腾起来,笊篱来回地搅动,丸子也变得焦黄。那香喷喷的丸子就要出锅了,我们伸直脖子等着,馋虫早被勾出来,嘿!口水都流出来了。

母亲把到了火候的丸子用笊篱捞出来,放在底下铺着煎饼的筛子里。色泽金黄,外焦里嫩,不咸不淡,这丸子的香味,仿佛至今都没有消散。炸了丸子,吃了丸子,这年就真的到来了。

分田到人、包产到户,日子一天比一天好,这年货也日渐厚实,饭桌上的花样也繁多起来,原来没有的一些荤菜、硬菜都上桌了,羊肉、牛肉也偶尔能吃上了,春节,带给人们吃喝的崭新记忆。

幸福而美好的时日,让人格外怀念,而那些心酸的记忆也时常涌上心头。

听母亲讲,母亲嫁到村里来是1970年,又刚分完家,吃了上顿没下顿,孩子出生了,就靠就咸鱼泡煎饼长大。那时过年,能有几块咸菜吃就怪好了,记得后面胡同的二奶奶家,年龄和母亲一般大,是庄邻,辈分大,也是刚分家,一贫如洗,是母亲拿两块咸菜、一笊头子地瓜干给她,这个年才算有了滋味,说起这事,二奶奶就掉泪:"那时候的日子是太苦了。"

穷日子一个个地溜走,好日子慢慢来了,年景越来越好。

家里有点闲钱了,每家每户都要买个猪头、弄一套下水,煮煮冷了过年,这猪头冻真是美食,吃饭时,挖上一碟,卷进煎饼,抢上一棵葱,又香又管饱。也记不清是哪年了,父亲买来了猪头,可还舍不得早早煮了吃,就把猪头放在天井里那口瓷缸里，用大盆扣着。这样，我天天都盼着父亲赶快煮猪头，终于快到日子了，掀开大盆，一股臭味窜出来……那年的猪头肉终是煮了，不知道父亲把肉是洗了几遍、刮了几遭，但我吃起来总觉得不香，一种怪怪的感觉时常弥散在心头，那种感觉、那个场景留在了我的童年记忆中。

后来说起这件事，父亲早已经忘记，母亲倒记得清楚，母亲也没说什么，只是轻轻地叹了一口气。

吃炸货、包饺子、贴春联、挣压岁钱，和大人一起疯跑着这家那家地拜年，这些乐子都随着童年的时光一起慢慢流走。又在岁月冲蚀下静静地沉淀下来，成为一个符号，成为一种记忆，成为存储在生活深处熠熠生辉的珍珠。

二三十年过去，似乎在不经意间，饱尝生活滋味的我也人至中年，又快过年了，照例是包饺子、贴春联，不同的是父母亲年龄已经大了，围绕在他们膝前的是儿孙，而我们早已经过了挣压岁钱的年龄。每年春节，一个大早驱车回老家，带着父母，有时带着妻儿，爷爷辈的老人已经不多，父辈的叔伯，大伯八十四岁，已卧病榻两年，领着我们拜年的是堂哥，也快六十了。

奶奶是八十八老的，活了百岁的大奶奶去世也已两年，人在一茬茬地老去。拜年时，孩子都跟在后面，已经弄不清是谁谁的孩子了，儿时的欢呼和兴奋呢？我沉默无语。摆在桌上、放在瓢中的糖果、瓜子已经对孩子没任何吸引力。

逝去的是岁月，不变的是风俗，是那份传承，是那份深入骨髓的年味儿。就像每年都要上年坟，都要吃饺子，都要拜年。

今年，我还要回家，带着父母，回爷爷出生、父亲出生、我出生的地方——老家，过年，享受那年味儿。

永难忘却的思念

人有时候很无奈，因为生活，因为种种难以诉说的原因，光怪陆离的城市里，充满诱惑的陷阱。面对这些陷阱，心中更多的是无奈和难言的苦楚。人慢慢地长大，心也慢慢地变老，缺少了童年时的那种温馨和浪漫。是岁月把人磨砺得失去了锐气，丢失了向往，泯灭了才智。人就是这样慢慢变老的。

一

姐姐十三岁生病，二十一岁确诊为系统性红斑狼疮，然后是赴京用中医治疗，好在病情有了很大好转，可身体依旧很弱，各项指标依旧很低。尤其是昂贵的医药费，让家庭难以承受，可再难再苦也要撑下来，只要有一丝希望。

姐姐的性格像父亲，心里好像不是那么装事，对自己的病虽然担忧，可也没表现出特别的异常。我知道姐姐也是痛苦的，每天难以下咽的凄苦中药，一周半月就要查血的疼痛和奔波，再加上身体虚弱带来的无力和艰难的喘息，都折磨着姐姐。我和父母看在眼里，泪流进了肚子里。

生活像书页，有风未风都得掀起，明天的太阳照样炙烤大地，谁能阻挡这流逝的时光呢？1992年的那个冬天，与其他年份没什么不同，可我感到了彻骨的寒冷。在单位工作的我时时牵挂着姐姐，姐姐在家养病，病情可有好转？焦虑中的父母心里在想什么？

2017年12月21日的这个清晨，我一定要到一个地方去，因为那里安葬着我的姐姐，十年前姐姐在昏迷中离去，这十年苍狗月华、世事变迁，陪伴姐姐的是荒冢野草、雉鸡乌鹊，再有的就是我整个家庭的绵绵思念，这思念很浓烈，也很单薄，更无助。

昨晚没有休息好，梦中好像是到一个地方去，却总找不到自己的鞋子，怎么找也不见；又好像必须打一个重要的电话，却怎么都无法拨对号码。这样的梦境总是在我被急醒后结束，也是在我醒来才有后怕之后的释然。

清晨的空气带着肃杀，明天是冬至，而今天我要再次踏上这土地，为的是看望我长眠地下的姐姐，除了最近的几个亲人，还有谁会想起姐姐呢？

路还是那条路，窄窄的仅容一个人通过，枯黄的地扒秧子上附着一层清霜，寒气逼迫着大地，大地被冻得坚实，如同沉睡了一般。

远远地便看见几个圆圆的土堆，这是菜地，也是荒野，那个细小的坟墓里姐姐就睡在里面。十年了，往事清晰如昨，那痛，直入骨髓；那泪，咸了心房；那悔，至今萦在脑底。

二

姐姐在经历了生命中最为明媚的阶段之后，身体明显开始走下坡路。兰山第一医院的上官敏，在父亲每次去抓药的时候，总是反复地叮咛和告诫，这绝非危言耸听。

红斑狼疮这种疾病，因自体免疫的问题，在身体内部打仗，结果就是累及体内各个器官，肾脏最甚。

母亲不敢松懈，父亲不敢松懈，我更不敢松懈。姐姐的超市距离罗西中学不过二三百米，有时放学，我就去看看姐姐，也帮着卖些东西。姐姐的超市开得还算红火，搬到路西之后，生意还不错。姐姐整日地忙碌着，为了生活，也为了自己的家庭。

药万万是不敢断的，有一段时间，父亲联系到济南一个治疗狼疮的医院，开始吃起来效果还不错。于是我几次催着父亲去抓药，看着父亲踏上公交车，次次为姐姐的病而奔走辗转，我的心里涌上来的是酸涩和悲凉。

多少年了，姐姐十三岁患病，父母三十四，青春犹在；姐姐二十一岁病重赴京求医，父母四十二岁，人到中年；姐姐三十六岁离世，父母五十七岁，步入老年。如今，姐姐病故后十年的今天，我在凭吊已去的姐姐的同时，还面对着母亲患病的新痛，而母亲则承受着恶疾的折磨，这是命运的不公，老天单杀有情人。而父亲，又义不容辞地担起了照顾母亲的重任。

济南的诊所不知去向，去河南还是山西，我已忘记，肾脏萎缩，尿毒症的症状已十分明显，父亲和姐姐又延医问药，可带来的是难以逆转的噩耗，这病本来就是难以治愈的，我知道，可我心里还是莫名的失落，我后怕得厉害。

一直忙学校的工作，工作得并不如意，奸邪的小人让我在成长的道路上咀嚼了过多的苦涩，也历尽了曲折。姐姐也从开始的卖发卡小饰品发展到开小卖部，到开小超市，到租赁西朱隆老崔家的二层做超市。几次易地，搬来挪去，好在姐姐已经成家，嫁给张岑石的张建康，总算有了自己的一个家。应该说那几年是姐姐生命的时光中最为美好的一段时间，姐姐的身体也算稳定。其间，姐姐还拥有了自己的女儿张佳。为了照顾生意，也是为了姐姐，父母搬离二中，将两个超市合并，也为了给姐姐帮忙，吃住都和姐姐在一起。对这一点，我的想法很单纯，那就是照顾姐姐，想尽一切办法照顾姐姐，姐姐的身体一直是折磨我让我难眠的心结。

美好的时光总是易逝，人总是在机会失去后才后悔不迭，为什么不珍惜当初的岁月呢？

三

时间到了 2006 年，姐姐在喝了不知多少服苦涩难咽的中药之后，已经完全厌倦了这药水。父母怎么劝都无济于事。不知道是哪一天，姐姐迷上了螺旋藻这种保健品，推销保健品的那个妇女信誓旦旦，姐姐也相信了，这相信中间有的是对自己病情的担忧和对健康的渴望，有病乱求医，几次检查的指标都很差，姐姐晚上有时自己暗自垂泪，母亲告诉我这些之后，我心里更加焦急。

这病很凶险，不正规的治疗根本是不行的，可怎么劝姐姐？现在怎么办？走投无路的感觉噬啮着我的大脑，看着浑身浮肿的姐姐，拖着疲惫的身躯艰难地卖东西，我只能急忙地赶过去帮忙。

一段时间以来，因为父母的身体还算壮实，因为我的工作的繁忙，因为姐姐的身体状况看似平稳，也因为我的慵懒和懈怠，对姐姐的关心，我似乎仅停留在看望看望、叮嘱叮嘱，我和姐姐几乎没有真正地交流过，我走在姐姐心外面，我不知道姐姐那时内心的痛苦，这也是我永远不想原谅自己的地方。

　　当我和父母真正地后怕的时候，姐姐已经处在了危险的悬崖边上，大量的无序地吃药，所谓的保健品似乎已经激活了沉睡多年的病魔，狼疮细胞开始在姐姐体内肆虐，它极像无影无踪的穷凶极恶的饿狼，在吞噬着姐姐身体中的每个器官。

　　中药还是吃着的，似乎是从上官敏那边拿来的。可我看到姐姐几乎没有力气照看生意，中午放学过去看看，姐姐躺在床上，下午放学，我过去看看，姐姐还是躺在床上。父亲阴着脸，而母亲几乎愁得要哭出声来。

　　这时我想起，前段时间姐姐忽然听不到什么了，咳嗽也更厉害了，是不是都是这病闹的。必须上医院，姐姐的病情已经不允许有任何的拖延和耽搁，不管什么情况，必须抓紧时间治疗。

　　姐姐的身体机能太差了，她一直贫血，后来一段时间指标不错，有一次病情的反复，在输了血之后，指标有好转。可这次吃了这么多服的中药并输血之后，血液的指标丝毫没有好转。这让我惊惧、担心，也让我害怕。

　　住进了市人民医院，医生给出的诊断就是很严重，随时都有生命危险。怎么办？怎么办？市医院的治疗方案和十几年前几乎没有改变，这令人绝望。

　　我和父母束手无策，没办法，我把希望又一次寄托在了远在北京的新兴医院，十几年过去，新兴医院或许会有了更好的治疗方式了吧。同父亲商量，只能这样做了。于是，在十五年之后，2007年11月10日下午七点半，姐姐、父亲和建康踏上了北去的客车，我开着车送姐姐到车站，姐姐的身体已经很弱，我真的担心姐姐能否坚持住，这长途的奔波给我、姐姐，这个家庭带来的是不是希望呢？我心里渴盼着。

四

我不知道在北去的列车上，父亲会有怎样的思绪，那些年，我感受到的是父亲的白发多了，父亲和母亲更多地承受了这家庭的不幸。面对这不幸，父亲从没有抱怨过，我知道，只有一个原因，那就是他是父亲。

"记得到那边给我电话。"我叮嘱父亲。父亲来电话了，庆幸的是安全到达了，也找到了新兴医院，找到了朱楚汉院长，可带来的是坏消息，姐姐的病情很重，朱医生说，如果提前打电话的话，医生会建议不要来了。意思太明显了，姐姐病入膏肓，很难逆转。

接这个电话的时候是在学校，时间是在期中考试，我的泪下来了，我可怜的姐姐，我不幸的家庭哟！

没办法，还得治疗，想在新兴医院治疗，竟然没有输血的资质，这可出乎意料。

在北京，姐姐忽然进入了幻觉状态，好像没有了什么意识，浑身处于混沌、虚无之中，身体很轻，好像就快不行了。那种感觉我无法感受，但在姐姐心中或许是绝望，从父亲给我拨来的电话中，我感到了巨大的危险。这样的情形其实早已发生过一次，姐姐在超市里，经受着病痛的折磨，正躺在床上，就是忽然进入了这种状态，父亲赶忙打电话给我，其时我正在主席台上主持会议，我匆忙赶到超市，姐姐已经从这种状态中恢复过来，昏昏沉沉地半倚在床上，脸色焦黄、浑身浮肿。

如果不是绝望无助，姐姐怎会想着找她的弟弟？十年后的今天，在我沉浸在回忆的痛楚之中，想起这两件事的时候，一个词倏地闪在我脑海里，那也许就是一种濒死的状态，或者就是狼疮细胞侵犯大脑造成的一种幻觉吧，可怜的姐姐。

新兴医院里不能输血，没有血源，更没有那个资质。姐姐的病情很危急，新兴医院的医生也是束手无策。没办法，已经是穷途末路，新兴医院联系了301医院，给姐姐输完血，父亲就考虑到这种情况下待在北京已经无济于事，又别无他法，只能返回。

11月21日天还没亮，怀着悲痛，压抑着悲伤，姐姐和父亲、建康从北京千里迢迢，返回了家乡。回家来了，母亲号啕大哭，而姐姐病重的身体更让人心碎。姐姐的身体虚弱不堪，病不能耽搁，在家休养了一天，我就联系出租车，抓紧时间送姐姐到临沂市中医院，那时我们心里还幻想，通过中医的治疗和调理，姐姐也许会转危为安吧。

五

姐姐的病真的很严重，姐姐住进了中医院，建康一直陪护着。我抽空就去探望，父母还在超市里忙碌，维持着超市的运转。我骑着摩托车进城，前去探望姐姐，姐姐的状态还可以，主治医生却私下里告诉我，目前姐姐的身体状况很差，属于尿毒症晚期，随时有生命危险。我心里又是一凛。

姐姐身体很差，耳朵也聋了，早配的助听器总是嗡嗡地响。姐姐想着换一个新的，或者调一调。这个愿望当然得帮着姐姐实现。于是，我骑着摩托车，带着颤巍巍的姐姐到沂州路，去调试助听器。

姐姐的身体状况，最直接的表现是极度贫血，肾脏已经萎缩，血沉很高，血液中尿素很高，已经有四个加号。中医中，肾生血，姐姐身体的造血功能已经很差，自身肌体的造血已无法维持。现在又面临着输血，中医院的技术到底是差了些，在准备输血的时候，医院里检查了几个指标，配型不合适，说有抗体，不敢给姐姐输血！

接受中医治疗的希望彻底破灭，怎么办？再转市医院去。

那是一个清冷的上午，时间已经是初冬，寒意袭人。在转了一整圈之后，12月13日，姐姐又转到了市医院，这次真的是毫无办法了，姐姐走进了死神所设的牢笼里，我们全家眼睁睁地看着姐姐走向死亡，却无能为力。

2007年的日记有着对姐姐病情断断续续的记录：

2007年11月1日，凯旋她姑因病去市医院输血。

2007年11月2日，心情依旧沉重着，昨天，姐姐到市医院输血，颇费了些周折，而最让人揪心的还是她的病情，我在无奈的思绪中只能内心承受着深深的苦楚，怎么才能使她的病有所好转呢？中午看姐姐，躺在床上；下午放学去看，依旧在床上，看到她精神好了一些，心里才略略宽慰了些。

2007年11月4日，心中充满一种难过，空气中弥漫着一种哀愁，我真不知道该怎么办，看到姐姐躺在床上，吃那么少的一点饭，心中流泪，我无法用笔记下我的心情。

……

2017年12月24日，在姐姐去世十周年后的第三天，我写下纪念姐姐的文字，翻出我曾经的日记，我泪如雨下，我无法再读下去了，泪水无法控制，我的眼睛模糊地看不清东西。

六

姐姐去世了，在十年前那个冬日，这十年里，我一直不敢提笔，我怕我不能控制自己，我的泪我只能留在心里。多少个夜晚，在睡梦中与姐姐相遇，梦中的姐姐健康快乐。有时候也梦见姐姐苍白羸弱，无力地向我求助，而我无论怎样努力都无济于事，最后是我在恐惧中醒来，满脸的泪水。我知道，受煎熬的不仅仅我自己，还有父母，每一个无眠的夜晚，父母该怎样度过？我内心的痛又向谁倾诉？我无助且孤独，我唯一的亲姐姐的离去，让我在这个世界更加孤单，那个冬天好冷，寒入骨髓。

我以为时间能疗治所有的伤痛，岁月能磨蚀人间最绵长的思念，我现在知道，那不过是自欺欺人而已。压在心底的痛楚像血液一样在身体里奔涌，脆弱无比，一次不经意的触碰，都会让你鲜血淋漓、痛苦不已。

每至清明节，我都会去看望姐姐，我知道在天国的姐姐正看着弟弟，她会原谅弟弟对她所有的"冷漠"和"不恭敬"，也会默默地祝福她的弟弟。

2007年12月21日凌晨2点30分，姐姐停止了她艰难的呼吸，也挣脱了折磨了她23年的病魔。我知道，这是一场战斗，这场战斗旷日持久，从十三岁开始，魔鬼就潜藏在姐姐的身体里，疯狂地咬啮着姐姐，不断地打针、吃西药丸、喝苦涩的中药液，重复地检查，这是一种怎样的日子呀！生活、事业、爱情，对于姐姐来说，这一切不是奢望是什么！作为弟弟，我爱莫能助，我只有担忧、牵挂。

姐姐在这场马拉松般如同炼狱的生活中最终付出了她全

部的青春，三十六岁，还是如花的年龄，这是上苍的冷酷，它无情地攫取了姐姐年轻的生命，给我和我的家庭带来永远的伤痛。

可我感觉，姐姐是胜利者。她用她的坚强和执着，用她的信念和力量，创造了属于姐姐自己的奇迹。十三岁患病，二十一岁赴京治疗，命悬一线，其间收获了爱情，拥有了自己的事业，也享受到了被呵护疼爱的幸福。那个温暖幸福的家呀，有建康、有佳佳，尽管短暂。

历尽了苦，也看透了生，即使在即将离去的日子里，姐姐也没有放弃对生的渴望，当然，姐姐也没有畏惧过死亡。姐姐在弥留之际，神智还算清醒，我避讳那个字眼，告诉姐姐：你放心吧，我会照顾好父母和佳佳的。姐姐断续地说：我都死过一回了，我不怕死！

我坚强的姐姐，似堂堂正正、铮铮铁骨的七尺男儿。

七

面对姐姐，姐弟情深，思念痛惜之情自不待言。父亲母亲何尝不是如此，看着自己的骨肉经受着痛苦，心如针扎。母亲因姐姐的病愁苦不已，想法治疗，用心呵护。姐姐不想吃饭，母亲想尽办法，那溺爱，像一个年轻母亲面对一个孩童。

这是母亲永远的痛呀，

姐姐的不幸，是我们家庭的不幸。我也知道，这样的不幸每日都会上演，1992 年和姐姐一起住院的病友几乎不久就离开了人世，就连磊石村四姨姥的侄女，病情比姐姐轻得多，都因呼吸衰竭而死亡，面对这些，姐姐又是不幸中的幸运者。

系统性红斑狼疮，其实是一种至今都无法清晰了解病因的疾病，对它的治疗尚还在摸索之中，患此病，能生存十五年，也是怪长的了。

在很多时候，我在想，家庭里用全力治疗，钱花了，活过这十五年，怎么说都是赚了。在姐姐患病的这些日子里，有父母呵护着，有弟弟疼爱着，姐姐是幸福的，姐姐是幸运的，生在我们这个家庭。

姐姐去世前的那天，大雾，迷住了我前面的路，宗敏驾驶的乐驰竟驶过了两个路口，这是冥冥之中姐姐不愿离开吧！在病房，看姐姐气若游丝，医生宣布不治的时候，泪水模糊了我的双眼。可我也必须冷静下来，送姐姐回家。

120 车带着姐姐回去了，可乐驰车竟然没电了，这也是冥冥中的安排吧！焦急中联系 4s 店，通电打火，车能开了，而我还要想法租借氧气瓶，我不想姐姐在更大的痛苦中离世。

终于到了姐姐的家，姐姐躺在床上，呼吸越来越弱。在姐姐生命的最后时刻，父亲陪伴着她，建康陪伴着她，建国弟陪伴着她。

父亲打来电话，姐姐已经离世。我和母亲赶到时，姐姐的身体还是温热的，给姐姐穿上衣服，我的心里默念着：姐姐你走好，走好。离开这地狱般的世界，到没有苦难和病痛的天堂去。

21 日凌晨去世，送信，下午火化，第二天姐姐就依着母亲的安排，用基督教的仪式为姐姐做了超度，我知道姐姐的灵魂一定会升入天国。姐姐的骨灰安放在张岑石家南的菜园里，并没有入张家的林地，这是我开始所不知的，这其中的缘由一言难尽。不过，姐姐并不孤独，那小小的坟冢前是一条小河，再向南就是沂河路，做弟弟的会经常探望姐姐的。

八

十年了，我已经四十五岁，姐姐还是那么年轻。岁月吹皱了我的脸，吹老了我的心，可没法拂去我对姐姐永远的思念，这思念像老家的榆树，时间愈久，叶愈茂，根愈深。

姐姐已化作一抔黄土，而我的家庭的悲痛和思念依旧绵长，睡梦中，是姐姐的音容笑貌；行走时，是姐姐躺在床上痛苦的样子；坐在教学楼的台阶上，想到我与姐姐已经是阴阳两隔，泪又下来了。

在姐姐去世后的那段时间，父母更是如此，超市还得运转，日子还得过下去。物是人非，触目伤怀，我的泪又簌簌落下。下班后，看望看望父母，无言，劝慰是没用的，只有时间才能带走一切，曾经的痛和曾经的幸福。

不断地做梦，不断地做梦，梦中有姐姐，笑得灿烂，脸色红润。我说："姐姐，你不是好好的吗？不要离开我们。"转眼间，姐姐已面色焦黄，我急急地拉着姐姐去医院，惶急中打电话，可总是按不对号码，我急哭了，哭出了声来，宗敏推醒了我。

又一个晚上，我刚躺在床上，就感觉身体轻飘，好似灵魂出窍，身子似乎不受大脑的支配，我后怕起来，攥紧了拳头，心里发狠般地告诉自己，要坚强起来，一定要坚强起来，我不能垮，我身上的担子太重、太重。我用力地伸展胳膊，做扩胸的动作，一会儿，我的身体才恢复正常。

我不能再沉浸在悲痛之中了，我必须振作起来。我强迫自己沉浸在工作中，强迫自己不去想，这样思念才会暂时地从我的心海退潮。

十年了，我在孤独中生活，为了家庭，为了父母，必须坚强地活着。我知道我想把思念变作文字，我一直想写下姐姐曾经带有苦涩的岁月，可我不敢动笔，我怕我的泪水再次模糊双眸。

这一等，到了十年后，十年了，我用文字写下了对姐姐永远的思念，永远难以忘却的怀念。姐姐，在天堂的你也会想着你的弟弟吧，还有佳佳，还有父母。

弟弟永远思念你，你知道吗？

2017 年 12 月 17 日动笔
2017 年 12 月 28 日完稿于盛世沂城

归去

——纪念母亲在天之灵

一

母亲在病痛的折磨中咽下最后一口气，安息在她生活了近半个世纪的土地上。作为她的儿子，目睹了母亲罹患疾病到求医治疗到日渐衰弱的整个过程，心中的哀痛和绝望自不必言。人生中最大的痛苦莫过于看着自己最亲的人在自己的怀抱里凋零飘散，自己却没有任何办法，那种感受甚于刀割。

办理丧事期间，母亲的妯娌，增亮三伯母过来，说了一句话：好人不长命。这让我心痛如绞。母亲是一个善良的人，在她几十年的人生中，她用她的善良、正直、宽容，还有她的聪慧、勤劳和隐忍，获得了近邻们的尊敬和拥戴、褒扬和赞许，这一点我引以为傲，母亲也很骄傲。

母亲的命很苦，苦在八岁就没有了娘亲，没娘疼的孩子，在成长上必然会更加坎坷，在那缺衣少食、混乱不堪的二十世纪五六十年代，况且我的姥爷，一个国民党的逃兵，在自己的一个儿子夭亡之后，好吃懒做，整日酗酒、酗酒，为我母亲和家庭的不幸埋下种儿。

没娘的孩子早当家。母亲在姥爷的责骂里、后老伎的白眼里成长，幼小的心灵里经受了多少苦，我做儿子的无法想象。

在母亲患病的日子里，我陪护在母亲身边，每逢母亲身体略微舒服的时候，我就会同母亲聊起过去，母亲也总会不厌其详地讲给我听。姥爷是独子，早早没有了爹娘，西院的陆老嬷嬷，是个有儿有女的老人。可她视母亲为亲孙女，她疼爱母亲比亲人更甚，因为她知道没娘的孩子的内心里的那份苦楚和期盼。

我亲老佬是老大，是西磊石老王家，那是一个妯娌达七个的大户，老老佬在二十世纪九十年代还康健，据说活到了九十多岁。可惜，老佬命苦，撇下她唯一的女儿离世，离世时也不过二十七八岁。这是母亲永远的痛，永远的痛。

我的几个姨姥佬，她们都活得很好，这是她们该过的日子。二姨老佬是西朱隆老崔家，母亲说，二姨老佬要拿母亲当女儿来养的，可后来不了了之。想想，人家自己有一大帮子子女，谁还会想着自己的那所谓外甥女呢！人总是很现实的，正如这个社会。三姨姥佬我见得少，是张小庄张自富家，母亲倒是常去看看，那是早些年的事了，这些年母亲去得少了，一是三姨姥家住临沂曹王庄，来去一次多有不便，二是等到做儿子的想带着母亲去转转的时候，母亲又生病了，母亲也就打消了去探望的念头。四姨姥是本村老林家，林现峰曾是我的学生，也是我的大舅，四姨姥也就和母亲一般年纪。五姨姥家是官庄，老方家，我从没有过去五姨姥家，从未去过。因为家庭的贫寒，我的大舅姥爷一生未娶，他对母亲很好。我接触最多的就是我二舅姥爷，母亲的亲二舅，二舅姥爷的年龄，估计比母亲大不了多少。

现在母亲离开我走了，没有一句告别，没有一句嘱托，我想起这些，就分明地感受到一种无奈，一种事事不如人的自卑。这种自卑压在我的心底，无人知晓，可它总是在无人的夜晚或孤独的时候悄然滋长。自姐姐去世后，这种感觉就更加明显。

母亲说，陆奶奶对她很好，就像她亲奶奶。十七岁的母亲早早地找了婆家，十九岁就嫁出去了。每逢从涧头回娘家，陆奶奶总会亲热地喊："嘿，这黑景芝回来了。"眉眼里满是爱怜和亲近。

我对陆奶奶没有什么印象，只是听母亲说陆奶奶心地特别善良，老佞身体不好，老是心口疼，兴许是姥爷气的，听母亲说，老佞在月子里的时候，姥爷就整日打骂她，这样的日子对一个妇人来说是何等的不幸。老佞要离开家出去，或者是出夫，或者是看病，天还没亮，陆奶奶已经烙好了油饼，让老佞吃，还让老佞带着，这是一种超越亲情的真情，有陆奶奶的呵护，是母亲失却亲母的不幸中的幸运。

老佞去世太久了，我无法猜测当时会是怎样的情景，一个八九岁的孩子，也许对失却母亲并没有特别特殊的体验，但在其懂事之后，那种彻骨的痛楚会让人铭记一生。在陪伴母亲的日子里，我多次听到母亲的絮叨，语言平缓，神态平静，仿佛在诉说一件与己无关的故事。我知道，那是岁月磨砺之后的淡然，已近古稀的母亲怎能不知道这是人生中极其平常的事情？生老病死，这本就是人生的常态。

二

年轻的母亲经媒人介绍，在十九岁的时候嫁给了父亲。我见过母亲年轻时的照片，清瘦，说不上漂亮，但干净利落，目光中透出坚忍与倔强，这与母亲的性格相似。结婚的第二年分家，家中空无一物，母亲没有抱怨。母亲妯娌几个，因为性格的不同，或者说因为人品的高下，经常因为爷爷奶奶的所谓"偏心"——或分家时谁家东西多、谁家东西少而闹得不可开交。母亲没有那样，幼小就遭遇不幸的母亲更能感受到世态炎凉，母亲宽容，也能忍让。尤其是因为父亲，父亲是其弟兄四个中最为老实实诚的，心眼实，认死理，说话直来直去，不会拐弯。因此，在爷爷奶奶的心中，父亲是最没有分量的，也是最可以怠慢或忽视的一个儿子，爷爷的把兄弟杜景亮家里，甚至在不同的场合说父亲是"二憨子"，在这样的境遇下，作为儿媳子的母亲吃亏最多、隐忍最多、暗自伤心流泪最多。

　　这就是母亲，隐忍、宽容的母亲。我日渐长大，懂事渐多，我内心佩服母亲，是母亲的隐忍换得了家庭的和谐与宁静，尽管在这个大家庭里，浊流暗流涌动，可都没折腾出什么大浪。可我也不欣赏母亲的过分隐忍，吃了亏，咽在肚子里，心中的块垒长期郁结在胸中，身体会不舒服，人也容易得病。

　　在我幼时的记忆里，依稀还存储着关于母亲生病的点滴信息，那是母亲心脏不好，总是心慌，导致母亲身体虚弱。治疗自然是必不可少，其中每天都要吃猪心来滋补身体，年龄尚小的我只是贪吃，却根本不知道母亲正经受着病痛的折磨。

　　再往后清晰的记忆里，是晚饭后或月朗星稀或漆黑的不见一个星星的夜晚，母亲领着姐姐去舅奶奶家聚会，其时母亲背上还有一个幼小的我。深受心病折磨的母亲皈依了耶稣，信奉了基督教，也给母亲带来了新生。

　　从这以后，母亲的病渐渐好转，那些邪魔鬼祟再也无法走近母亲，母亲的身体和精神同步好转。几年的含辛茹苦，我渐渐地懂事，我们这个家庭的日子也渐渐好转。

1978 年以前，父亲在十一生产队做会计，后来村里招民办老师，父亲就当起了老师。1982 年父亲考入费县师范，全家都很高兴，尤其让母亲自豪的是，父亲以高出录取分数线近 70 分的成绩被录取，这在坊间传为美谈。其实母亲最清楚，为了考学，父亲是做出了怎样的付出。

日子一天天地过，就像太阳每天都升起再落下。父亲上学的那两年，母亲过得很苦很累，虽然父亲周六周日能回来干活，虽然三叔四叔还有我的几个堂兄给帮忙，但让母亲一个女人操持家内家外的事儿，包括那些累人的农事，母亲干得很拼命，也很辛苦，也使身体落下了伤痛的病根。

天有不测，我至今还记得，那是 1984 年春日的午后，我们全家在北沟崖麦收，母亲忽然发现姐姐的眼白发黄，姐姐生病了。姐姐从十三岁患病，到二十一岁赴京治疗，到三十六岁在全家的泪水中离世。这二十五年，母亲和父亲身上承受了多么巨大的痛苦呀！眼看着自己的爱女生病，每日吞咽那苦涩的药水，病情却不见好转，母亲不知掉落了多少泪水。

在母亲父亲的精心治疗和照顾下，姐姐的病情一度有很大好转，这让我们全家欣慰。2000 年左右，姐姐出嫁了，然后有了佳佳，其间在父母亲的协助下，姐姐的超市开得红红火火。

姐姐的病在那里，虽然吃着中药，不间断地检查和治疗，可姐姐最终还是在病魔的淫威下败落。2007 年 12 月 21 日，姐姐的病终于不治，无奈从市人民医院回家，凌晨，姐姐在她张岑石的家中病逝。

姐姐的离去给母亲带来的打击巨大，直到过了两三年，母亲才从伤痛中渐渐走出来……人生中太多的忧伤和无奈，母亲在五十八岁的时候失去了爱女，这让我们全家沉浸在无限的悲哀之中。上帝，对母亲、对我们全家不公。

日子还得继续过下去，应该说姐姐走了，母亲是万分悲痛的。可是，母亲也从照料姐姐的劳累中解脱出来了，离开了超市，母亲和父亲重新拾掇起已经生锈的农具，又开始了他们曾经的劳作。

三

细细回想起来，母亲最幸福的时候，也就是最近这些年，我的工作平稳，宗敏也懂事孝敬，凯旋考学，渐渐长大成人。母亲和父亲，每日回家耕作照看那几亩田地，每天，父亲骑着三轮车带着母亲，回老家，那山青葱、水潺潺的老家；那庄稼绿油油、野鸡呱呱呱的老家；那记录了他们的青春和梦想、痛苦和酸涩的老家。

母亲现在走了，我的生命中最亲近的人。我的世界里再没有了母亲的欢笑和叮咛，没有了母亲的担忧和牵挂，也没有了母亲的自豪和骄傲。母亲在尝遍了人生的所有苦痛之后，带着遗憾和牵挂走了。我作为她现在唯一的孩子，我伤心、流泪，可我还得坚强起来。我知道，母亲的在天之灵，也会让我振作、坚强，我不能让母亲失望，我也不会让母亲失望。

回顾母亲的一生，我痛心于母亲一生的艰辛，一生所受的苦和难，上天怎么能把这么一连串的不幸生生压在母亲羸弱的肩头，让她遭受如此多的苦痛，咀嚼如此多的哀愁，并让她罹患恶疾，并夺取她脆弱的生命？

　　我知道，人生无常，所谓的"好人一生平安"，有时就是那绚丽夺目的肥皂泡，那只是对善良的人的一句美丽的期许而已，这是不能当真的。有时我就在想，母亲为什么会患这样的病？对于这些，我不敢妄测，可母亲的隐忍，母亲的那种不服输，那种"打碎牙齿和血吞"的个性，那面对生活中的不幸，流泪独自忍受的性格，对母亲的身体都是一种折磨，有时候也是一种虐待。

　　母亲识大局、顾大体，虽为女性，但看事长远、透彻，有着很多男人都做不到的优秀品格；母亲做事公道，不像一般的女人，好张家长李家短地惹是生非，面对乡邻的信任，能守口如瓶。母亲聪慧，做针线活，裁衣服、绞鞋样，扎扫帚，勒盖顶，都做得又美观又实用，为村人称道。

　　可以这么说，母亲，一个普普通通的农村妇女，用她的为人和聪慧，为自己赢得了尊重和赞许，也获得了乡邻的爱戴和怀念。母亲只是有着三年级文化的普通妇女，可她也是千千万万为着社会的和谐与进步奉献了属于自己的青春和热情的中国人的一员，她平凡，同样也很伟大。

　　母亲的故去，是我们家庭的巨大不幸，我从此是一个没有母亲的人了。应该说，自母亲查出患癌之后，我的心情一直悲观郁闷，我和父亲都在尽力给母亲治疗，可面对小细胞未分化癌这凶残的敌人，医院乏术，我们无奈，只能做一些保守的治疗。面对母亲，我们还得强颜欢笑，时刻安慰母亲，而不敢和母亲做深入的交流，这种矛盾心情一直伴随着我，直到母亲遗憾地离去。

　　母亲走了，留下了我对她的绵绵思念，母亲的音容笑貌还深深地铭刻在我的记忆里，永远不会淡薄。母亲走了，带着对人生的眷恋和无奈，我有时在想，母亲哪怕是再多活几年也是好的，我也好好尽我的孝心，我要用我的孝心弥补母亲一生的不幸和苦难，可是，人生如此，子欲养而亲不待，让我情何以堪。

四

母亲走进涧头王家的家门最初的那段日子，生活是苦涩的。因为贫穷，因为一个大家庭的争争吵吵，可母亲是面上含笑的，无论是在生产队劳作的日子，还是父亲外出上学母亲独自在家支撑的岁月。母亲始终相信，日子只要好好过，就一定会过好。

母亲的诸多性格中，最大的特点就是聪慧，母亲是老佟留下的独女，虽是姑舅亲，可母亲是少有的有办法有主见的家庭妇女。在困难的日子里，母亲能想方设法填饱肚皮，更能把难以下咽的饭菜做出孩子们喜欢的花样。在种地方面，母亲甚至比父亲更会琢磨如何让地高产，在种黄烟的日子里，是母亲教我们捡烟、抒烟，并每每卖出较高的等级。在秋后无事的日子里，父亲带着母亲走在田间地头，那迎风飘扬的野麦，就是母亲做筶帚最好的材料。大小不一粗细各异的高粱樟，在母亲的一双巧手底下，变成大大小小平整的盖顶，勒成耐用的笓篱，尤其是母亲用小刀刮出的高粱篾子，编成了席角子、蝈蝈笼子，让我们这些孩子爱不释手。

在做吃食方面，母亲更是拿手。过年的炸货，母亲能做出十好几种，就是那些鸡骨头、兔骨头，母亲都能用铁杵捣碎，做出可口的丸子来。母亲未嫁之前，每逢二七磊石集，母亲总是随着姥爷炸丸子卖，这是母亲最初参与的小买卖，这段经历造就了母亲在买卖方面的天赋。

受儿时卖炸货的熏染，母亲特别喜欢卖东西，家里的土特产吃不了，母亲就会赶集去卖，在生意的买卖和讨价还价之中获得快乐，而不像有的人，天生就不愿和陌生人打交道。在我的记忆里，初夏季节，红红的樱桃早缀满枝头，在喜鹊也来凑热闹的时候，父亲就早早起来，小心地将这些红珍珠摘下来，放进篮子，篮子上面用樱桃叶遮盖着，早饭后，母亲就赶集去了，卖掉樱桃，换回各种我们喜欢的吃食。母亲还买过葡萄、香椿、白薯秧，包括自己精心扎的筶帚、笊头子、盖顶等等。

父母离开那因姐姐去世而留下伤心泪水的超市，重新走进了他们曾耕种多年的土地，侍弄起心爱的庄稼来。于是母亲又赶四集，卖起小米、地瓜。小米是纯山地春小米，地瓜是黄瓤和紫薯，近些年很受宠的绿色食品。

今年的雨水不太好，谷子是耩了两遍，趁下雨，又补栽了一遍。尤其是一方地的谷子，长得齐整，穗子大得像狗尾巴。在揪谷穗的时候，母亲已经虚弱得无力下地，可她坐在车里，眺望着她和父亲种下的谷子，满眼里是自豪。

我满心地以为，今年的谷子和地瓜还是由母亲来卖，母亲的心情好，有利于养病，我的盲目的乐观给我带来终生的遗憾。母亲在揪谷子的第三天猝然辞世，我再也没有机会孝敬我可怜的母亲了。

五

母亲也没有想到会急匆匆离世，母亲知道自己的病很重，可表现得很坚强，也表现出乐观和积极的应对态度。病很凶险，这个恶魔悄无声息，杀人于无形。"十一"假期里，收拾母亲遗物的时候，心里潮湿而酸涩。我心里默念着，母亲呀，母亲，您离去了，可您的生活的痕迹仍在，一切如同在昨天，若时光能回到过去，我一定会在您的身边陪伴您，悉心地照看您，还是同您聊那遥远的过往。

往事不堪追忆，母亲是升入天国的人了。我欣慰的是，整个母亲生病的过程，父亲都尽心地陪护着，尽着丈夫的职责。尽管依着母亲的性格，对父亲的诸多做法都不顺眼，可父亲还是任劳任怨，父亲也受了太多的苦累，我的父亲是伟大的，值得敬重的父亲。

母亲走了，留下的是我绵绵的思念和无垠的追忆。母亲的患病，母亲的离去，何尝不是因为家庭，家庭生活羁绊着母亲，繁重的农活劳累着母亲的身心，照料和担忧姐姐的病，有时我也不够听话，时而惹母亲难过。母亲一生都在劳作，在田地里，在厨房里。年少时卖炸货，少不了烟熏火燎；成家了，照顾家庭，一生没离开灶台；在二中开小卖部的日子里，母亲每日里炸串卖，为的是多换些钱，让姐姐的日子更宽裕些。这些因素，细想想，直接或间接地成为害死母亲的罪恶。

母亲离去了，有太多的不舍，有太多的牵挂，有太多的遗憾。我是她的儿子，我一方面痛苦着母亲的不幸，我们家庭的不幸；另一方面，我为母亲的一生而自豪，母亲用她羸弱的肩膀，同父亲一起顽强地支撑起了这个家，让这个家温馨且祥和。母亲用她的人生智慧影响和教育着我，让我在普通繁杂的教师岗位上健步成长。母亲用她的睿智和宽容感染着她的儿子，使得她的儿子不太平庸。母亲一定会为她儿子的成就而自豪。

　　母亲最大的成功和最大的遗产就是她的人生态度影响着她的孩子，让她的孩子走勤奋、正直、宽容、向上的路，让她的儿子知道怎样面对生活、怎样面对人生、怎样面对坎坷和挫折。从这方面来说，母亲已经把善良、聪慧、勤奋和乐观传递给了她的儿子。

　　一个母亲，留下了她唯一的女儿，令她骄傲的女儿；一个母亲，养育了她唯一的儿子，令她骄傲的儿子。

　　这就是亲情，这就是继承，这就是绵延不绝、生生不息。

　　母亲，您安息吧，您永远活在您的儿子心里，永远，永远。

第六辑 岁月

岁月无情，它带走了我的青春，催白了我的头发；岁月有情，它让我懂得了什么是人间至爱、什么是生活。感谢岁月的磨砺，让我不断地成长；感谢岁月，让我的人生因写作而不再单薄……

驱鸟记

湖里的庄稼噌噌地拔节，眼看着谷子也渐渐露出了狗尾巴——谷穗还不大，浅绿的颜色，毛茸茸地带着清新。谷穗们高跷着头，有些趾高气扬，有些谷穗的身量还不太大，分明还没有长成个，有的谷穗就早早地谦虚地低下头，一个个金黄的谷子籽粒就这样在阳光和雨露的滋润中生长、膨大，直到秋日的收获季节来临。

母亲一直在住院，没有了原来父母每天都回家劳动一会儿的方便，谷子们好像受到了冷遇，可鸟雀们对它们的热情一如既往，又到了人鸟大战的季节，老家的乡亲们开始了他们一年一次的驱鸟大行动。

在过去的很长一段岁月里，麻雀是人人喊打的"四害"之一，时过境迁，麻雀也成为国家二级保护动物，这身份分明尊贵了许多，可这掩盖不了农人对它的厌恶。入伏了，雨势明显地大了，雷声也明显地响了，今年的夏天，异常的炎热，热得人们不想下地。可谷子们，气势如虹地生长起来，这谷子，本来就属于草性，多雨高温正符合它的性格。一入夏，谷子一天一个样，今年的谷穗绣得格外整齐，长势分外喜人。

谷子的籽粒还没有充盈，成群的麻雀早已行动起来，人还没有到地边，就远远地听见麻雀的聒噪，它们似乎也在进行着一场大聚会。

用捕杀的方式驱鸟明显是不行了，可也不能眼睁睁看着鸟雀们肆无忌惮地糟蹋粮食，要知道，一大群麻雀，足足有几百上千只，这些灰黑色的鸟们，飞起来黑压压一大片，落在谷子地里，小半天就能将谷粒啄食干净，再高产的谷子也经不住这样损耗呀。

面对鸟雀的侵害，农民们也是各出奇招、大显身手。

父亲在驱鸟这事上也是做足了功课，用足了功夫。刚开始种谷子那两年，父亲主要采取扎稻草人的方式来吓唬鸟雀，在地里、地边竖上木棍，木棍上方加上一个小的横木，然后找平时不穿的衣服精巧地挂在上面，木棍的最上面还顶着一个破毡帽，这样一个稻草人就做成了。稻草人立在地里，远远地望去，确实也像一个人立在田里。麻雀们开始是不敢靠近谷地的，它们"叽叽喳喳"在远处的杨树顶上观望，也有的在靠近山边的松树丛里低飞，始终不敢靠近谷子，更不敢去啄食谷穗了。

鸟儿好像也很聪明，这种把戏哄骗不了鸟雀多少时日，十天半月过去，麻雀早已经摸透了这些假人的底细，丝毫不畏惧这些假式假样的人儿。它们在这些稻草人中间穿行，有几只麻雀竟然立在稻草人的草帽和袖口上，叽喳喧闹，蹦来蹦去，很是得意。

这方法治不了家雀，只能再觅他法了。于是父亲又买来那种成捆的玻璃纸，这种纸就像锡纸，在太阳的映照下闪闪发光。把玻璃纸东拉西扯地在地里到处缠绕后，向地里瞧去，玻璃纸在阳光下直闪人的眼睛，风儿一吹，整个谷地里更是充满了刀光剑影，炫目异常，鸟雀们许是怕了，很长一段时间不敢到地里来作孽，谷子们好像躲过了这一劫。

这是父亲最初用的两种驱鸟的方式，有效果，可感觉还是不行，母亲也对这种驱鸟方式存有疑虑。每次到地里查看，总有几只胆大的鸟儿依旧撒欢地啄食着饱满的谷粒，细细地瞧去，靠近地边的部分谷穗，已经被鸟儿啄食得只剩下谷脑儿，这损失可不小。尤其可气的是，谷子地的下边有几株高大的杨树，人来了，鸟雀忽地蜂拥般飞至杨树林，还挑衅般叽喳不停，人刚离开，鸟儿们又倏地落在地里，放肆地啄食起来。

该用新的招数了。农民们在生产过程中也是不断改进做法。近两年，人们都开始用塑料网子了。大大的塑料网子，网格不大，麻雀钻不进去，而宽度正好能覆盖整个谷地，覆盖时用几根比谷子稍高的木棍或竹竿支撑。这方法好，一方面不耽误阳光的照射，另一方面也阻隔了鸟雀，它们即使偶尔落在网子上，也没法立足，更没法啄食。这真是天罗地网，一劳永逸地去除了鸟患。只是这样可怜了这些鸟雀，它们只能在杨树梢上叽喳集会，好像也商量不出好办法来了。

于是这种驱鸟方式就普遍起来，有时站在山顶，四下里望去，方格形的田地里，到处是一片片的白，像透明的大帐篷。

也有的人很聪明，他们不用上面介绍的方法驱鸟，他们用的是另外的几种套路，至于效果如何，这个就不好说了。

父亲的叔兄弟，我的四伯父，用的方法最原始，他就是每天在田地里看着，时不时地扔个石块，偶尔喊上两嗓子，也能吓得雀们四下里窜，但这得有工夫看才行，不知道这方法，四伯父能坚持多久。

我们上地的老许家，则是在谷地里放上火鞭，长长地捻子连接着一个个小鞭炮，捻子点着之后，间隔一段时间，便"砰"的一声响，吓得雀子不敢靠近。这种法子怪高级，只是我有时就想，如果到了阴雨天，捻子被雨露濡湿，那怎么办呢？

前两天回家，经过一块谷地，看着有几个假人立在那里，风儿吹来,假人的衣袖便随风舞起,倒也能惊走一些胆小的雀儿。到了地边,忽地听见有人在分明吆喝,大声呵斥鸟雀,让其离开的声音很真切。是谁这么有工夫来看着谷子呀!仔细瞧去,也没看见什么人,正在纳闷,这声音又从地里飘出来,仍旧是同样的呵斥声。这才听出声音有一种不真实的金属感,原来是哪个聪明的家伙把市场上吆喝张罗生意的小麦克风架上了,这才是高科技呢!

没有种过地的人们,喝着散发着清香的小米粥,无论如何也不会想到这小小的米粒竟然有这样危险的经历,也不知道这米粒背后饱含着农民的辛苦。

春种一粒粟,秋收万颗子。其实,一粒谷子从种下到餐桌,那要经过好几道复杂的工序,也要付出几多的辛勤和汗水。想着这些,就禁不住想大声呼吁:珍惜粮食吧。

这是对耕耘者的尊重,更是对天下不辍劳作的农民父母的尊敬。

捉豆虫

天渐渐热起来了，田野也变得绿油油的。经过一个夏季的孕育和蒸腾，庄稼精神着呢，像充足了气般努力地生长。走进大暑，雷雨不断地灌下，烈日铆足劲地晒着，人躲进了阴凉，庄稼却一天一个样，比赛着装扮大地。走进田野，你静下心来，仿佛能听见庄稼拔节生长的啪啪声。

人热得心慌，可心里透悠。满含希望的秋收季节，结满了农民的笑脸。春种夏长秋收冬藏，一年四季的轮回，秋天最让人渴盼。

我的记忆中，在还有生产队的日子里，秋天最忙碌，我的老家，主要的作物是地瓜和花生，经济作物主要的就是黄烟，有时也种些其他粮食作物的，像谷子、高粱、玉米、绿豆等等，但都种得不多，一季子下来各家也分得有限。而伴随着整个收获季节，有一项活动是我们孩子们最乐意做的，那就是捉豆虫。

在乡下，当地的种植作物中，大豆是最主要的一种，想想就知道，无论穷富，都要吃点豆腐吧，临过年了，谁家不做一筐豆腐？春天种豆，经过夏天的疯长，初秋时节，鼓鼓的豆荚早挂在了豆秧上，豆叶也变得浓绿而又有营养，可是你仔细看过去，你会发现一些豆叶已经变得花花离离、斑驳残缺，有的甚至已经成为光杆。

循着残缺的叶片，细细瞧去，你会发现青青的蠕动的豆虫了，肥肥的身躯，硬硬的头，坚硬上翘的尾巴。我不知道这豆虫的学名叫什么，但我清楚地记得炒食豆虫时那份喜悦。贫瘠的土地，贫穷的日子，贫困的生活，让平时难得见到荤腥的孩子们有了解馋的机会。

那时候，根本就没有杀虫剂可用，有时一块地里，豆虫多得把整块地的豆叶吃得只剩下叶梗，地上一层豆虫屎，你一会儿就可以捉一小盆。这些豆虫绝大部分是绿色的，藏在豆叶中不易发现，这时你钻进豆棵里，仔细瞅瞅地上是否有新鲜的豆虫屎，有的话，你肯定能在上面捉到一条豆虫。

一个秋天里，捉的豆虫太多，或煎或炒，或剁碎了炒豆虫渣吃，也是难得的美味。

秋意渐浓，树叶儿渐渐变黄，豆荚变得越发饱满，整块豆地一层豆叶，像落了一地的蝴蝶，一阵秋风吹来，蝴蝶们翩翩飞舞。这时候豆虫已经吃得肥肥胖胖，钻到土中准备蛰伏过冬，盼望着明年的化蛹成蝶了。

生产队里组织人马将豆子收割起来，推的推、拉的拉，一股脑摊在场里，又一场精彩的捉豆虫比赛就要开始了。

这次捉的豆虫可不是早说的那种体形威武、个大油足、有个二三十条就可以炒满一盘的大豆虫了，而是生长在豆荚里，专吃豆子的小虫子，体形微小，慢慢蠕动，捉起来不费气力，但收获甚微，颇能锻炼孩子们的耐性。

太阳还有些威力，收割的豆子已经摊开在场里，几个生产队的各自分开，豆荚在曝晒下有时发出轻微的啪啪声，几个孩子早就准备好了家什，用灌有清水的酒瓶子做器具，一有虫子蠕蠕地爬出，便被孩子们用小手小心地捏起，投进瓶子里，虫子不断爬出，也不断被捉住，孩子们专注地捉豆虫，忘记了太阳的炙烤，有几个孩子聪明，用柳条编成小帽带在头上，遮挡着阳光，有点像小八路隐藏在田野里，好飒爽！

近乎一天的努力，确乎就是为了晚上那顿"丰盛"的晚餐，跑回家，把虫子从瓶子里倒出，大的小的红的青的虫子都早已经被水淹死，用清水再淘一淘，让大人用荤油一煎，焦黄透酥的一盘豆虫就上桌了。吃着这难得的美味，一天的辛苦一扫而光，大人们也夹上几筷子，啧啧地称赞夸奖着孩子，虽贫穷，但幸福照样在脸上洋溢着。

这些靠吃豆荚中豆子生长的小虫子，也叫"小红虫"，却有好几种，体形都很小。聪明的孩子会在连绵的摊开的豆秸中间弄一小块空地，小豆虫会蜂拥着爬将出来被眼疾手快的孩子缚进瓶中。也有孩子在豆秸垛边捣持，那边多半会有豆虫结出的小茧子，将茧子轻轻撕开，那豆虫就分明地展示在你眼前了。

捉豆虫时，炎炎的烈日当空，汗流浃背，几个伙伴却全然不顾，看，几个孩子，捉得认真、用心，这真是儿时的一个有趣的游戏。

一段段的光阴逝去了，昔日的儿童成长为少年，豆叶绿了又黄，日子走了又来。地里的豆虫却日渐少了，生产队成方的豆地被分割成以家庭为单位的小块，开始使用农药了，农药打完之后，有幸存的豆虫也被农人早早地捉住像消灭烟虫一样被捻死，豆虫没有成长到它应该成长的阶段。

很难再有捉豆虫的机会了，就像童年，只留下一些追忆，随着岁月沉淀在心底。

窝窝头，连麸面及其他

不要在没有经历过痛苦的人面前哭诉你曾经的不幸，不要在没有品尝过饥饿的人面前谈昔日的贫穷。曾经的不幸让人珍惜所拥有的现在，昔日的贫穷让我懂得人生的艰辛。

在涧头村，流行着这样一个顺口溜：吃豆秸，喝豆汤，临死忘不了赵汉昌。我没有经历过啃树皮、吃豆叶蒸的䅟㮃（duǒ de，一种窝头）、有了上顿没下顿的时代。可父辈爷爷辈经历过，那是一段不堪回首的岁月，是人们不愿谈起的过往，是写出来令人不忍卒读的文字。

1958 年是丰收年，没有天灾，却发生了人祸。1959 年青黄不接的时候，涧头饿死了人，大量的村民逃荒要饭，还有大批的百姓到东北逃饥荒。

在我们老王家这个家庭，爷爷和村人结伴到了鹤岗谋食，奶奶到西乡里每天走乡串户去要饭，这样还是吃了上顿没下顿。山上的野菜早被挖尽，榆树皮剥下来晒干捣碎吃掉，后来豆叶和豆秸也成为果腹的食粮，日子过得苦，人变得干瘦，有的人饿得竟吃起了很苦的槐树叶和有臭味的臭椿树叶。1958 年冬，老爷爷王凤柱病逝，1960 年春夏之交，家里实在过不下去了，十岁的父亲跟着他的外祖父一家去东北投奔爷爷。

最困难的日子过去了，可贫困依旧是压在百姓头上的一座大山。父母刚分家那会儿，家里没什么东西，靠借的半箢子瓜干度过了饥荒，那是 1970 年。能吃上一顿肉，扯上一身新衣服，包上顿水饺，都是奢望。

母亲和父亲在艰难中度日，也始终没有丧失希望。出门向东看，那是一片石崖，有几墩谁点的南瓜，雌花都挂了果，勃勃地膨大着。也有盛开着的谎花（指雄花，只开花，不结果），母亲就摘了回来，用水焯一下，加点精盐，做成凉拌菜，这就是难得的美味了。

第二年，自留地里有了点收成，饭桌上才有了点咸菜疙瘩，稀饭里才有了点内容，生活算是有了些酸酸甜甜的滋味。

在生产队里，父亲母亲每天出工，直到太阳吻着西山才回家，倒也能挣些工分。可地里的收成极少，只上土杂肥，地力不足，加上一个生产队集体出工，地的耕作、种植、管理，还有收割，都显得稀汤寡水。一年下来，分到家中的粮食，也就是仅仅解决温饱问题，根本谈不上吃得精细、有营养、有滋味。

母亲贤良且聪慧，她用自己的一双巧手使贫穷的生活闪出一抹亮色，让彼此呈菜色的脸庞也洋溢着幸福，也让多年后的我在回忆过去时充实而满足，笔头竟然也毫无滞涩感。

每天都吃薯干煎饼，吃得我几乎想吐，吃得我几十年后仍对薯干煎饼有天然的排斥。可有时候，我会自豪地说，我是吃地瓜家宁（煎饼的俗称）长大的。我们应该感谢在困难的日子里是煎饼给了我们延续生命的希望。

将薯干磨成粉烙煎饼，是最简单常见的做饭方式。可一日三餐都是煎饼，总有生厌的时候。这时候，母亲就变着花样做饭，蒸窝窝头、包大饺子、做锅贴（也叫抓贴子），有时还弄发团吃。这样一来，饭食虽然简单，倒吃出了乐趣、滋味。

再苦的生活一旦成为过去，再谈起时都成为轻松的回忆。

我曾经问母亲这窝窝头的做法，母亲笑着说：怪好做，找瓢子挖薯干面和面，少加点玉米面，再捏点苏打，面别和的太硬。先团成团，再伸着大拇指头，顶出一个深深的窝来，就做成了。

母亲说得轻松，做起来也不费事。可吃起来，感觉并不好，干涩、无味，不就点咸菜简直难以下咽。可这就是主食，不吃这个你吃什么呢？现在到饭店去，看上桌的窝窝头小巧、精致，材料也都是用细面，吃起来口感好了不少，可酸涩还是泅上心头。

为了改善伙食，母亲有时会拔来萝卜，换点豆腐，加点荤油，调成素馅，包大饺子吃。面是死面，为了好咬，面中有时会加点苏打。现在回忆起来，我最难从记忆中抹去的就是大饺子的颜色，虽然也加了点白面，可白面依旧无法遮掩薯干面蒸熟后的黝黑。这黑的内里是粗糙、是难咽，是为撑饱肚腹的那种深深的无奈，是贫穷的生活境况中那一抹亮色。

别说，看起来不好看，可吃起来比煎饼强多了。刚出笼的大饺子，趁着热乎，我一口气能吃五个。现在回想起来，这也许是当时最好吃的饭食了。

2017年的深秋，慕名到兰陵县压油沟景区游玩，在参观了革命纪念馆和民俗博物馆之后，在溪水潺潺的压油沟右侧，有专门做乡村大饺子的小吃摊，基本就是模仿旧时的做法，只是个头小了些，用料也讲究了许多。和孩子一起买来品尝了一下，感觉口感好了许多，可惜依旧冲淡不了薯干面的那种甜腻。

有一天，母亲和西院五奶奶买来几袋什么东西，分开之后，母亲就匆忙带着到磨面房去。原来母亲买来的是麸子，可这麸子又不是太细碎，大的麦皮上分明还粘着些白色的粉末。"阿忠，你能吃上白面饺子了。"一路上，母亲脚步轻快，言语中难掩兴奋。

到了晚上，全家便吃上了饺子，可看饺子皮，颜色泛白，还带着些许的灰，总之不是那种纯正的头面面粉。这饺子吃起来可口多了，虽然感觉有些粗粝。这种麸子里磨出的面粉，颜色发灰，和出来的面团更灰，吃起来也没有劲道，包的饺子放在锅里一煮就碎，可比地瓜干面强太多了。

母亲就是这样辛苦地操持着家里的生活，让平淡的日子很温暖。后来我才知道，这所谓的麸子，是城里的面粉加工厂在磨面时磨完第一道粉后的"废料"，被哪个聪明人弄回农村，让我们这些没吃过白面的乡巴佬开了"洋荤"。这让我很难过，农民们种出粮食，挑出最好的交上公粮，自己却无缘享受，悲哀。

靠吃"连麸面"来改善生活的日子持续了很久，我知道。

日子一个一个地远去，老百姓的生活愈来愈好，饭食和菜肴的种类也明显增多，分田到户已经有了一定的效果。各家各户在自己的土地上耕种，每年都是交完公粮后剩下的粮食归自己所有。于是乎，父亲在北沟涯最好的一方地种上了麦子，肥沃透气、会呼吸的黄沙土，颗粒饱满精心挑选的种子，我和父亲费力推来的几胶车土粪，还有那贵得有点离谱的美国产复合肥。耩子（jiǎng zi，一种播种的农具）咔哒咔哒地唱着欢快有节奏的曲子，锐利的犁尖划过松软的土地，这是父亲在播种希望。

过了几天，麦子已探出好奇的小脑袋，它想看看这清奇的世界，那晶亮的露珠就是它的小眼睛。父亲一直没断了对麦子的关注，似乎除了学生，没有比麦子更让他用心的了。

初春的田野，薄薄的晨雾弥漫，四下里寒气未退，父亲已经立在地头；后院赵家大爷家里的桃花吐蕊的时候，麦子正呼呼地拔节，父亲仿佛听到了麦子骨骼生长的啪啪声；杏花开了又败，羞涩的青杏像娇艳的新娘，露出粉红的香腮时，麦子已经完成了分蘖、扬花、灌浆，正在努力充实籽粒；满地的绿渐渐褪去，遍野瞧去，黄色成为大地的主色调，麦子就要成熟了。

这一年，我第一次敞开肚腹吃上了暄腾腾的白面馒头，母亲打开蒸笼的一刹那，带着淡淡甜味的麦香就钻入了我的鼻孔，我的整个肺部充溢着愉快，我禁不住咽下口水。这一亩多地，麦子竟收了五百多斤，想想原来在生产队，一季子下来，全家才分四五十斤小麦，这真令人感慨。

在涧头这样的山村，麦子显得极其稀罕。一年到头能吃几顿白面水饺，即使是相对富裕的家庭，都是奢望，更别说我们这样的穷苦家庭了。

生活变好了，薯干煎饼慢慢就不见了，窝窝头成为筵席上精致的配菜，那连麸面更成为养生者吹捧时的话题。

我们的童年呢？我美丽又凄苦的童年呢？

我只有追忆，我只有怀想，却无法回到从前。

我的手工小制作

二十世纪八十年代，刚从"文革"中走出来的国家像满怀忧伤的孩子：正在发育，身体在疯长，可显得孱弱。在物质产品紧缺，老百姓口袋尚还干瘪的日子，孩子们仍然用自己的方式玩乐、成长，尽管贫穷，却不乏快乐。

社会的不断发展，技术的日益进步令人眼花缭乱，这变幻纷纭的世相让人们渐渐迷失了自己，忘记了曾经的青涩和纯真。这真令人遗憾，为什么总在过去了才懂得珍惜，逝去了才想着后悔？

回忆起来，儿时的游戏还真不少，尤其是我们这些孩子们还会学着做一些简单的玩具娱乐，虽然那时无论如何也不会想到，社会发展到今天，为了培养孩子们的动手动脑能力，学校纷纷开设技术课！凿子、扳手、锯子等工具一应俱全，却很少有老师领着去做。在这个新潮的社会，在家长老师眼里，语数英数理化远比学生的动手能力重要。这是社会的进步，还是时代的悲哀？

时间后退到三十几年前，父母正值壮年，我还是不谙世事、无忧无虑，整天想着游玩嬉耍的少年。除了学习、割草、剁菜，农忙时帮着大人干活，剩下大把的时间都挥霍在我童年愉快的光阴中。有时想，如果时光真能倒流，我宁可回到从前；如果有时光隧道，我一定坚决地回头，回到儿时游戏的岁月中去。

　　小时候，来尜（gá）最有趣了，这尜是一种用细木棒削制的两头尖、中间粗的玩具，一看到这字，几乎就能想到这玩具长得什么样。在农村，到处是绿树，遍野是庄稼，找几段小木棍很容易，拿回家，先用砍刀截取合适的尺寸，尜不能太长，一般十公分左右，两头用利刀小心地削，如同削铅笔，做得两头尖尖，适合于用木棍击打，也适合在击打后弹起，当然，做得太尖利是不行的，尜蹦起来后在木棍的击打下会飞出老远，太尖会伤着行人。

　　游戏的规则很简单，孩子轮流击打，一轮仅限三次，看谁击得准、飞得最远。看着周围的伙伴玩得兴高采烈，我忽然萌发出一个念头，何不自己做一副尜玩呢！说了就做。正好家里有父亲开荒伐的小洋槐树，大拇指粗细，正适合做尜。找来斧头，截断树枝，寻来菜刀，削好两头，扒去树皮，一个小巧的尜儿做成了。接着寻来再粗一点的木棍，找来父亲常用的锯子，吃力但耐心地锯断，同样剥去树皮，一根顺手漂亮的尜棍便展现在我面前。可惜，用鲜洋槐枝子做的尜和尜棍，风干之后易裂纹，玩起来并不耐久。

　　除了做尜，就是做"拉门"，所谓"拉门"，是鲁东南一带的俗语，它真正的名字应该叫陀螺。现在的市场上，做工精致、或大或小的陀螺到处都有售卖，还有玩陀螺的鞣子（rǒu zi）。可是总让人感觉这机器加工的陀螺，失却了童年的那种顽皮和风雅，好像在同一屋檐下读书的学子，多了共性，却泯灭了个性。

　　小时候的"拉门"，虽做得粗糙，看起来不雅，可转起来同样美得令人炫目。做陀螺需要较粗的木头，单靠孩子的气力无法完成。父亲曾给我做过几个，也在陀螺底部安装上大铁砂子（球形的钢珠），以减少陀螺旋转时同地面的摩擦力。这些陀螺，消磨了我许多的时光，也损耗了我不少的鞋带，鞋带是最好的做鞭子的绳子，找一根细短棒，在头上挖一凹槽，将鞋带拴紧，一副鞭子便完成了。

玩揉拉门比赛是儿时的主要游戏之一，我们一玩就是半天，常玩得肩膀生痛。记得一年秋日，家里请来小木匠做桌凳，休憩之余，小木匠找来废木料，给我做了一个拉门，那是我所拥有的最大、最精致的一个拉门。它敦实、稳重，转起来几乎感受不到它的飞旋，砂子同地面的摩擦声音也小而细密，这是我所拥有的最好的陀螺。可惜的是，随着年龄增长，我的兴趣也转移了，我喜欢上了捣铜钱，这拉门就被冷落在一边，终至丢弃……

有一段时间，我迷上了弹弓，看着四叔晚上用手灯照家雀，一副弹弓别在腰间，我就心生羡慕，什么时候我能拥有一副弹弓？为此，我也曾央求父亲做一副给我，答应下来了，可总是忙，诺言得不到实现，我也心急如火燎。等得实在焦心，还是自己动手吧。

周六下午照例是割草，到东石崮附近的崖埂，潦草地抹（mǒ，割草之意）了几把，就匆匆跨过东沟，溪水里嬉戏的鱼儿也无法吸引我了。爬上金山，我就趸进小树林，东瞅瞅西瞧瞧，看看有没有适合做弹弓的树杈。

矮矮的金山，蹲坐在村子正东，村子里都叫东山，地图上标注为土山，其实真实的名字叫金山，它还有一个高雅而富有禅意的名字，叫金土山。斜卧在草丛里的半块残碑清楚地鏨刻着这三个字，那是明代末期重修清泉庵的碑记。

山多土，也有很多黑石。有道道梯田，可已废耕，浓绿的山草、灌木覆盖了整个山坡，高大的乔木点缀其间。林子里很静，蝉噪和鸟鸣清晰可闻。间或有鸟儿"扑棱，扑棱"从草丛里窜出来，吓了我一跳。

适合做弹弓权的小树并不多，用脚丫子想想就知道，小树分权成两支且长得匀称、粗细相当的很少。尽管这样，我还是很快找到一株可做弹弓衩的小杨槐树，伶仃地靠在一堵矮墙边上，似乎在等待伯乐的到来。

我三下五除二，也不管小树疼不疼了，拦腰将其折断，将这一截留下来，迎着红的落日回家。第二天正好是周日，我要动手了。父亲很热心，似乎是弥补自己的怠慢，忙着教我整形、扒皮，甚至帮着我将弹弓权不光滑的地方用菜刀小心地找平，再用砂纸打得滑滑溜溜。父亲破例给我几毛钱，让我买气门芯。用胶车内胎绞成条做弹弓弹射的皮条，弹力不足，也容易断裂。气门芯材质细致、弹力强、耐用，射程也远，四叔的弹弓用的就是气门芯。我喘着粗气跑回家的时候，父亲已经将弹弓的子弹包做好，选的是牛皮垫，韧性很足，再大的拉力也拽不断它。

小小的弹弓在父亲帮助下终于做好，这是我做的第一个弹弓，是我所拥有的第一个心仪的玩具，也是我第一个真正意义上的手工制作，尽管它依旧粗糙。

孩子的兴趣难以持久，做出的弹弓也没打死多少那时被称为四害之一的家雀儿。黑咕隆咚的夜晚，四叔的捕雀行动，我总是小配角，我拿手灯，四叔上子弹，引弦拉弓，长长的皮条拉起，瞄准，然后迅速放手，啪的一声，雀儿应声落地……我却不行，力气也小，总瞄不准，真的，直到现在，我也玩不好弹弓儿，可我喜欢这玩意儿，看到它，我就想到了童年，想到了清凉的傍晚，想到那株牺牲自己却给我带来快乐的小树。

当我开始醉心地玩起"洋火枪"并乐此不疲地用其打臭虫打蛇出栗子（一种小蜥蜴）的时候，我已经在学堂读了五年的书了。洋火枪的制作就复杂多了，可这难不倒我，同学刘子生的大哥修自行车，自然有车链条，有上辐条的螺丝帽；父亲曾买过一大捆铁条，枪架、撞针和钩机就都有了；连队大叔给我找了电线，那时邻居五爷爷在朱陈煤矿，别说电线，雷管、炸药都能搞到。

材料有了，工具有了，做起来就顺畅了……

我的手工小制作当然不限于以上几种：正月十五扎的灯笼，是有模有样；闲暇时间叠的手枪、小壶、菠萝绝不难看。再大一点，编筐、编篓我也敢试试身手，我甚至亲自给自己打了一床苫子，不是简单用麦秸勒成，那是带精细花边的双人大苫子，厚实柔软，我曾铺了很久。后来流行用彩纸叠风铃，我和姐姐又做出各式各样的风铃儿、千纸鹤，挂在卧室里，一阵风儿飘来，姐姐的卧室里充盈着叮咚如溪水流过的音乐……

童年悄悄地走了，留下无尽绵长的回味；姐姐带着病痛走了，留下我苦涩的眼泪和无言的忧伤。

秋日的风儿来了，裹挟着童年的味道：甜涩、温馨，还有淡淡的忧伤……风铃还在，姐姐却已在天国十年。

哦，童年的小制作，少年的风铃，还有我永远思念的姐姐。

饭帚、笊头子及其他

村后四里地，有一条从银山、雾平山及黄土崖冲刷而成的大沟，我们叫它北沟，北沟里平时并没有长流水，即使到了雨量最泛滥的季节，通常也不过是大沟里几个深潭里存些许山水，这水极清澈，是孩子们割完草后洗澡的好去处。

从村中穿过的小河，遇见金山，便害羞地拐了一个弯，朝村东北没有人家的地方流去。于是，两条小河就像相约而聚的情侣，在村子东北合二为一，嘻笑着奔向南涑河。

两河交汇，像极了燕子剪刀般的尾巴，聪明的人便叫这条河为燕子河。涧头就是燕子河的发源地。

小河不大，涓涓而流。河中的水草和青苔映绿了河岸，河岸边杨柳的影子印在河里，杨柳生长在云端，白云成了柳絮。朝河堤两边看，是密密麻麻的扫条栝（即紫花槐，kuō，取树丛之意），这扫条，是多年生灌木，春日里发芽，秋日里开花结子，所发荆条笔直光滑，柔韧易弯曲，不生丫杈，只有羽状复叶从荆条直接生发出来，是编筐编篓的绝佳材料。

那时候，每家每户都分有河沿，要么在北沟涯，要么是东沟涯。秋日里收割了，撸去叶子，按粗细分类，粗的编篓，细的编筐，再细的编制各种小物件，像小鸟笼、鱼篓子等等。身为农民，整日价与土坷垃打交道，村里的男劳力几乎都会两手，手艺精的，编出来的筐篓瓷实、规整，像艺术品；手艺差的，编的长短不一，歪歪斜斜，像有残疾，甚是丑陋。反正自己编的家什自己用，也没有谁去刻意笑话筐篓的主人。

父亲壮实，手劲大，肯用脑子，是编筐编篓的高手。编出来的筐头子、小篓子、大篓子美观耐用。父亲编筐时，我就给父亲打下手，递递工具，顺顺条子。父亲找马扎坐定，双手腰身一起用力，手指上下左右翻飞，不过一天两天，一个筐头子编成了。看父亲编得得心应手，我也心痒起来，想试着编编，可惜手劲不足，技术也差，只好作罢。

父亲是内秀，母亲则是内外兼修，别看母亲大字不识，讲起道理来，让一些爷们也自愧弗如。母亲针线活做得好，邻里街坊都争相让她帮忙，做些小家什，对母亲更不是什么难事。

每年春上，父亲总是种些高粱，秋日里，母亲就早早地扦下这些梃子（高粱秸秆靠穗子的那一截），晾干了，扎成捆放着，等到农闲的时候，母亲大展身手的时候到了。

秋日的田野是彩色的，山村的田野更是绚丽。红灯笼高高地挂在柿树上，带着喜庆；剥开的玉蜀黍挂在檐下，黄灿灿的透出可爱；红辣椒穿成串晾在窗前，勾起人的食欲。绿色海洋般的田野里，到处是忙碌的农民，批完最后一炉黄烟，拔完沉甸甸的花生，接着掰玉米。这时候，高挺的高粱秸却谦虚地弯下了腰，高粱穗沉沉地垂下，像满含娇羞的新娘。

该收高粱了，父亲早早地收拾好家什，母亲也细心地绑好苇刀子，等会到湖里，母亲的任务就是扦高粱穗子、扦梃子。客观地说，高粱产量不高，又是粗粮，做出的饭食有些糙口，大多数人都吃不消。可将高粱粒春掉后的高粱穗，是最好的饭帚苗子，用它来扎笤帚、饭帚，卫生耐用。

扦梃子时，母亲更显得小心，有时母亲会有意地多扦两节，这样就可以用它穿大盖顶，用来盖八称缸、煎饼盆（这里"煎饼"的土语叫 niǎ'ning。字典中根本找不到可替代的词语）。

等高粱穗、梃子晒好、干透，秋忙也基本结束，母亲忙惯了，从不愿闲下来。整个冬日，母亲用高粱穗子扎饭帚、笤帚、扫帚；用高粱梃子穿盖顶、笕头子；用丝瓜瓤子做刷碗用具，种葫芦开瓢舀水。

这些工具，取材于生产作物，天然环保无污染。用坏了，朽腐了，扔掉。又回到自然界的循环中去。

想想现在的生活，条件是前所未有的好，可我们使用的一些工具，塑料用品比比皆是，污染极其严重。去购物，用的都是难以降解的材料，白色污染愈来愈重。

过去的生活是清贫的，可我们能听得见蛙鸣，看得见蓝天白云，吃的东西原汁原味。社会在发展，生活水平在提高，可为什么空气就有霾了呢？水里就有污染了呢？食品里就有各种添加剂了呢？

如果是这样的话，我们宁可回到从前。

怀念灯

生活在城市里，夜幕降临，到处是霓虹灯，撩拨着人们的眼球，也扰乱着人的心。夜来了，太阳隐去了，灯光次第亮了，星星却稀疏了，夜不再纯粹。于是讨厌起城市的夜，城市的夜浮躁、喧嚣，掺杂着种种噪声，还有诱惑。就像久居在城市里的人的内心，滚动的车轮，刺鼻的汽车尾气，充满敌意的目光，对面相逢不相识的邻里，异化了的这个社会，心变得冷漠了。

于是，就愈发怀念农村，怀念农村的夜，还有那照亮我内心的灯。

陪伴我整个童年的是已经走进博物馆的马灯和油灯。

在没有电的时代，油灯是撕开夜的黑幕的唯一武器。二十世纪七十年代的山村，夜静谧而温馨，那是真正的夜，整个山村都在沉睡，燕子河变得悄无声息，房屋在静默着，高高低低的树在等待一个崭新的黎明，近处远处的山是沉默的老人，他们早早醒来，却爱怜地环卫着自己的孩子们。

没有月亮，天空不见了，取而代之的是一块巨大黑色的幕布，幕布上缀满了宝石，大大小小、疏疏密密，这些宝石眨着慵懒的眼睑，发出清冷的光辉，劳累了一天的农人，还有那些调皮了一天的孩童们，在这夜里安适地休息。

有狗在吠，夜行的猫头鹰簌簌地扑动自己的翅膀，有灯光从农户的窗子中透出，柔和淡雅，有孩子在咿咿呀呀，那是母亲在给孩子把尿吧。

我时常回忆起这样的场景，头脑中闪出这样的亮光。小小的台灯，如豆的火焰。灯光下缝缝补补的母亲，还有在灯影里默默的我。

这灯是用玻璃铸就，有着高高的底座，也有马蜂般纤细的腰身，灯头显得精巧，灯芯从灯头底下穿出，边上露出的机械轻轻一旋，灯光倏地就亮了许多。最巧妙的就是那无色玻璃的灯罩，下粗上细，有着优美的线条和弧度。这样的台灯几乎可以算得上是一件艺术品了。

这灯罩透明如水、纤薄如纸、流线造型，我实在无法想象这究竟是怎样做出来的！台灯每天都用，时间稍长就被烟熏得乌黑，我的任务就是擦灯罩。抽个白天空闲的时间，将灯罩小心卸下，轻轻地放入脸盆，再用濡湿的旧报纸或湿布小心地沿灯罩里沿轻轻擦拭，一会儿，灯罩就晶亮如新了。

用台灯也很奢侈，在二十世纪七十年代末，台灯都还都是新人结婚的陪嫁，新婚宴尔，灯罩上端又用粉红色的薄纸包裹，柔和的粉光透出来，带着喜庆，也带着新人对未来美好的憧憬。

在老家的学堂里，学生照例是要上晚自习的，那时还没有电灯，怎么办？每个学生自带煤油灯，于是五花八门的煤油灯在教室里形成一个景观。几十盏灯，冒着黑烟，第二天一早，孩子的鼻孔里全是烟灰。

关于汽灯，我的其他文章有详细描写，不再赘述。

2017年一个秋日，携家人游览了兰陵县的压油沟景区，在民俗博物馆看到了琳琅满目的马灯，各种样式，新旧不一、大小各异。看着这些曾经广泛占据着人们生活的马灯，我的思绪又回到了从前。马灯，我们这里叫罩子灯，这种灯制作更为精致一些，有灯架、盛油的底座，还有提手，便于携带。最主要的是灯罩，用两根扁圆形的钢条做成，如罐头瓶形状的灯罩就夹在里面。这马灯最大的好处就是便于携带、不怕风吹雨淋。

农村的夜，有了马灯昏黄的光亮，便有了亮色，有了温暖，有了家庭的快乐。有了马灯的陪伴，夜里的等待不再孤单，无论是孩子等待父母劳作的归来，还是村妇守望回家的丈夫。有了马灯，夜晚的摘果子、扒玉米棒子、编筐编篓，变成为悠闲快乐的劳作，天上繁星闪烁，院落里人声笑语不断，牛郎织女的传说和乾隆下江南的故事久远又新鲜。

天上有流星在走，划过了黑的夜。地上有光亮在动，那是马灯在照亮人前行，马灯是乡下人的魂儿。

在老家，伴随着带在身边的，还有一样重要的"家电"，那就是手电筒。二号电池，铁皮壳子，圆圆的、长长的，孩子们最喜欢玩。可大人不允许，那两节或三节的电池可不撑用。这手电，可比马灯强多了，照得清，也照得远。有灯头、有聚光的灯瓦，有可以推动的开关，这引起了我的好奇，没有一个孩子不好奇的。于是我就不断地拆卸它，拆完了再组装起来，这倒培养了我的动手能力。电池用久了，光亮愈来愈弱，终至完全不亮。拿出来，电池软软的，有的还淌出涩涩的水儿。

小时候，印象最深的事儿，就是拿手电儿照家雀。漆黑或有月光的夜晚，劳累了一天的人们都歇着了，房屋也沉默了，屋前的樱桃树、臭椿树、青青子树也睡着了。家雀儿也栖息在树上，进入了梦乡。

四叔领着我，悄悄地靠近樱桃树，手电的光柱或远或近，或高或低，在四叔手里灵活地窜动。樱桃树叶儿大，又长得细密，小小的丫杈上最适合家雀蹲踞。四叔专门照这些地方，光柱像无形的手，在树的丫杈上抚来摸去，一只家雀就在那里。四叔机警地把手电递给我，我紧张地屏住气息，小心地把光柱直射在家雀小小的身躯上。四叔早抡起弹弓，上上弹珠，弹弓弦子轻而有力地挣起。接着啪的一声，家雀应声落下。

不用说，那家雀第二天就成为美味，出现在饭桌上。不要说我杀害国家保护动物哟！那时候根本就没有这一说。

现在回忆那时的岁月，确实是有些老旧了，感觉也很遥远，毕竟这是二十世纪七八十年代的事情。可是，现在想起那时的事，分明感到了温馨，那难以回去却可以回忆的昔日岁月呀！我的曾经。

很怀念那旧时的灯和那灯光。

第七辑 生活·人生

　　"天空没有留下痕迹，但我已经飞过。"这句话是我QQ上的个性签名。人生是一次单程的旅行，终点是必然不用等待的死亡……走走停停的过程中，咀嚼失败的苦涩，收获付出后的甘甜，吞下失去亲人的痛苦，品尝无奈、失落和遗憾，但无论如何，它都是你人生的风景，属于你的独特的风景，人生的风景，走过了，欣赏了，经历了，就行了……

重游朗公寺

这么多年来，心中总涌动着一个愿望，酝酿着一个深深的企盼，这就是能够从繁忙而细碎的工作中抽出身来，到寄予我梦想和希望的天堂——大宗山朗公寺去看一看。

终于，在一个天气晴好、春风拂面的周日，这个计划成为现实。其实，我的家乡涧头离朗公寺并不远，也就是几里地，况且家乡的最高峰——海拔270米的寨山，就是大宗山"十九朵莲花山"的一朵，自然，在孩童时就没少了去朗公寺玩耍，但是，那时幼小，懵懵懂懂，并不懂得这游山玩水的乐趣，因为那时候最盼望的也无非就是在三月初八朗公寺会捧一个花泥罐回来。

后来也到过几次朗公寺，山也还是那转经山，树还是那些树，可看到的还是那些断壁残垣！大宗山朗公寺自336年建寺，虽然香火盛极一时，可都已经被岁月的流沙冲蚀得几乎不见踪影，剩下的只有那些传说和游人们深深的遗憾！

后来参加工作了，到朗公寺游玩的机会更是极其稀少了，回想起来，离我最近的一次出游朗公寺，也已经过去了五六年，那时还是二十来岁的棒小伙，而现在已经是渐渐向不惑靠近的年龄了。

听说从家乡到朗公寺的路已经硬化了，不曾亲见，今日看到，感到了这其中的变化，而去朗公寺的路上那来往穿行的小车更告诉我：朗公寺的魅力是恒久的。

车缓缓而行，山路平坦，坡度并不大，两边是光秃秃的尚不见绿色的田野。记得孩提时，这里曾经是一望无际的浓绿，改革开放后，这里的绿树都不见了，这也是意料之中的事。

到了山口，又看到了那个山门，再望里走，便到了转经山脚下，在一片翠绿的掩映中，被修葺一新的朗公寺便真实地展现在眼前了。暮春中午，阳光已渐渐增加了它的热力，树儿在吐绿，而桃花、梨花早迫不及待地开始绽放那积淀了一个冬日的美丽，远处的鸟在清幽地啼鸣、近处翩跹的蝴蝶在飞舞。这一切早让人感到了一种发自身心的愉悦，这种愉悦是在繁忙的工作、喧嚣的闹市中所无法感受到的。

曾经那么熟悉这个地方，甚至熟悉这山中的每一条小径，但我的心中渐渐地就涌出了失望，那种发自内心深处的难以压抑的失望：今天的朗公寺和几年前的朗公寺根本就没有什么变化，一切依旧，甚至，这曾经幽静的山涧和山中寺院多了一些世俗和喧嚣，更多了一些无奈，简陋的小棚搭建的饭店，浓烟袅袅的"地锅鸡"……

曾经繁盛的烟火，曾经如织的香客，曾经林立的庙宇……过去的难道永远过去了，难道逝去的永远再难以寻觅？

生活在浮躁之中的人们，厌倦了那繁华的都市，厌倦了没有绿色和人文浸润的荒漠地带，厌倦了市侩小人们的争扰，想找一个可以让心灵休憩的处所，想觅一处可以让灵魂宁静的佳处，想寻一所让思想皈依的港湾，可是……

听说大宗山朗公寺已列为市级自然风景保护区，只是听说，也许这是真的，但我不知道这是幸事，还是悲哀？这么多年来，维护和管理朗公寺的只是一个普通的搞装饰的宋氏村民，这么多年来，这其中几乎没有政府的一点投入，而对大宗山的保护和开发更无一个长远的规划……

我的失望就这样自然而然地浸满了胸膛，这么多年来的梦，在内心深处破碎。其实，我一直在做梦，我梦见的是那一望无际的绿色，我梦见的是碧水潺潺的山涧溪流，我梦见的是那充满了清新空气的、储满了鸟鸣的、盈满了人文的世外桃源……而朗公寺只不过是我的一种精神的寄托罢了。

在到处充满钢筋混凝土的都市，想看见一葱绿色都难，所以人们的渴望也就变得简单而又简单，只要有那么一片绿色，只要有那么一点溪流……

难呀！曾经被破坏的绿色，曾经被肆意砍伐的家园，那是永远的痛呀！永远难以消弭的痛呀！人人都有自己的梦想，我的梦是绿色的，我梦中的朗公寺是绿色的，可是，什么时候那绿色的朗公寺能展现在我面前呢？

希望朗公寺不会永远是一个挂名的"市级自然风景保护区"，希望不久的将来，生活在临沂的人们又多了一个休闲度假的好去处——我永远的朗公寺！

（此文写于 2009 年左右，现在的朗公寺已经修葺一新，成为百姓休憩玩耍游乐的好地方）

遐思，2015 年的初雪

没有任何预兆，没有任何心理上的准备，或者说，2015年的冬天已经走到跟前，我却对冬雪不报任何希望，厚如棉的大雪已经有多少年没见，一个冬天几乎不见一点雪星的日子却随处可寻。雪，如盖的大雪，你是否只存在于我的童年！

不期而至，像几十年没谋面的朋友，像离散多年的老同学，像心相随却无缘相聚的恋人，在这样一个平常的日子，在一个普通的地方，在一个低低高高、平平仄仄的街巷，相遇了，相遇了，相遇了……

2015年入冬的第一场雪，来得有些早，下得有些意外，给我带来的是喜逢甘霖般的惊喜和涤荡心灵般的愉悦。

十几天的阴沉，十几天的雾霾不愿离去，十几天的暖如春日，终于在一个节气叫小雪的日子里，给人们带来一个惊喜，一个大大的惊喜，这老天也开始和人们开玩笑了。

天越来越暖了，什么暖冬了，什么厄斯尼诺现象了，如此等等，几乎都是人们对冬雪渴盼而无望的一种托词。毕竟多少年过去了，大雪已经成追忆，追忆到十几年前，追忆到童年，仿佛，那给人带来希望的冬雪像童年记忆中圣诞老人的礼物，它存在于我们的梦幻中，在经过多少个可望而不可即的渴慕之后，早随童年一样，尘封在记忆深处，被扔在一个不为人知的小小角落。

开始是淅淅沥沥的小雨，就这么不紧不慢、不急不躁地斜织着……风暖暖地偎依着人的身体，冬日的寒气在哪里？忙碌而无奈的人们，压抑着呼吸，在雾气和尘霾的世界里挣扎，却也平添了一些期盼，也许，也许，这雪会来吧，哪怕是一场薄雪，也能让人舒一口气……

在人们渐渐进入梦乡的时候，在小雨依旧淅沥的午夜，细细的雨滴在天使的魔法下变成一个个的小冰晶，然后是一片片美丽的花朵，洁白而晶莹，终于降临到这个被污染的世界，2015 年的这场雪，来得有些早，它让我惊喜。

有梦想的童年，会变得五彩缤纷；有念想的夜晚，梦也显得绚丽，天还未亮，雪落的声音已经像情人的呢喃，把你撩拨得充满欲望：赶快起来，给梦一个圆满，给久违的大雪一个深深的拥抱。

雪在落，轻盈而美丽，刚刚醒来的城市，窗口透出慵懒的光，让飞舞的雪花更加梦幻。而地上、车上早已是厚厚的一层白色，像厚厚的棉被，被均匀的覆盖。小区里的松树，早挂满了白色的松花，像绒、像絮，美丽、炫目。

下楼，走进这雪和被雪清洁的世界，做一个深呼吸，空气甜美而醉人，真人间仙境也。这难觅的美景，这洁白的世界，让人没有了私心，放弃了杂念，抛却了世俗。人和世界一样变得透明而坦荡。

童年的记忆里，冬天特别寒冷，雪下得也特别勤，特别厚重，两三天不断飘落的鹅毛大雪，大得几乎和真人差不多的雪人，憨态可掬的雪罗汉，一个冬天几乎都融化不尽的雪堆，滚雪球时的疲惫和欢颜，化雪时檐前房后长长的冰挂，脚踏在即将消融的雪面的那种酥软，这些记忆被激发重现，美丽的童年，美丽的曾经。

人们惊羡落雪的宁静和飘洒，人们钟情雪花的洁白和晶莹，人们醉心雪国的白茫茫一片大地真干净。落雪的日子，生活的节奏被无声地拉长，匆忙、奔波、浮躁、喧嚣，几乎都远离了这个世界，放下如沟壑般的欲望和不切实际的念想，只想与雪共舞，只想在那个雪夜里，静静地遐思。

雪，不期而至，在2015年的初冬，好像默默耕耘的老者，耕种、除草、浇灌、松土，不知道收获几何，就是那么日出而作、日入而息，这就是人生，这就是做人的根本。没有收成，不恼；没有所获，不愠，一切处之泰然。

在经历那么多的无雪的寒冬之后，在遭受如此多的生活的喜喜怒怒之后，在体验过人生路的高低坑洼之后，有谁在整日价妄想，整日价在没有品尝过苦涩的时候就期盼收获的甘甜？工作罢，努力罢，生活罢，如此而已……

没有预约，她就那么无声地袅娜而至，热烈、奔放、汹涌、酣畅，2015年的初雪，你让我知道，不管未来如何，明天依旧美好。

桂子飘香的季节

　　早就知道西磊石村桂花种植户特别多，而且桂花的培植以钱姓人家居多。可我并不知道西磊石的钱姓祖先竟然是"南桂北移"的鼻祖，直到在那个飘落着雪花的冬日，我走进了供奉着钱氏先祖的钱王祠。

　　磊石，一个遍地砾石的普通村落，地薄土少，却因桂花的大量栽培和桂子的飘香而成为"桂香小镇"，难能可贵。而在我的记忆里最清晰的，莫过于磊石村每年两次的逢会。在我童年的时光片段里，大量的记忆与赶会有关。而我也与磊石有着千丝万缕的联系，东磊石村以刘姓、王姓最多，我姥爷家就是东磊石，而"八月桂花香"的西磊石村，则是我老姥姥家。

　　在春日里懒懒的阳光下，或者在碧空如洗的蓝色苍穹下，我最高兴做的就是赶会——顺便走姥姥家，于是，我闻到了浓郁的花香，也知道了桂花这略带神秘色彩的植物。

　　知道了桂花，也知道了"蟾宫折桂"这样一个故事，便对桂花产生了浓浓的兴趣，那年我十六岁，以全乡第二的成绩考入了临沂师范，我想，莫非是浓郁的桂花香给我带来的幸运？

　　2000 年，搬进了新家，也从舅老爷那边端来一盆桂花，那是一盆四季桂。于是在我阳光明媚的客厅，一年四季不断桂花的香，当然，和桂花香氤氲在一起的，还有那书本散发出来的墨香。读书、工作、生活，在如诗般的岁月里，有桂香的陪伴，每天的生活变得温馨甜蜜。

桂花的种类很多，可我偏爱四季桂，除了它一年四季的翠绿，就是它那似有若无、随意缥缈的淡淡幽香。它伴我品味生活的酸甜苦辣，是我疲惫时的慰藉，是我失落时不会言语的挚友。

西磊石的桂花愈来愈成规模了，几乎家家户户都侍弄起了桂花，随着人们生活水平的提高，桂花也从"养在深闺人未识"终于飞进寻常百姓家。

几乎是水到渠成，热心的钱氏后人积极地奔走，县区街道的有识之士竭力推动，以"磊石桂花"为地名标志的磊石桂香小镇在人们的期盼中开始建设，而第二届的桂花节也终于中华人民共和国成立70周年前夕开幕。

徜徉在桂香小镇，人流如织、小径曲折、竹树环绕，各种造型的桂树点缀其间，碧绿的带着角质的叶腋间缀着一簇簇黄色的小花，阵阵幽香让人陶醉，这真是人间仙境。

西磊石村曾经是一个贫穷落后的村落，遍地石头，土地并不肥沃，可就是这片土地，滋养了西磊石钱氏后人，也滋养了那生长在江南的桂花……钱氏后人在这里扎下了根，这伴随着主人北移的桂花也适应了这里的气候，长得郁郁葱葱，花儿也开得泼辣繁盛。

钱氏先人的到来是这方土地的幸运，而遍野的桂花则是老天给勤奋执着的迁徙者最好的馈赠。

欣赏着这姿态万千、造型多样的桂树，呼吸着这溢满馨香的空气，看树下洒落的点点碎金，我想到的是一种传递——文化的传承。三百年了，多少个春夏秋冬，多少个日日夜夜，钱氏后人一代代的努力，似乎就是为了迎来一个节日，也是为了迎接一个时代——我们民族复兴的伟大时代。

在桂花飘香的季节，在这金色的十月，罗西街道终于有了自己的田园综合体，集游住购赏于一体的罗西磊石桂香小镇一定会迎来美好的明天。

我们期待着桂香小镇的明天会更好。

与钱币结缘的日子里

"时光如电，岁月如风"，这是我一个学生作文中曾说过的话，我至今还记得很清楚，因为这句话让我想到了朱自清的《匆匆》，想到了童年，想到了与古钱币结缘的日子，想到了青春的易逝、岁月的无情。

几乎是一眨眼的工夫，我与钱币相伴竟然近三十个年头。记得那时还是一个十一二岁的懵懂少年，在和儿时的玩伴戏耍时，总是玩几款游戏，有时"捣桃核"，有时玩"顶门杠"，有时就"捣明钱"，在"捣明钱"时，几枚光亮漂亮的"明钱"勾住了我的眼睛、引起了我极大的热情，于是就开始想方设法搜集：和同学交换，在家里的抽屉里寻，到姥爷家找，当时能用的方法几乎都用上了。现在看来，那几枚钱也就是普通的明、清钱，但它们激发了我的考古意识，点燃了我的收藏热情。

对古钱的痴迷和热爱自然地引起了母亲的注意，母亲于是也帮着我东寻西找。记得在母亲攒线的线坨子上找到了一枚钱文漂亮的"宽永通宝"，可惜我怎么查怎么问也不知道它是哪个朝代的古钱！当时的参考资料太少，知道的人更少，我父亲是老师，他也不知道这是什么时代的钱！还有一枚宋元丰小平钱，面文字体为草书，我查了个遍也不知道它是什么钱，当时猜测这枚钱是不是"元秀通宝"，唉，老写的"丰"字写得潦草一些，不就像一个"秀"字？后来才知道这是"元丰通宝"。

这些现在看来很幼稚的问题都解决了，可当时，那种好奇和困惑可不一般,我对这些"小玩意儿"的爱好和痴迷更是如癫如狂。

还有一次，记不得是什么时候了，常年在田地劳作的母亲一次下湖回来，高兴地喊着我的小名："我这里拾着一个明钱，给你！"我急忙接到手，真是如获至宝，这枚普通平常的篆书政和通宝，没有锈，钱穿有些开裂，但文字清晰、俊美、古香古色，让人爱不释手，想想它跨越千年，竟然到我的手中……好开心呀！

一晃多少年过去了，但这些钱币都被我小心地珍藏着，连一些面文模糊得不像样子的古钱我都当宝贝藏着。

童年的回忆时而清晰时而模糊，但关于铜钱的记忆，总是那么真切。

后来，一直求学、求学，日复一日的苦读让我暂时减少了对钱币的迷恋。小时的兴趣，被紧张的学习冲淡，精心收集的二十多枚古钱币被我沉在箱底，就像这美丽的梦想被我沉在心底，在初中、中专这七年里，有时只是把古钱拿出来摩挲把玩一番，没有时间和精力再去到处找寻了。

这个梦暂时被雪藏，它似乎就是为了在等待某一天爆发。在中专的三年里，我爱上了文学，读了不少书，也逛过不少市场，也有不少的古玩摊位，像临沂最早的"鬼市"，老临沂一中南门银雀山路的街面上，就有很多卖古钱币的摊位，可惜，当时并没有产生可以用钱购买古钱币的念头，一点想法都没有。没有朋友的启发，没有师傅的点拨，不知道去购买，现在想来，眼睁睁地错过了收藏钱币的好机会。

1992 年我参加工作了，工作闲暇，有时拿出古钱来，欣赏把玩，乐此不疲。那时已经有工资，手中也不是很缺钱，可惜，还是没有刻意收集的想法。懵懵懂懂，又将近八年过去了，工作中，我的同事，我做学生时的老师，当时我还不知道他好收集古董，他给别人找银圆做定亲的包袱钱，用不了这么多，留下一块好一点的，看我喜欢古钱，将这块江南甲辰的龙洋介绍给我，问我想不想要，要，当然要！这时我才想起去购买它，这是我第一次购买古钱币，它用去我110元钱，这块银圆虽有磕痕，但总体品相很好，包浆自然、温润可爱，是大开门的东西，这块银币，我至今还珍藏着，这是一段师生情，也是一段珍贵的回忆。

后来，好像是2000年或2001年，我到泰安出差，在通往南天门的古驿道边，有一个中年妇女在兜售古钱币，足足有两大蛇皮袋。也是闲着无事，我随手捡了十枚，一枚一元，都是普通的古钱，包括一枚很假的天赞通宝。

喜欢它，却迟迟没有深入进去，这怎么不是终生遗憾？买下了这几枚钱币，仍旧"束之高阁"，直到我知道了临沂古玩市场的位置。其时正好是周末，我带着这几枚钱币，到了市场，正好遇着实实在在做古钱币生意的李大哥，人实在，一起聊天拉呱，很谈得来。一些古钱币收藏的知识从他口里滔滔不绝而出，让我如沐春风。从此，我真正地开始了古钱币的收藏，这已经是2004或2005年的光景了。

转眼间，又十年过去了，我收藏的古钱币虽精品不多，但也积累了不少。当然，从爱好，到收藏，到结缘；从懵懂不知，到入门，到打眼，到捡漏，到注册古泉园地会员，到成为实习会员，到第一次在园地购买钱币，这其中的欢心愉悦，真的无法用语言表达，真想找人诉说，找人分享！

回想起来，从孩提时代，到工作的这二十多年，虽然真正开始收藏时间很晚，但我从此陶醉其中并把它作为一生的业余爱好，无悔无憾。赶大集、逛市场，走街串户，广交泉友，岁月过得充实而美好。

此生与泉结缘，不在于早还是晚，我自终生不悔。爱泉，爱的是它厚重的历史和文化积淀，爱的是那温润的包浆、俊美的书法、五彩的锈色和奇妙的历程。

繁忙工作之余，疲惫不堪之时，拿出钱币册，欣赏、摩挲、把玩，劳累、烦恼皆抛于脑后，这种悠闲惬意和自得，是任何一个无癖好的人所不能、也无法感受到的。

岁月悠悠，我们只是匆匆的过客，但在我的人生里，有古泉相伴，此生就不再无聊，此世就不再寂寞。

爱山，山高；乐水，水清

——记游抱犊崮

早就听说过抱犊崮，有"鲁南擎天柱"之美誉，是沂蒙七十二崮之一，可没有身临其境的感受，今天终于有机会圆这个梦了。

早上八点出发，驱车三百余里，历经两个小时，我们就到了抱犊崮的脚下。抬头仰望，并没有感觉到崮的雄伟挺拔。老师们三个一群，几个一伙，有说有笑，拾级而上。参天的树木渐渐多了，清幽的鸟鸣渐渐响了，曲折的山势渐渐陡了，清新的山风渐渐来了，愉快的心情写在了脸上，而登山的脚步渐渐沉重了。

那种登山的感觉又来了，好久没有登过山，特别是相对较高的山，就好像人活着没有目标、没有希望。现在，从攀登的疲惫中，那种豪迈、那种超越感又来了。

幽深的沟壑、嶙峋的藤蔓、峻拔的云松和各种各样的爬蔓植物让人仿佛置身于绿的世界。在开始的山势回环之中，并没有感觉到山高，到了半山腰，遥望崮顶，这才感觉山的险峻与挺拔，才真正感受到"君山望海"的神韵。

路是崎岖的山路，但毕竟有路，况且有时是台阶，有时是碎石短径，攀登时并不感到特别的艰难，再有凭借山势的回环,登山的路程长了,那种险峻的感觉就淡了。

走到半山腰,向上看,直上直下陡峭的山势;向前看,左曲右绕密不见地的荆棘和藤条,心想:何不独辟蹊径,走一条没有开辟的"山路",感受一下森林探险的刺激?这想法与贵平不谋而合,紧接着景伟也参与进来了,三个人于是沿着两道山沟的脊梁,在密不透风的灌木和乔木构成的绿色的屏障中,手脚并用,开始了从未体验过的新尝试。

在密林里,山的坡度又大,到处都是灌木,更时时有荆棘挡道,攀登起来就困难得多了,我们只有小心翼翼,攀突石、抓藤条、拽树干,累得腰酸腿疼、汗流浃背,手臂上也被荆棘扎得都是红点。在艰难的攀登中,看看那些人都已不见,也不知道路在何方,竟感觉有些后怕。可是开弓没有回头箭,继续爬吧。

"快点,这边有意外的惊喜。"贵平弟喊起来,抬头一看,美丽得让人心颤的蓝色花朵,真是空谷"幽兰",一片片的,开得正艳,似乎正等待我们的到来。在这么高的地方,开着这么多娇艳的花,平生第一次看到,真是兴奋呀,留影以做纪念,接着赶路。

在感觉劳累到极点的时候,灌木丛少了许多,树多了起来,山势也略为缓和了,再走几步,一条小径就在眼前,我们到了崮顶的脚跟。再望崮顶,是直上直下的壁石,根本就没有攀登上去的可能,顺着山势,沿着小路向西,就遇见了登山的其他伙伴。路平坦了,可登上崮顶的路在哪里?抱犊的传说该不会是文人墨客的凭空杜撰吧!

向西绕,走几百米,便看到了聚到一起的许多同伴,再看那崮顶的旁边,有一道俨然如天梯一般的石阶。哦,这就是通往崮顶的唯一的通道。几乎就是在悬崖边开辟出来的山路，真的好险峻！在攀爬的过程中，心时刻悬着，不敢向下看，也不敢向远处看，用水泥浇铸出来的石阶仅容一个人通过，攀登的过程也是险象环生。

到了崮顶，果如介绍的，地势相当平坦，上面的建筑很少，看来是刚刚开发。坐山石之上，极目四望，所有的山峰便在眼底，真是体会到杜甫"一览众山小"的精妙了。

下山的时候就简单了，虽然很累，腿更是软酸的厉害，但心情总归是不错的，出来一趟，爬爬山，劳累的是身体，愉悦的是心灵。

到达山下时已近两点，稍微休息，接着又驱车到许家崖水库，坐游船，赏风景，在浩渺的湖面上又逗留了一会儿。

孔子说过："仁者爱山，智者乐水"，今天是又游山、又玩水，虽然是走马观花，但也是做了次仁智之人，不虚此行也！

河南云台山四日游记

作为一名教师，获得外出的机会很少，尤其是农村普通中学的教师。这不，终于获得了外出旅游的机会，怎不令人欢喜雀跃？

一

旅行社的大巴从早6点出发，走高速、经荷泽、到焦作、至修武，经过将近9个小时的颠簸，下午3点多才到达修武的帝苑宾馆。虽有些疲倦，但兴致颇高，草草吃完午饭，驱车直奔云台山景区，去零距离地感受云台山的优美景致。

其时，天有一种淡淡的灰暗，在专用旅行车上疾走，并感觉不到山的雄奇，沿曲折盘旋的盘山公路蜿蜒而上，到山中的停车场后，下车后四望周围的景色，才分明地感觉到了景色的优美和亮丽，还有那种无以言表的险峻和雄奇。

心中便有了些许的兴奋，就像从未出过家门的孩童忽然来到了大都市一样，满眼却是好奇和激动。近处峭壁陡立，远处山峰直竖，植被葱郁而茂密，脚下是砌得齐整的台阶，路旁就是淙淙而流的溪水，这幽深而别致的地方让我几乎有置身于仙境的感觉了。

一个地方有山，就够人向往的了，看惯了一马平川和矮矮的小丘陵，如果遇见繁密的树木，那就是一个好地方了；一个地方有山，又有水，那更是令人神往，山清水秀谁不爱？而这里有山，是险峻雄奇的山；有水，是清澈碧透纯洁甘甜的水，这不就是人间仙境吗？身处这个地方，呼吸着山间富含负氧离子的空气，鉴赏着这难得一见的奇景，做神仙的感觉也不过如此吧！

团队游玩，时间总是安排得太紧，整个登山的过程几乎就是走马观花，但心中的愉悦，那份身体放松，全心陶醉于美景的感觉太妙，云台山的秀美与雄奇，那种如放大了的山水盆景画面征服了我，真是不虚此行也！

一路观景，一路拍照，路上游人如织，登山的劳顿掩饰不住洋溢在脸上的微笑，况且那五步一潭、十步一景已经暗暗地分解了登山的辛苦，此时我们所游览的就是云台山景区著名的潭瀑峡。游走在这俊山秀水之间，不经意地就忘却了尘世的浮躁和喧嚣，那雄奇俊美的青山，那至纯无瑕的碧水，早涤荡去了人心中的尘埃和龌龊，人也变得清纯了许多。

这景点那景点，又是行色匆匆，名字是记不住的，也用不着，这山水的奇绝已经深深地刻在了我的心底。

到了唐王试剑石那个地方，周围的山势更显得陡峭，那直上直下如刀削般的峭壁已经让人感受到14亿年前那造山运动的神奇，是谁能有这样的威力将这几乎从天而降的山体切割得这么整齐？那只能说是鬼斧神工了。

作为世界级的地质公园，作为4A级的旅游景区，真是名不虚传。

天色已晚，没有时间攀登茱萸峰了，更无从亲身感受大诗人王维的“遍插茱萸少一人”的怅惘了，带着一丝丝的遗憾，我们恋恋不舍地离开云台山，因为我们明天就要到博爱县有“北方小三峡"之称的青天河了。

二

一个夜晚的蚊虫叮咬，并没有休息好，可早上的精神头还可以。无缘到长江三峡睹其雄姿，却能在今日去素有"北方小三峡"之称的青天河，也是快意。青天河在河南焦作的博爱县，早饭后出发，到目的地大约有两个小时的路程。

车到了盘山公路，随着山势，路就陡了起来，幸亏这山路修得齐整，山路十八弯，弯来绕去，曲折环复，走峡谷、过高桥、穿隧道，倒有一番趣味。慢慢地，这感觉在心底竟发生了变化，当沿着车窗向外眺望，心中分明地滋出一种担忧。在悬崖边开凿的这些山路，一侧是峭壁，巨石林立，一侧是深不见底的峡谷，而山路又那么窄，真让人时刻感觉命悬一线。这条路是一条通往那秀丽景色的路，也是一条充满危险的路。心禁不住怦怦地跳，神情也紧张了许多，努力让自己不向外张望，这才略为平静了点。这条山路的修筑也真不容易，河南人的愚公精神可嘉。

无限风光在险峰，我们走的是一条蜿蜒陡峭的登山之路，要观赏的却是一条河，那是在高高的山上的河，也是在高高的天上的河，这就是所谓的有"北方小三峡"之称，有"南方桂林"之美誉的青天河了。

车如蜗牛般爬行，又一阵粗重的喘息，终于到了青天河景区。买票，登船，穿上救生衣，我们便开始了小三峡的舒心之游。青天河全长15公里，宽不过一二百米，水最深处达六七十米，这条人工之河的修建用了17年的时间，可见这条"高峡出平湖"工程的艰巨。

　　清澈碧绿的河水在荡漾，河的两岸到处是直立的峭壁，峭壁上覆盖着浓密的树木。山的后面是更高的山，浓密的树木之后是更浓密的树木，近处的山、远处的山相互映衬、延伸，渐渐地构思成一幅幅美丽的画卷。这画卷中有起伏险峻的山，有玉带般晶莹的碧水，山像雄狮、像巨象、像骆驼、像伛偻的老人，加上如漓江般清澈、娴静的水，那中国古代山水画中的胜景便真的在我的眼前了。

　　是上天赐给河南这青山秀水，是伟大的河南劳动人民创造性地建造了这造福于人民的人工河，自然与人工紧密结合而成就的人间巨幅风景画：这画面中，有青青的山，灵动的水，更有人的一种精神在里面。

　　坐在游船上，水是静静的，山是静静的，人也是静静的。这人间绝美的景色在心中氤氲，伴随着那淡淡的雾气，那种美好的感觉从心底慢慢析出。

　　在这里，入眼的每一样东西都可以定格为一幅画面，相机中的每一幅图片都是一幅浓缩的胜景……

　　团队游的内容总是缩水，行程总是匆匆，匆匆地来，还没有从这美景的陶醉中醒来，又要匆匆地离开，因为下午还要返回修武，到云台山的红石峡看一看。

三

　　起初并没有把红石峡当回事，就像在到云台山之前并没有把云台山当一回事，但是到了那个地方，这种感觉就完全不同了。这独一无二的深山峡谷，这世间少有的丹霞地貌，以她那神奇的魅力彻底征服了我，人世间竟然有这么幽深险绝、鬼斧神工般的好地方。

云台山的景点多得不可胜数，红石峡应该真算得上是一个佳境。什么是丹霞地貌，我是一知半解，但仅凭它的幽深和险峻，就足让人叹为观止。要想欣赏峡谷的景色，要先下得峡谷，从人工开凿的便道下去，虽是由上而下，但仍极为陡峭，沿着这石阶小心地游走，紧张地抓着扶手——那被磨得光滑发亮的铁链。

下得几十米，到达峡谷的半腰处，是从峡谷的山体中开凿的长长隧道，这隧道开凿设计之精巧令人惊叹。如果说这红石峡是神力造就，那么这隧道就可以说是人工铸成的另一种形式的杰作。

出得隧道，便到了峡谷的中间地带，沿着峡谷峭壁中的曲折小径前行，那小径宽不能容两人通过，高不足以让人舒展身子直立，右边是用铁索链连接而成的栏杆，虽然这样，仍让人心惊胆战。在小径边穿行，扶着栏杆小心地张望，各种神异的景色便尽收眼底：望下看，是峭壁下激流飞荡的碧水，碧水中有嶙峋奇绝的怪石，有与游人同乐的金鱼……望上看是直竖的峡谷和飞瀑，峭壁上不乏形状各异的灌木，飞瀑旁边布满柔软润滑的绿色苔藓。可以说峡谷的每一个点都是精华，每一个面都是一幅精美的画，每一幅画都是让人遐思的精品。

近看碧水潺潺，远望几十米高的瀑布飞流直下，再远一点看，那架于峡谷之间的独木小桥被勾勒成一个巨大而精致的盆景，人、树、绿色构成盆景的点，而那陡峭的犹如神斧劈开的巨石，晶莹剔透如白练般的飞瀑则构成了这盆景的面，这盆景天下独有。

红石峡是奇中带险、险中有峻，奇在鬼斧神工，险在绝壁丛生，峻在如图如画。

虽有一些劳累，虽是走马观花，但能来此一游，无憾矣！

四

今天是河南四日游的最后一站，我们将要到中国历史名城洛阳去看石窟。

早就被龙门的石窟所深深吸引，中国历史课本中的介绍令人心驰神往，但总显得不够真实；也曾经多次在电视画面中一睹她的芳容，但毕竟遥远。今天竟然能近距离地同中国的石窟艺术做亲密接触，让自北魏以来，有唐一代的佛教文化去熏染我二十一世纪的大脑，想必是一种与平日截然不同的感觉。

天很热，出游四天来，今天最热，尽管汗流浃背，但我们兴致昂扬。

洛阳是九朝圣都，位置显要，历史上多有豪男俊杰在这里创下江山伟业，温文尔雅的伊水自北向南缓缓流过龙门，也就是那两山对峙的平缓出口所在，河两岸的山不高但险峻，石质实在适合于雕刻，于是聪明的工匠便把自己的想象、时代的潮流、心中的梦想镌刻在了山崖上，于是这山崖就不朽了。

伊水在流，历史的河也在流，流了近两千年，曾经的繁荣不复存在，曹操的"老骥伏枥、志在千里"却像还在耳旁，武则天的神威更成为中国历史上永久的一个结。慢慢地走在河的西岸，默默地鉴赏那或大或小，或粗糙或精致的佛像，跳动的心，涌动的血液，和历史的脉搏一同跃动。虽然不知道这一墩墩的佛像有怎样的故事，也不知道它们有怎样深刻的内涵。

只是慢慢地走，慢慢地看，这就足够了，因为我是走在过去，走进历史，走入中国几千年优秀文化传承的时光隧道！

沿着这千年古道，我仔细地欣赏伊阙两山石壁上的各种佛像，我也感受到了自汉以来，到唐宋时期这里的佛教的繁盛与兴隆，时光飞逝，刻石的工匠，倡导的皇者都已灰飞烟灭，曾经的历史风云都已消散，留下的只是这千年绝迹——龙门石窟。

单车时代

当今的世界，五彩缤纷、变幻莫测，既让人困惑，又让人庆幸，生活在这个前所未有的时代，已经无法用文字来形容，我们是该感到幸运呢，还是不幸？

不同的时代，有不同的交通或运载工具。古代的骏马和辇车自然非普通百姓所能拥有，骑牛者"牛角挂书"成为美谈，看来牛儿驴儿在穷苦百姓家乃是寻常之物。可惜，代步可以，要想一日千里则绝无可能了。

父亲没有赶上新时代，他年轻力壮的时候，正处在二十世纪七十年代。在父亲的记忆里，印象最深，也最受罪的就是推着胶车到朱陈煤矿去买炭。遥远的路程，要用脚一步步地量起，压在肩膀和身子上的还有四五百斤的火炭。还有一次，说起来更令人心酸，家里已没有了分文，怎么办呢？还有瓜干堆在西屋，就想着到苍山那边庄坞集上去卖。晚上半夜就出发，顶着夜露，几个人结伴而行，脚下沉甸甸的，身子软绵绵的，肚子饥碌碌的，日近晌午才赶到，一毛多钱一斤，卖了三十多元钱。日已过午，随便吃了点饭，就匆忙地朝家里赶。

车子里空无一物，身子轻快了许多，回到家也快到半夜。母亲焦急地迎着出来，担心着父亲怎么还没回。到家里，父亲掏挎兜里的瓜干钱，钱不见了……放得好好的钱竟然不见了，父亲和母亲度过了一个不眠之夜，这夜好长、好黑，长到至今母亲还能清晰地忆起，黑到至今谈起此事父亲还喟叹不已。

那个时代，那种心酸，只有经历过才知道。

父亲上过初中，这在往上数三辈都是文盲的大家庭，真是难能可贵。父亲语言不多，人显木讷，可用心、努力。在还有生产队的年代，父亲靠着自己的实诚勤快，被推荐成为生产队的会计。这是一个细心正直、能写会算的人才能胜任的工作。

"文化大革命"终于结束了，十年浩劫过去了。父亲身份也发生了转圜，他不再是生产队的会计。他经过考试成为教师，不过只是没有转正的民办老师而已。那是1978年，父亲28岁。民办老师的待遇太低，工资少得可怜。父亲不会服输的，1982年，父亲以高出录取分七十多分的成绩考入费县师范。考上学，自然令人欣喜，可也立刻面临着一个难题，那就是怎么到近七十里之外的费县学习呢？要知道，那时候自行车还很稀罕，拥有一辆自行车那可是当时许多家庭的奢望和梦想。

怎么办？父亲犯了愁。有一辆洋车多好呀，可这车一是太金贵，买一辆车可不是小数目，不是穿四个兜、别支钢笔的干部，连寻思都不用寻思；再有就是那时候买什么都是凭票供应，一个普通农民哪有这本事，享受这待遇？父亲犯起愁来。

父亲也不知从哪里打听到消息，不知是谁有一辆七成新的大金鹿洋车想处理，这正中父亲下怀，价格一百三十来元，基本也能接受。

从此，父亲拥有了自己的一辆车，我们这个小家终于拥有了当时农村最先进、最气派的出行工具。父亲对这辆车自然喜爱有加，我也是很自豪，特别是坐在前大梁上让父亲带着，真风光。大金鹿可是当时自行车的名牌，座高梁粗，皮实得很。父亲每周周六放学回家，周日下午返校，一个单趟骑一个半小时。有了这辆自行车，学校和家的距离不再遥远，父亲离我和姐姐很近。

父亲太爱惜这自行车了，每逢家里农事不多时，父亲就推出车来，相目半天，找出黄油，小心地擦拭起来。擦拭完毕再给链条上油。与其他有车的人家一样，为保护这心爱的坐骑，父亲买来红红绿绿的塑料皮，将大梁、二梁等凡是能缠裹的地方用心地包起来。

这辆自行车父亲一直骑着，师范毕业了，车还是不显旧。来回进城，出远门，卖烟，甚至下湖耥地，父亲都会骑着这车。后来我上学了，起先是在黄桥子，后来是红山，再后来就成了临沂师范。这几年，大金鹿就成为伴随我读书的伴侣。其时家庭境况已经大有改观，父亲已经是受人尊敬的公办老师，每月有固定的工资，父亲又是种田的高手，家里兼种着几亩黄烟。日子不再干瘪，岁月渐渐充实起来。父亲又买了一辆车，上海永久牌的，这车比大金鹿秀气，也更耐看，母亲和姐姐很喜欢。

这大金鹿一直伴随着我，从青涩的少年，到十八岁成人，到十九岁走上教育岗位。它见证了我的成长，也目睹了家庭的酸酸甜甜。这车的质量太好了，在那曾经贫穷的日子里，我们幸运地经历着没有欺诈和诓骗的最后的时光。车子的用料和做工都很见功夫，十几年后，除了岁月留下的锈蚀之外，车子仍旧很固牢。

在我还骑着大金鹿屁颠屁颠上下班的时候，街面上忽然热闹起来，并不宽阔的岑石街上穿花花绿绿衣服的多了，自行车的样式也多了起来，原来的粗老笨拙被小巧轻便代替，车的颜色也不再是一抹的黑色，渐渐多了浅蓝、粉红，还有酱紫。时间已经到了二十世纪九十年代，改革开放的春风已经刮了十多年了。街上游动的不仅仅有粗壮的大金鹿了，还有了凤凰和永久，再有就是天津飞鸽，这单车，轻巧便捷，是少男靓女们的最爱。除了这些，还有一种车悄然出现在人们的视野，这车比那些车更时尚，更轻便，车轮细窄，它们有个共同的名字——变速车。

那时我已经工作了一两年，手里也有了些闲钱，是时候换一辆好车了。于是，山地变速车成为我的首选，终于在一个午后，花了我七百多个大洋，一辆漂亮耐看的山地变速车成为我的坐骑。这辆英伦山地变速车，车轮粗大，车身却很轻巧，最重要的是它的五级变速，它让我的骑行生活变得亮丽而充满阳光。这辆车是我第一次真正拥有属于自己的车辆，那是用我自己赚的钱买来的，特自豪。

从城里骑回单位，我感觉我帅气了不少。这辆车载动着我萌动的青春，还有梦想和对爱的渴望。那曾经青春而美好的岁月呀，撩动着我太多美丽而虚无的梦幻。我的青春在路上，随着这车儿一起飞扬。

放学后，我推出变速车，在单位的操场转了两圈，又出校门，直奔岑石街，我在时光里穿行，我吹着蹩脚的口哨，心里却盈满了幸福，我想，一个新的时代到来了。

骑行岁月

当我还沉浸在拥有一辆高档变速自行车的快意之中的时候，"电驴子"幸福 250 已经开始在布满坑洼的路面上飞驰。轰鸣的声响，风驰电掣般的速度，飞溅的水花激射着躲闪不及的路人，让我又心生艳羡。

其实，我不明白，一个崭新的时代已经大踏步地向我走来，那时我 21 岁，时间是 1994 年。在单位，同事们都议论纷纷，诉说着摩托车的快速和方便。有一天，似乎是一个秋日的下午，学校里开进来两辆摩托车，一个是郇老师，一个是李老师。车身细长，比自行车略微厚重一些，那是玉河摩托，那也是我第一次近距离地接触摩托车。哦，原来，这就是所谓的电驴子，那种用脚一踹就响，走起来屁股冒烟，省力省时的摩托呀。这两辆摩托车吸引了众人的目光，也让同事们有了各种各样的想法。

变速车似乎也不那么时髦了，它灰溜溜地靠在我单身宿舍内的东墙根，一副闷闷不乐的样子。能拥有一辆摩托车多好呀，我心里暗想。听说华日摩托一万元买三辆，我心里就有些动心，同阿磊、小波商量，我们合伙一起去买吧，那时同事阿磊、小波也有同样的想法。

那华日摩托，车架高大，车身厚重，流线型车体，又大气又漂亮，岑石的张老板就有一辆，他骑车在校园里来回兜风，很潇洒。那时好像还有一款摩托，叫什么野马，也不知是哪里产的，车型同华日类似，价格可比华日高得多。在月工资三百来元的二十世纪九十年代，三千多块钱可不是小数目，最终这个美好的购车计划随着这个冬日的结束而烟消云散。

在我还在做着买车梦的时候，岑石乡改为罗西乡，罗西二中已经准备筹建了。罗西二中在老党委如期开学的时候，我已经拥有了自己的爱情。

岑石街很长，南北贯通，属于俄黄公路的一部分。在我骑着变速车在街面上无所事事时，大街上的摩托车也忽然多了起来。除了野马、华日、玉河，还多了一款小车，叫什么"潇洒木兰"。一夜之间，各种各样的摩托车取代了自行车，成为最实用便捷的交通工具。

结婚前，我和妻一起到临沂，经朋友介绍，到临沂教育学院那条街的圆楼，买了生平第一辆摩托车——林海90，这款车用去了我8800元钱，这在当时无疑是一个大数目。现在回过头来想想，那时钱并不多，可居然有如此大的勇气花这么多钱买一辆踏板车，也真是醉了。再仔细咂摸咂摸，这就是青春的印痕，这也是曾经年轻的标志。

林海90是当时最大的踏板车之一，应该是仿当时的台湾省产光阳125，看起来确实高端大气上档次。这辆车，枣红色的车身，体长近两米，设计得匀称耐看，骑起来的确很拉风。也是闲来无事，买完之后，又饶有兴致地到其他店转了转，竟发现这店里也有同款的林海90，顿时有了被玩的感觉，用时髦的话说，被人套路了。人心险恶，打碎门牙和血吞吧。

车买回来了，心情还是相当不错。骑车回老家，一路狂奔，把那些骑自行车的远远落在后面，这车声音不大，油门特灵，动力又足，还真有点不好驾驭。第一次骑摩托车，有些慌张，可那时年轻，胆子也大，关键那时也算是一个张狂少年郎。

在轿车还很稀罕的年代，拥有一辆摩托车也很能满足虚荣心。可惜的是，不久这车就"受伤"了。一次在老家里，一家人围着它叽叽喳喳、品头论足，我有些忘乎所以，打开了点火开关，没想到的是当时右把的油门已经加了力。摩托车唰的一声蹿了出去，正好撞在堂屋厦檐底下的北墙上，这把我吓了一跳。急忙下车查看，车头的前脸和底座接口处已被撞裂。幸亏撞得不重，也没出其他意外，可这也让人心疼，好好的车儿刚买来就破了相，靠，这油门太灵了。

从这以后，我骑车小心了许多，不能不小心呀，伤不起。

二中的同事阿鹏买了辆摩托车，我忘记了是什么品牌，车看上去一般，可是辆大摩托，四个档位，还有离合，我很好奇，他对我的踏板也很感兴趣。神使鬼差，我和他来到罗西小学的操场上。我们都想尝试试着骑一下对方的摩托，这个想法再一次让我的车"很受伤"。阿鹏不知道我的踏板油门很灵，我也忘记告诉他。他还没上车就启动了车辆加起了油门，车像一条肥胖的鲤鱼，贴着地面飞出去了，人被远远地甩在后面。人没事，可车子遭了殃。好好的车子被搓得面目全非，我很后悔，可没办法，遭家人的一顿数落是肯定的了。多少年之后我还清晰地记起这一幕，真是好奇害死猫呀！

这崭新的破车，想起来就难过，花好钱买的车，没几天就两次受伤。

这辆车伴随我很长时间，渐渐地我学会了驾驭它，就像操作我的文字一样得心应手。为了让车辆有些改观，我又贴又糊又换壳子，车还算周正，不影响正常骑行。

这林海 90，又大又重，换机油尤其费事，估计应该是车子设计的缺陷。车子烧油也渐渐多了起来，为此我也学会了拆装车辆，整壳子、换机油，甚至调整化油器都不在话下。不过这车子总归是老旧了，我就像对待一个对我一直忠心的旧友，有点心不在焉，也有些不以为然。

有一段时间，我都没有骑它。它被我整日扔在旧居的屋檐下，很寥落。再后来，这辆车以二百元的价格被我当作废铁卖掉。我的林海 90，曾经伴随我摔打和进步的林海 90。

没有车是不行的，当岁月推进到崭新的二十一世纪，工作的节奏更强了。况且那时我已经搬到了离单位十几里外的罗庄。没怎么考虑，更没有狠狠心、跺跺脚，我买了辆豪爵钻豹，原装铃木发动机，125 的动力。这车的质量确实好，好到设计者竟然可以放弃使用脚踏启动杆，直接使用电启动。车很漂亮，声音咪咪地，特省油，日本鬼子的东西，有时候还真不是吹的。

这辆车伴随着我将近十多年，虽然我早在 2007 年就拥有了第一辆轿车，但我的出行和上下班还是依靠这辆豪爵钻豹。

这辆车最怕的就是电池没电，除了这点，真的是无可挑剔。

2009 年，我调入离家有十几公里的新单位，这辆车又陪伴我好几个月的时间，直到我和同事拼车为止。轿车渐渐多了，路显得狭窄和拥挤，这摩托车倒显得轻便快捷。可惜的是，面对如织的车流，即使你全副武装，也感觉到了一种无法预知的潜在危险。在坚硬的横冲直撞的轿车面前，摩托车很脆弱，或者说人很脆弱。

我知道我的摩托车时代结束了，正如我人生最美好的时代结束了。社会在不断地前进，我的工作和事业还算顺利，可我却渐渐变老了。就像那漆工极好的钻豹，后包袱架也有了锈迹。

摩托车时代远我而去，可我依旧难忘我曾经拥有的青春岁月，我的林海 90，我的豪爵 125。

轿车时代

在我还骑着心爱的豪爵钻豹在城郊的道路上穿行时，许多人已经开始加入学驾照的浩荡大军，这其中有我的妻。看看四周，都市的柏油路上，四轮轿车前所未有地多了起来。我知道，当连我这样的工薪阶层都准备购买轿车以代步的时候，中国的轿车时代真的来到了。

有一次在临沂穿行，看到一个车队，车队里清一色的黑色轿车吸引了我的目光，那轿车宽大、厚重、丰润，黑色的贴膜让人无法窥见坐车的人，这车就显得神秘起来。后来，我知道这车名字叫帕萨特，现在已出了新款，价格不过二十万元左右。可那时，那车却惊艳了我，让我萌生了拥有一辆这样的好车的梦想。

当然，想拥有一辆帕萨特，对于我来说只能是痴人说梦。因为我连三四万元都拿不出来，我所能买到的只能是奥迪的弟弟——奥拓类型的车辆。那是 2006 年，满大街跑的，似乎最多的就是奥拓，铃木发动机。车型小巧，分大王子、小王子、小小王子等几种类型，以白色居多，蓝色的、枣红色的偶尔能见一辆。最关键的是这车便宜，估计在四万元至六万元。而最不入流的江南奥拓，当时打出的口号是："付款二万九千八，江南奥拓开回家。"

在经历了摩托车满街横行的岁月后，短短十年，轿车开始大规模进入家庭，这十年，我们的国经历了怎样的嬗变，厉害了我的国！

我得给妻子买一辆车了，妻取得驾照已一年有余，车技都忘得差不多了。2007年，奥拓似乎已经开始没落，雪佛兰乐驰似乎成为不错的选择，车丰满、美艳，不像奥拓，似乎生活在二十世纪七十年代，整个人和社会都显得瘦削，甚至营养不良。在我能够承受的价格范围里，我能选择的似乎只有奥拓类或乐驰类轿车。当然，我考察的车辆倒不少：省油但车壳极薄的羚羊，车型漂亮但价格偏高的千里马，还有我实在看不上眼的吉利，当然还有我看着不错、但口碑不好的奇瑞旗云系列。那些合资的大品牌我是丝毫不敢考虑，它们那时还都高高在上，日子过得悠哉悠哉呢！

还是买乐驰吧，草绿色乐驰，排量0.8，基本版，裸车四万六千元，挂好牌也不过五万五千元，我还能接受。在借了朋友一万元后，我们这个家庭终于拥有了第一辆轿车，这在我的家庭是一个里程碑，估计，在中国轿车发展史上，我的家庭就是中国社会发展的一个缩影。

再也不用风吹日晒、霜打雨淋了，有了轿车，确实方便快捷了许多。女儿的学习接送任务完全是妻子的了，每逢周末，一家人外出游玩也成为常事。偶尔父母那边有事情，妻会开着车儿前往。做有车一族的感觉不错，虽然养一辆车的花销也不少。

社会在发展，中国在进步，我的薪水也水涨船高。在开了五年乐驰之后，中国的车市也发生了巨大变化，合资车及进口车的价格下降了不少。妻子有了想换车的念头，她已经开厌了这辆两厢车。一个人只要有了想法，就好像生活有了新的目标，换车是迟早的事了。

工薪阶层买车总是捉襟见肘，其实还是收入不行，想换车手里银子却不多，只能望"车"兴叹。随着汽车产业的兴起，沂河路的两边已经发展成为规模宏大的汽车一条街，各种品牌的汽车特约销售中心、4s店随处可见。每年"五一""十一"是例行的车展日期，或丑或美的车模像站街女，成为一道风景。所有的店面中，最大的是远通汽车超市，规模大、品种全、售后也好，为当地为数不多的创税大户。

买车的预算八万元到十万元，再多了有些承受不起。两厢的波罗不错，大众出身，皮实耐看，可妻没看中，开了几年两厢车，看着就烦。其他品牌的呢？适合女子开的也不多，威驰不错，可妻不喜欢。

不想买日系车，可妻看中了本田锋范，这款车看起来也不错，流线型的设计很养眼，本田发动机，听说很省油。可是摸摸这车的外壳，就令人大所失望了，太软太薄了。据说这是日本车专门设计的发生碰撞时的吸能方式，我不相信，况且我本来就不喜欢日本车。妻却不管这些，当天下午就交了定金，说好第二天提车。

第二天，我和妻还是改了主意，裸车十万六千元的价格我有点受不了，况且车不过是代步工具，购车时自然要量力而行。在我的极力怂恿下，最终妻选了中配的三厢波罗。这车比其他三厢车短一点，可并不难看，上海大众的产品质量还是令人信服的。

这是我这个家庭所拥有的第二辆轿车，虽然第一辆已经用置换的方式卖给别人。这车名气不虚，其实两厢的波罗更时尚，可三厢的也不差。尤其是其操控性很好，大众就是大众。

　　拥有一辆属于自己的轿车，这是每个人都有的梦想。在妻开着第二辆车上下班的时候，有一段时间，我还得靠那辆钻豹骑行上下班。尤其是因工作需要调到远一点的单位后，天天在飞速移动的铁家伙中间穿行，还真有些担心和后怕，可不敢拿生命当儿戏呀。车儿雨后春笋般涌出来，充塞了所有的交通要道，也毫无理由蛮不讲理地占据了本来属于自行车和摩托车的交通空间。更有甚者，汽车的快速扩张，也速生了大批的"车盲"司机，它对车狂热，可对驾车技术生僻，在拥挤的道路上，他们的车德更是归零，他们有一个形象的名字：马路杀手。

　　在骑行了三个月之后，感觉无法保障自己的安全。随意变道的轿车，肆意挤占非机动车道的轿车，不按规则超车的有之，忽然加速的有之，开车看手机的有之。在路上，仅你自己注意安全是不够的，你的安全要看你周围的人。

　　果断地不再骑行，同一起同行的伙计一起花不到一万元买了一辆二手车，怪喜庆，枣红色，叫五菱兴旺。车子虽然老旧，可总比没有车子，每日风里来雨里去强多了。当然，这也许是所有刚解决温饱问题的国人们的心态吧，不敢妄猜。

　　车子省油，驾驭起来也不别扭，坐的人又多。有一段时间，我们一行四人就是这样来回上班，颇有幽默感。开了两年之后，车子四处透风撒气，尤其是车的尾气，似乎不走烟囱专走车厢，实在不能开了，该处理掉了。后来这辆车被卖到了拆解厂，换回了三百大洋，我又回到了无车时代。

　　2016年那个冬日，雪还没有下，气温好像并不低的样子。忽然一纸调令，我又回原单位了，说起来，我这是"二进宫"了。

　　走进这别离了近八年的单位，我依旧没有陌生感。没有车子确实不方便，虽然离家近了，可再像从前一样骑摩托车上下班，在轿车遍地的时代，人的虚荣占了上风，是到了该拥有一辆属于自己的"豪车"的时候了。

母亲虽然不识多少字，可看问题就是长远、深刻。在我还在犹豫，为节省银子而无法决断的时候，母亲直接劝我买一辆"高"车，母亲不知道那就是所谓的越野车，可她知道那车回山区的老家更实用，况且妻已经有了一辆轿车，一辆底盘低的走不得山路的娇贵车。

最终购买了合资车，北京现代 ix25 低配，唯一的手动挡，一辆车型和价格我都能接受的车。

从 2006 年到 2016 年，又是十年。这十年是见证经济奇迹的十年，社会飞速的发展，GDP 也在飙升，人们都在为人民币奔波着。空气不纯了，水不干净了，吃的不让人放心了。腰包鼓起来的人们，拥有了现代的生活，如我，可活得并不畅意。

不能慨叹了，主题可不能跑偏。我还是感激这飞速发展的时代，能让我在有生之年享受这一切的现代文明成果，尽管有些无奈和苦涩。

厉害了，我的国；谢谢了，伟大的国。

通信时代

——从手摇电话到传呼机

　　无法想象这绚丽莫测的世界，变化如此之快。站在时代的关口，汗涔涔然，竟有一日千年的感觉。

　　忽然想起了这天天不离手，曾经十分稀有而现在司空见惯的手机！与手机有关的记忆就在脑海里苏生，与手机有关的故事开始了……

　　琳琅满目的抗日战争和解放战争影片中，在硝烟四起或激战正酣之时，总是能看见焦急踱步的官员，还有就是听见嘀嘀嗒嗒的电报声，再有就是军官急匆匆地拿起手摇电话气急败坏地发号施令的场面。那是我对电报和电话的最初印象，那种超视野的通信方式让孩子们惊奇不已。

　　二十世纪八十年代末，在鲁东南的偏僻山区，电视也开始进入了乡村普通家庭。每到夜晚，街巷里不再热闹，电视拴住了大人和爱玩的孩童，繁星有些寂寞了。堂屋里，黑白电视屏上闪着大大小小的雪花，可一家老少看得津津有味。那是一个神奇的电匣子，比收音匣子更拿人的心思。

　　再往后，进入二十世纪九十年代，街面上闪起了红裙子，青年们蹬上喇叭裤，手里也多了样新电器，那是录音机。其时，香港的枪战片警匪片大行其道，影片里的黑帮头头凶狠毒辣，手里还拿着黑乎乎的大砖头，后来才知道，那就是最初的手机——大哥大。

在匪首手持大哥大嘚瑟的时候，我还生活在手摇电话机的时代。在没有通信工具的时代，人们的生活节奏就像那天边的浮云，悠然且闲散。打招呼、见面、表达自己的思念，霍霍地骑个洋车，吊个浪荡就去了。略微远点，或者人懒点，写封信也就解决了问题。可要是有心急火燎的大事，又远隔千里，就非得电报电话不可了。

1992年秋到北京给姐姐医病，给家住北京的杜兴胜伯父联系，用的是公用电话，那是我第一次打电话。熙攘的人群、吵闹的声音，让我打电话有喊的感觉。耳朵呢，紧贴在听筒上，可还是听不清。那次打电话的感觉很不好，当然也与当时的心情有关。

后来我提前离京，留下父母继续给姐姐疗病。在家里工作、忙秋的同时，绵长的思念也从无边的暗夜里升起，姐姐的病有没有好转？父母在北京情况怎样？秋夜的虫儿鸣啾啾，我却陷落在无边的寂寞里。

第二次打电话是在二表叔的店面里，从家乡到北京的医院，无形的牵挂被有形的距离阻隔，一千多里地，那是010开头长途电话呀！二叔家里殷实，刚安装了程控电话，还是用二叔的电话吧！在打给医院叫人的等待中，时间和金钱一分一秒地流走，我急，二叔比我还急，几分钟的电话费得几十元钱呀！那次电话是我告诉父母家里秋收已毕的事儿，也想让老的放心，让姐姐安心地养病。

此后，在单位、在公用电话亭，电话也变得愈来愈普遍，成为人们除了书信之外最便捷的排遣思念的方式。我知道，这是时代发展的必然结果，虽然它离进入普通家庭仍有很长一段路要走，我还知道，它缩短了人与人之间的距离，让人和人的交流不再遥远。有了电话，王勃的"天涯若比邻"竟然在某些方面得以实现，神奇！

有一部电话越来越成为人的一种需求，那既是生活工作的需要，又是抬升自己身份最好的道具，朋友同学相见，留个电话，特要面子。有个急事儿，不用心急火燎地赶去面对面交流了，几个数字一拨，嘿，事儿就办了。只是那时的电话安装，初装费实在是一笔大支出，电话费又是一大项支出，尤其是座机费，收得人心疼。1996 年冬结婚，有了自己温馨的家，到了 1997 年，就想着安装部电话摆摆面，找老同事魏四哥的家属朱嫂，安装费 1300 元，钱不少，可心里透滋，毕竟我也是拥有了自己的通信工具，虽然那只是一部普通的有线电话，我至今记得那电话的号码——8511792。

在单位里，领导把持着电话，更多的电话都铁将军把门——用铁盒盒锁着，说是为了好管理，避免被乱打，那都是钱呀。后来，为方便工作，办公室里也安装了电话，可电话是聋子的耳朵——空摆设，没有电话卡是打不出去的。所以，某一段时间，电话卡大行其道，后来，有人竟然收藏起各种精美的电话卡来，一个收藏新门类诞生了。

有了固定电话，固然不错，可出门在外，尤其在穷乡僻壤或人烟稀少处，人就像无绳儿牵绊的风筝，丢了魂儿般无助。于是，伴随着电话卡一起走向大众的通信工具——BP 机恰逢其时地出现了。BP 机也叫传呼机，在还没有拥有手机的时代里，像我们这些穷人，腰里别个传呼机，特显摆。传呼机时代就是固定电话向无线手持过渡的衍生物。手里没电话，可传呼机在身，有人欲找，通过 126 台的小姐传呼或留言，甚是方便。传呼机不大，卡在腰里正好，有时正忙着事儿，BP 机就"哔，哔，哔……"地响了，急忙地看看信息，通信问题自然完成。

我忘记了自己拥有传呼机的时间，但我确实拥有并为之自豪了好长时间，那 BP 机黑金属漆色，小巧精致，挂在腰间方便实用，只可惜那机器不是汉显的。再后来，大舅哥退下一个汉显的摩托罗拉传呼机，号也很好，只是科技发展一日千里，后传呼机时代已经来临，传呼机独领风骚的时间太短暂，新的通信时代已款款走来，势不可当……